書信

第二辑

主　编　赵红娟
赵　伐

执行主编　夏春锦

浙江古籍出版社

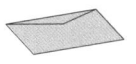

图书在版编目(CIP)数据

书信. 第二辑 / 赵红娟, 赵伐主编 ; 夏春锦执行主编. —
杭州 : 浙江古籍出版社, 2023.10

ISBN 978-7-5540-2671-7

Ⅰ. ①书… Ⅱ. ①赵… ②赵… ③夏… Ⅲ. ①书信—文化研究—中国 Ⅳ. ①I207.6

中国版本图书馆CIP数据核字(2023)第144855号

书　信（第二辑）

主　　编　赵红娟　赵　伐
执行主编　夏春锦

责任编辑　孙科镂
责任校对　吴颖胤
美术设计　吴思璐
责任印务　楼浩凯
出版发行　浙江古籍出版社
　　　　　（杭州市体育场路347号）
照　　排　杭州兴邦电子印务有限公司
印　　刷　浙江海虹彩色印务有限公司
开　　本　880mm×1230mm　1/32
印　　张　10
字　　数　223千
版　　次　2023年10月第1版
印　　次　2023年10月第1次印刷
书　　号　ISBN 978-7-5540-2671-7
定　　价　78.00元
网　　址　https://zjgj.zjcbcm.com

書信

-第二辑-

目录

见字如面

简事书缘

见字如面

叶恭绰致靳志函札七通

陈 谊 整理

题 记

叶恭绰（1881—1968），字裕甫，号遐庵，晚年号矩园，广东番禺人，祖籍浙江余姚。民国时历任铁路总局厅长、芦汉铁路督办、交通部总长、交通大学校长等职。1949年后，任中央人民政府政务院文化教育委员会委员、中国文字改革研究委员会委员、中央文史研究馆副馆长及北京中国画院院长。

靳志（1877—1969），字仲云，号居易斋，河南开封人。工词章，精书法，擅章草。民国初，任北京大总统府礼官，后任驻荷兰使馆一等秘书。因反对洪宪复辟，联名电促袁世凯退位，被袁世凯撤职，电令回国，几遭杀害。后称病脱离北洋政府，于国民政府外交部工作，任驻比利时大使馆秘书，从此游历英、法、德、意、荷等十余个国家，曾荣获法兰西文学艺术佩绶奖章。南京解放时，靳志作为留守处负责人，为保护国家档案和公共财产的安全做出极大贡献。

叶、靳二人曾就读于京师大学堂，当早年相识。本文整理叶恭绰致靳志函札七通，除末两通年份待考外，其余均按时间先后排序。其中第一、二、三、六通以及第七通正文页为靳氏后人珍藏，第四、五通以及第七通所附《芳草渡》词则长期存于书法家桑凡先生处，后又归浙江中医药大学教授、西泠印社社员林乾良先生收藏。

晚年的叶恭绰

第一通

仲云我兄：

病中承寄新诗，伏读一快。润州风景，南胜于北，北亦北固差有致，金焦转平平耳。蕃厘观，居然屐齿临莅，大约为觅诗题，弟亦曾上此当也。谢祠萧楼，弟却未到，不知何状。康山弟曾游，有机会不妨一去，虽破败而有可观也。专复，敬颂

道安

绰上

一月九日（1931）

致冒鹤汀函乞转。又《庙产兴学驳议》二册，请以一册转鹤亭。

润州，今江苏镇江。北固，即北固山。金焦，即金山、焦山。

蕃厘观，即琼花观，在今扬州文昌中路，宋徽宗赐题“蕃厘观”。谢祠即谢太傅祠，据《扬州画舫录》卷四载：“谢太傅祠，安故宅，内有法云寺。”康山即康山草堂，明天启大理寺卿姚思孝返乡，购康山旧址，建宅即康山草堂。萧楼即梁昭明太子楼，在今湖熟镇。明《金陵梵刹志》载：“梁天监年间建，名‘法清院’。昭明太子读书其中，有东湖读书台。宋淳熙中，方拱辰扁‘昭文精舍’。元至元中，改昭文书院，后废。”清嘉庆间恢复扩大之，名“太子楼”。

上海图书馆藏靳志稿本《居易斋诗存》，是书卷十四《过江集》有《二十年元日金陵出发赴扬州》，以下依次有《午后阴访平山堂》《翌日晴再访平山堂》《康山草堂》《蕃厘观》《文选楼》《谢太傅祠》《雷塘》《赴焦山舟中作》《宿定慧寺听雨》《第四日仍阴扬帆指北固别金山德长老》《甘露寺》《游京口南郊三寺》《米元章墓》《游鹤林招隐二首用东坡韵》《竹林寺》《扫叶楼》《胜棋楼》《郁金堂》《莫愁湖上曾阁》《光福三官堂西崦小筑夜坐》《大雪严寒后邓尉梅事寥落惊蛰前四日冒雨山行至圣恩寺僧智谷出纸笔索书诗以纪之》诸作，与函中所涉地名相合，故此函当作于民国20年（1931）。

冒鹤汀即冒广生（1873—1959），字鹤亭，号疚斋，江苏如皋人。清光绪二十年（1894）举人，光绪、宣统间历任刑部及农工部郎中。民国时历任农商部全国经济调查会会长、江浙等地海关监督。抗战胜利后，任中山大学教授、南京国史馆纂修。1949年后，被聘为上海市文管会特约顾问。冒氏与叶先生有诗词往来，叶先生晚年辑印《遐庵词赘稿》，有冒氏序。

1928年，南京中央大学教授邰爽秋提出庙产兴学方案，成立庙产兴学促进会，主张“打倒僧阀，解散僧众，划拨庙产，振兴教育”。1930年底，此案经由国民党第三届第四次会议表决通过，发教育部、内政部等执行。全国佛教界哗然，呼吁各地佛教团体同心协力，共挽狂澜。1931年4月，上海召开第三届全国佛教徒代表大会，由太虚大师撰《上国民会议代表诸公意见书》，并送呈在南京召开的国民会议，释明道等高僧以及居士王一亭等撰《庙产兴学促进会宣言驳议》向社会宣传，才打消庙产兴学方案。叶恭绰是中国佛教协会发起人之一，对于废庙产兴学之事，当极力挽回之。

第二通

屡辱寄新诗，以冗累未克应和，然高怀逸致，正昔人所谓三百年后，山水犹生清响者。关中荒僿，得文咏润泽之，公可谓不负山川，抑亦不负此行矣。弟本拟今秋为西安之行，今少一良导，正复索然。故行否转不能定。至京时当再趋诣。此复

仲云我兄

弟恭绰上

五月五日（1932）

民国21年（1932）2月6日，靳志从南京出发，经徐州至洛阳，再转到陕西，沿途诗思得江山之助，既有山川风景、历史名胜的感怀，也有对历史人物的咏叹，见《居易斋诗存》卷十五《入洛集》。故叶先生说靳氏“不负山川，抑亦不负此行矣”。

郑思肖评南宋张炎词：“鼓吹春声于繁华世界，能令后三十年西湖锦秀山水，犹生清响。”函中即以此比况靳氏诗词之风格。

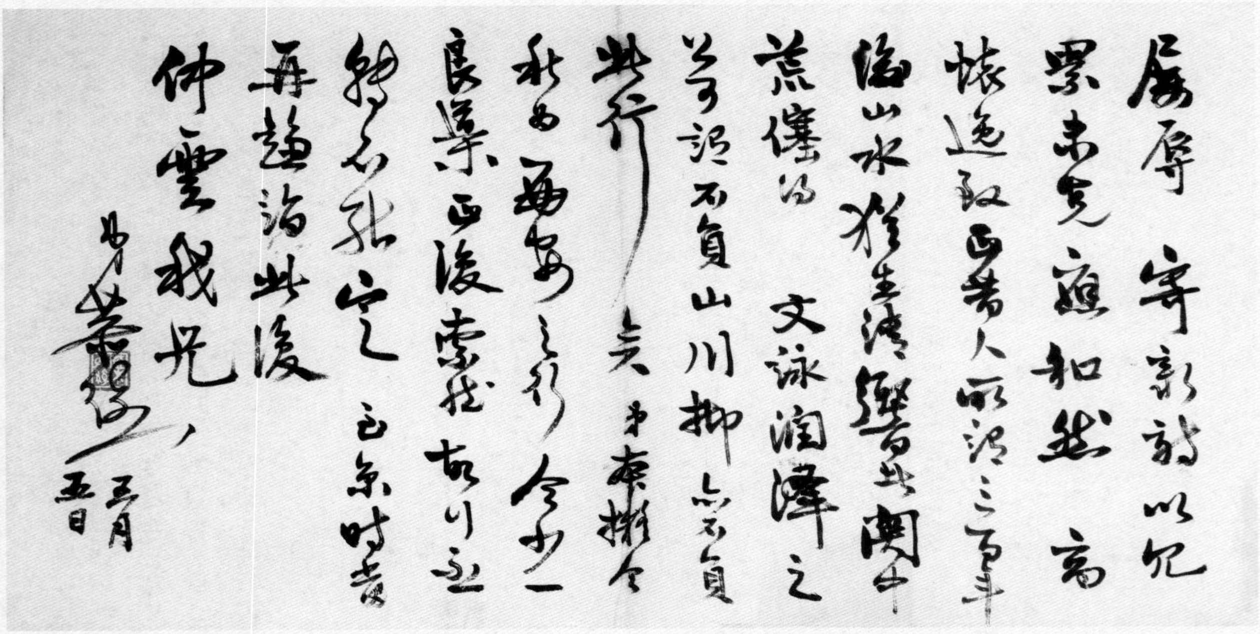

1932年5月5日叶恭绰致靳志函

第三通

仲云我兄：

久不通书，近始知驻节长安，苦未悉住址。顷奉寄示新作，知清兴仍昔，为之忭幸。弟蛰居海壖，日与病为缘，复罕可谈之友。偶至白下，以吟朋星散，更感无聊。惟每过名区，辄诵佳章，如亲良觌，为一快耳。去岁本拟作陕游，以病中止。读大作不禁神驰。陕中古迹夥颐，关于佛教者尤不胜数。如鼎力倡导，得加修治，何幸如之。玄奘师徒三塔，弟曾与朱子乔兴修，以限于资，不能庄严也。又佛教各宗之祖庭（如青龙寺为密宗祖庭）如能一一规复，尤同人所殷望者，兄其有意乎？近日填词多否？承于前后所作择尤录示，以便采入箧中(屡承寄示，随手为友人持去)，实所企荷。余颂
道安

弟恭绰上

十一月十七（1935）

民国24年（1935）秋，靳志任陕甘宁青外交部视察专员，驻节西安。翌年春闰三月，中央有令撤销外交部驻陕甘宁青机关，靳志遂自西安返回北平。《居易斋诗存》卷十七《秦风集》就收录了他这一时期在西安的交游吟咏唱和之作。此函款落“十一月十七”，时年当在民国24年。

朱子乔，即朱庆澜（1874—1941），字子桥，原籍浙江绍兴，

生于山东济南。民国19年（1930）起，在朱庆澜的主持下，“历修华严初祖、四祖塔，兴教寺玄奘、窥基、圆测诸师塔，并重修大雁塔，而大兴善寺、青龙寺、千福寺及泾阳大寺、岐山太平寺、扶风龙光寺等，相继重修”。

箧中，即叶恭绰所编《广箧中词》。此集选录清至民国词人四百七十余家、词作千余首，与谭献选《箧中词》可谓合璧。

第四通

仲云兄：

昨函计达，顷又接手书，此事如由颂云说项，似有希望。但现下一切均由政务院主持，如由颂云说项，最好系分向毛、周致函，否则等于白费（馆长说不关用人事），更有先决条件，则馆员月给，决不能逾小米五百斤（弟等并此无之），且决不能代觅住所及其他。如尽管这样，仍然可就，则不宜提调用一节，因从无此例，势必不能开端，徒费笔墨而已。以上均系实情，千万据以考虑进行，庶免差误。老友直言，幸察。余不一一。知具。

十、九（1951）

公博闻强记，尚忆前诗，诵之惘惘。弟已感耄荒，吟事都废矣。

1951年7月，中央文史馆成立，符定一为馆长，叶恭绰、柳亚子、章士钊为副馆长。靳志得聘文史馆馆员（后因故未赴），同时受聘者有五十九人，其中十八人为稊园与咫社旧友。此函言文史馆成立伊始之馆务、待遇，以及对于靳氏受聘之建言。

颂云，即程潜（1882—1968），湖南醴陵人。1949年后，曾任民革中央副主席、全国政协常委、全国人大常委会副委员长、国防委员会副主席、中央人民政府委员、湖南省省长。毛、周，毛泽东时任中央人民政府主席，周恩来时任中央人民政府政务院总理。

《居易斋诗存》卷廿七《归田集》载《贺啸湖文史研究馆新命》诗云："羁栖何意贲弓旌，大器从知在晚成。九老耆英惟洛下，五更名德属桓荣。金门联步文星聚，东壁分光藜火明。饱到侏儒皆汉德，东方应不怨饥伧。"末句注云："职员一律月支五百斤小米。"

第五通

仲云我兄：

久未通书，奉示欣慰。弟年来血压陡高，精神委靡，与会索然，远企松乔，徒伤蒲柳。读大诗，只增佩羡耳。数月前，偶至马神庙京师大学堂旧宿舍，屋虽敝犹在。当门老槐繁阴不减，曷胜怅惘。当时同学，早若晨星。附闻聊供诗料耳。又今春，北大曾邀最初同学宴集，欲作创校纪念。弟等曾主张应为张冶师及蔡孑老各留纪念，众皆谓然。但迄今尚无何消息，亦姑以奉告而已。弟今年七十又七，与兄肩随，但百凡都逊，近况更无可一告者矣。专复，附颂

年祺

绰上

十二月十四（1957）

文筠现在何处服务？

据叶恭绰“弟今年七十又七”一语，可知此函作于1957年，时靳志八十一岁。北京大学前身为京师大学堂，1898年7月3日光绪帝批准了由梁启超代为起草的《奏拟京师大学堂章程》，正式创办京师大学堂，故北京大学创校纪念当在1958年，函中所言，应是预为准备。

张冶师，即张百熙（1847—1907），字野秋，号潜斋，湖南长沙人。1902年，张百熙主持拟订《钦定大学堂章程》，1902至1904年间任北京大学校长。蔡孑老，即蔡元培（1868—1940），字鹤卿，又字孑民，浙江绍兴人，1916至1927年间任北京大学校长，奠定了北京大学开放自由的学风。

第六通

仲云吾兄：

迭诵新诗，富哉言乎，壮哉游也。弟手与足均望而却矣。近试应词社课，用清真《芳草渡》体韵及四声，极作茧自缠之致。半月始成一稿，拙而不速，抑何可笑。新词有可见示者否？自宋迄今，无一人能学东坡词者，仅云起轩颇得其神。公之笔情乃近之，未知有意继起否乎？鹤亭函乞转，因不知其住址也。此请

大安

一月廿八日　恭绰上

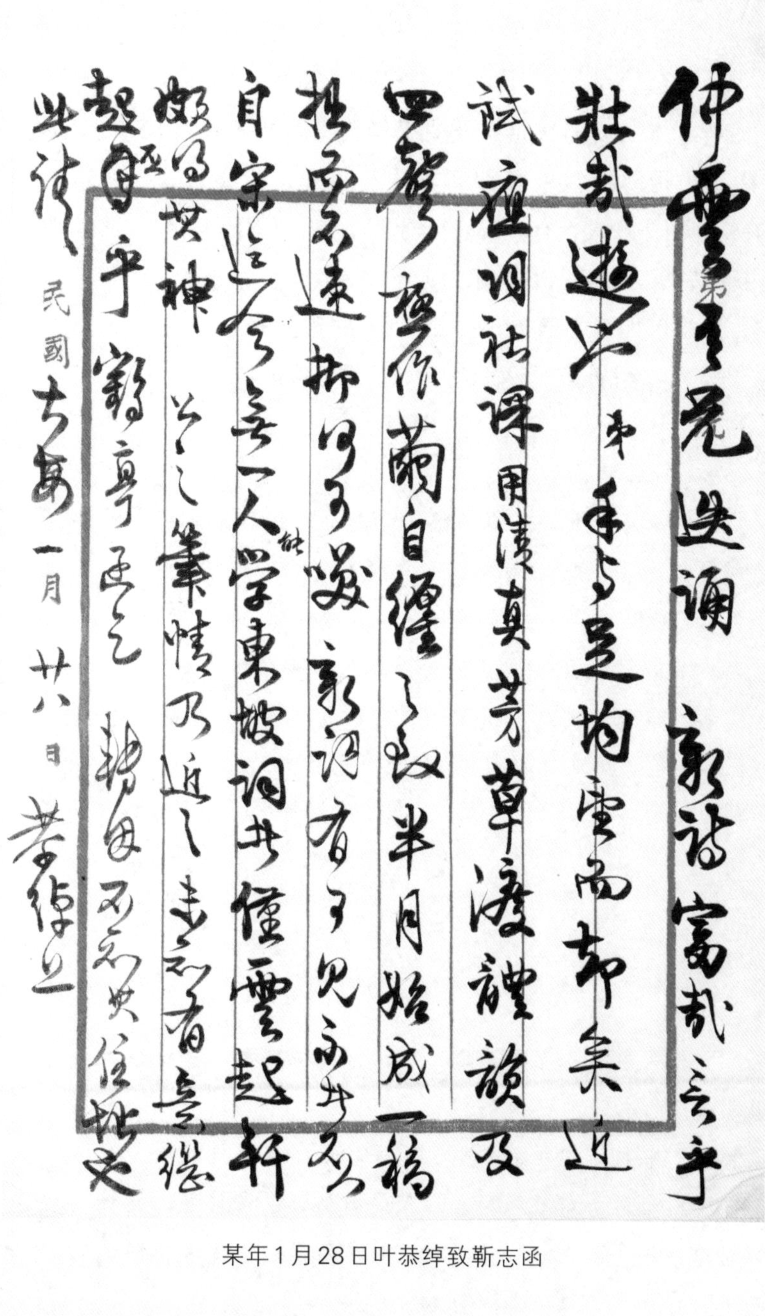

仲雲吾兄[illegible]：新詩富哉言乎！壯哉遊也。弟[illegible]雲南[illegible]近試填詞社課，用清真芳草渡韻，及四聲極作繭自纏之，故半月始成一稿，[illegible]抑何可嘆。新詞有可見示者否？自宋迄今無一人學東坡詞，惟雲起軒頗得其神，[illegible]兼情乃近之，未知有意繼起否乎？[illegible]

民國[illegible]一月廿八日 恭綽上

某年1月28日叶恭绰致靳志函

据靳志《居易斋诗余》及关赓麟编《咫社词钞》，函中所言“词社”当指咫社，社长即靳志。云起轩，指文廷式（1856—1904），江西萍乡人，有《云起轩词钞》。其词作强调寄托，推尊词体，抚时感事，言志抒怀，宗法苏辛，词境雄浑，兼有《花间》之绮媚，朱祖谋称其之于晚清词坛，是“拔戟异军成特起”。此处叶恭绰云靳词文笔情怀，与文氏为近，可继起振词学之衰。

第七通

迭承惠寄大诗，真勇极。如此办法，恐数月后找不到题目矣。奈何奈何。弟胸中题目甚多，以懒及矜持，总写不出，愧甚。月前填词一阕，费了半个月，拙而且迟。兹寄请拍正。阅毕并盼封入疚斋函内，一并饬送。感感。渠现住何所，祈示。渠来信总不提及，故祗有烦兄转信耳。数日前一函，收到否。此上

仲云吾兄

绰上

二月七日

芳草渡

病院冬深，忽闻燕语，以清真此调赋之，并以原韵及四声清浊。

息瘁羽，甚暝色平林，听呼新侣。镇一枝栖处，宵长惯感零雨。霜枕寒思苦。禁堂前愁诉。殢梦醒，又带疏钟，月下归去。　回顾。转蓬万里，岁晚天南回雁

路。漫提起、雕梁旧影，仙妆见窥户。海上在望，费几许、营巢情绪。冻岸曲，怅引轻鸿自舞。

恭绰漫稿

按，第六函云："用清真《芳草渡》体韵及四声，极作茧自缠之致。半月始成一稿。"此函又云："月前填词一阕，费了半个月，拙而且迟。"疑两函一前一后，作于同年（大体作于民国时期，年份失考），且所指即附录之《芳草渡》词。

又，此函文、词作各为一页，今分藏两处。然两页所用笺纸一致，且函中云："兹寄请拍正。阅毕并盼封入疚斋函内，一并饬送。"颇疑词作页本为函札之附，后转送冒广生，以致分离。今借此合璧，亦是幸事。

叶恭绰词乃步韵周邦彦《芳草渡·别恨》而作。周词云：

昨夜里，又再宿桃源，醉邀仙侣。听碧窗风快，珠帘半卷疏雨。多少离恨苦。方留连啼诉。凤帐晓，又是匆匆，独自归去。　　愁睹。满怀泪粉，瘦马冲泥寻去路。漫回首、烟迷望眼，依稀见朱户。似痴似醉，暗恼损、凭阑情绪。淡暮色，看尽栖鸦乱舞。

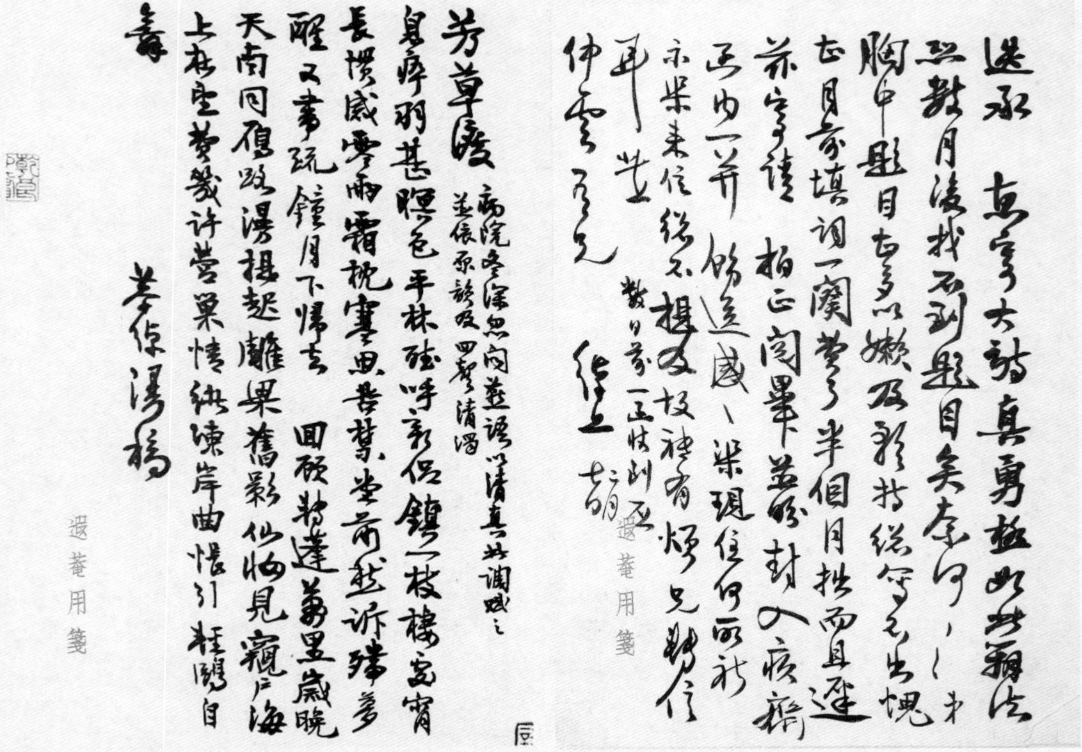

某年2月7日叶恭绰致靳志函（附《芳草渡》词）

钱堃新致蒋礼鸿、盛静霞书札十三通

潘洁清　楼 培　整理

题　记

钱堃新（1896—1956），字子厚，江苏镇江人。1919年，考入南京高等师范学校，受教于王伯沆、柳诒徵等先生，与缪凤林、张其昀、向达、徐震堮等是文史地部同学，并与缪、张合称“三杰”。1923年毕业后留校任助教，与景昌极合译英国文艺批评家温彻斯特（C. T. Winchester）《文学评论之原理》一书，并由上海商务印书馆于同年底出版。他是“学衡派”成员之一，曾先后任中央大学讲师及湖南蓝田国立师范学院副教授、教授。1943年后，历任贵州大学中文系教授兼系主任、文学院院长。1952年院系调整后，任贵州师范学院中文系主任。治学长于礼学、春秋学、韩昌黎文等，且擅昆曲，著有《冬饮先生行述》等，后辑为《钱堃新先生文集》。

蒋礼鸿（1916—1995），字云从，浙江嘉兴人，当代著名语言学家、敦煌学家、辞书学家。1934年，入之江文理学院国文系学习，亲炙于徐益修、钟泰、夏承焘诸先生。后任教于之江大学、蓝田国立师范学院、中央大学、浙江师范学院、杭州大学。他沉潜文史，兼长诗词，尤精于文字训诂与古书校释，著有《敦煌变文字义通释》《古汉语通论》《怀任斋文集》等。

盛静霞（1917—2006），蒋礼鸿夫人，字弢青，江苏扬州人。1936年，考入中央大学中国文学系，受教于吴梅、汪辟疆、汪东、唐圭璋、卢前诸先生，尤致力于诗词创作，汪东称其与沈祖棻前后齐名。盛氏亦曾在中央大学、浙江师范学院、杭州大学任职。有诗词集《频伽室语业》，与蒋礼鸿《怀任斋诗词》合刊。又曾与夏承焘合著《唐宋词选》，与人合编《宋词精华》。

据盛静霞《含泪写金婚》等记载，大学时期，钱堃新曾教过她“四书”，此后一直很关心她，为之执柯作伐。后来钱氏到国立蓝田师范学院任教，与蒋礼鸿成为同事，并对他青睐有加，故写信介绍给盛静霞。蒋、盛二人书邮交往，增进了解。在钱氏的建议下，盛静霞把蒋礼鸿介绍给中央大学（时迁陪都重庆沙坪坝）师范学院国文系主任伍叔傥，该系正缺人手，故而立即聘蒋礼鸿为助教。蒋礼鸿就从湖南出发，经贵州来到重庆。但二人见面后的恋爱颇有波折，如蒋氏不修边幅、缺乏情调等引得盛静霞不满，钱氏知悉后亦从旁规劝，并鼓励早日成婚。好事多磨，终结良缘，1943年9月17日，蒋、盛订婚，1945年7月24日（农历六月十六）又在重庆沙坪坝、白沙各请两桌，举办简朴的婚礼。

在小说《围城》中，钱锺书多方描写了三闾大学的职场纷争、情感纠葛。而钱堃新在书信中，也绘声绘色讲述了作为三闾大学主要原型的国立蓝田师院之人事种种。当然，函中更多的是对蒋、盛夫唱妇随、诗词赓和的赏会之情，同时也多次勉励对方德才兼备、

蒋礼鸿与盛静霞订婚照（1943年）

福慧双修。钱氏又曾感慨生平除“王、柳两师”之外，端赖姚公书（曾任教蓝田师院，又任贵州大学历史系主任）、王驾吾、张汝舟、黄焯“诸贤扶辅以有今日”。他还特意致信中央大学文学院院长楼光来、文学院国文系主任汪辟疆，投石问路，谋求职位，希望与蒋、盛相聚论学。抗战胜利后，蒋、盛随中央大学复员回宁。但始料未及的是，蒋礼鸿不久被中央大学莫名解聘，于是在1947年携妻回之江大学任教。钱堃新得知后，又函请钟泰“预为留意栖枝”，期盼来杭执教，“得周旋马（一浮）、钟（泰）二老与贤俪间”，惜乎未能如愿。

钱堃新在贵州的生活并不惬意，一则曰“此间一切无序，不欲久溷”，再则曰“踯躅荒山，无可晤语”，尤为歆羡“西子湖边，高贤四集”、诗词相属的风雅生活。但1949年后，钱堃新大概逐渐泯灭了移砚东来之想。信中尽管还会交流近况，旁涉儿女，但更多的是倾诉在新形势下备课、行事之难，“病缠目昏，书籍短少”之慨，以至于感叹“独堃驽钝，对于新事物迄今仍不能熟知，或虽知之而艰于行动，自顾殊觉可怜”。效法苏联、参加土改、院系调整等大事在书信中也有具体而微的表征。

透过这些遗存的书札，可见钱堃新与蒋礼鸿、盛静霞之间绵延不绝的师友情谊，亦让后人看到20世纪中期时代变迁和学术转型下知识人的境遇和思考。

这十三通书札由蒋礼鸿、盛静霞哲嗣蒋遂老师提供，并慨允过录，谨致谢忱！

1942年3月8日

弢青同学棣台鉴：

前函薄致迂辞，以为事后言其理尔，岂意忧愤正殷耶！来示于所称轻轻掇过，无嗔责之意，何其宽之甚也！蒋君峻斋可取处本不多，张等之行为殊属可恨，然又何足以尘滓清白，徒自取憎于君子耳！前所云相定者，名蒋礼鸿，字云从，嘉定人，卒业之江大学国文系，为钟钟山先生高足弟子。钟先生来蓝田，招为助教，已历二年有半，再一年许升讲师矣；工诗词，精于考证，其强识独见盖法高、焕先辈不能及也；年二十有七，貌差与峻斋相若。其父早世，前年母亡，虽有兄嫂，不累人也。前年堃来，雅重其有为，人有廉隅而多才，时示以所惠诗词，恒有嘉叹意。前日告以尊意不喜银行中人，尤大钦重，因欣然愿通名字。苟不见弃，即嘱其附书致意矣。

专请

教安

堃谨启

三月八日

按：函中“蒋君峻斋”即蒋维崧，字峻斋，江苏常州人，1938年毕业于中央大学中文系，先后任教于中央大学、广西大学、山东大学，是当代语言学家、书法篆刻家。盛静霞《忆云续录》中写道：“我和云从确定关系前，不知不觉中和一位同乡很好起来，云从也和他往来。他还参加了我们的婚筵。云从也知道我和那位过去关系密切，但并无醋意。还有一位，由老师介绍，已通信，但后来因多种原因，‘吹了’。云从到外地开研究生答辩会时，去他家拜访过。后来，他也到杭州来开会，云从认为我们应该去看看他。我不高兴去，云从说：‘你们以前的事，我不清楚，但总该见见面。’我只得和他一道去了招待所，见了那位一面。”经蒋遂老师证实，其中这位盛氏同乡并曾前往拜访、看望的友人即蒋维崧。

“法高、焕先”即周法高、殷焕先，二人均毕业于中央大学，皆为当代著名的语言学家。周氏还是王伯沆的乘龙快婿。

蒋礼鸿于1939年应其师钟泰之招，亦至蓝田国立师范学院任教。钱堃新与之共事数年，对他青眼相看，故特意介绍给女弟子盛静霞。

1942年×月×日

云从尊兄台鉴:

前日呈一航快，犹恨未能尽言，请得毕其说。日昨钟山先生来晤，谓曾以和物为询，已嘱佩言兄致口讯，大致言肯舍得即能和物云。又言任行叔来信，亦谓左右居彼颇郁郁也，因泛论一己向后事，云吾辈岂真有道可传，稍能尽职而已。窃意“舍得”中含三意，曰舍得用心、舍得时间、舍得用钱。能用心，则能识人情应付，恰到好处。舍得时间，则虽汲汲终日，不致退而懊恼。舍得用钱，则施报之间，不致常做矮子。此三者，非求学时所须，而服务时万不可忽。堃昔日不明此理，终与人格格不入，即前所谓覆辙也。去年发狂，大半由此。可不惩耶？至于男女之间，三者亦不可少。盛君虽明敏，终是女子，难免俗情。然其求于左右者，亦不过苛。衣衫头面之饰，亦少年人所重，若与诸人共处，自顾得奢俭之中，则悠悠之口无所肆其讥矣。即他日订婚，而后夫妇之间亦自有宜牵就处。凡此皆“舍得”二字之所包也。

堃教基本国文十许年，极知其中难处。盖学生每以名位量人。为助教者，宽则招侮，严则招恨，不能太认真，亦不能不负责，大约漠漠居乎才不才之间，而有朋友为之辅，可以少憾矣。至于“尽职”二字，犹嫌稍重，只求“过得去”三字耳（批阅文字及口头均不可过认真）。朋辈中如唐君毅、赵镜涵、周学根最可靠，平时与

之相结，缓急即有助矣。已同时函告弢青，谓暑假后可于白沙谋一地。若弢青果有此说，幸勿拒也。专请

近安

堃

按：函中“佩言”即沈书珽，字佩言，东南大学体育系毕业，曾任蓝田国立师范学院庶务主任兼体育系教员，与钱堃新、蒋礼鸿共事。“任行叔”当为“任心叔”之误，即任铭善，字心叔，之江大学国文系毕业，曾任教于之江大学、浙江大学、杭州大学，是当代语言文字学家，也是蒋礼鸿终生挚友。蒋礼鸿室名“怀任斋”，即怀念任铭善先生。钱氏朋辈中“最可靠”的唐君毅、赵镜涵、周学根均毕业于中央大学。其中唐君毅为著名思想家、哲学家，当代新儒家代表人物；周学根则任教于华中师范大学。

钱堃新在信里从亲身经历出发，对蒋礼鸿从生活和教学两方面谆谆教导。关于前者，他的锦囊妙计是要“舍得”，“舍得用心、舍得时间、舍得用钱”。关于后者，他的三字诀是“过得去”，同时“有朋友为之辅”，则“缓急即有助矣”。

又，函告盛静霞为蒋礼鸿“谋一地”事，盛氏《含泪写金婚》也有记载：“钱老师叫我在中大为云从找一工作，以便两人接近，增加了解。我将他介绍给国文系主任伍叔傥。该系正缺人，立即聘他为助教（我已由白沙女中调回沙坪坝，也在国文系当助教）。隔了两个月，他从湖南，经过贵州，到达重庆沙坪坝。”

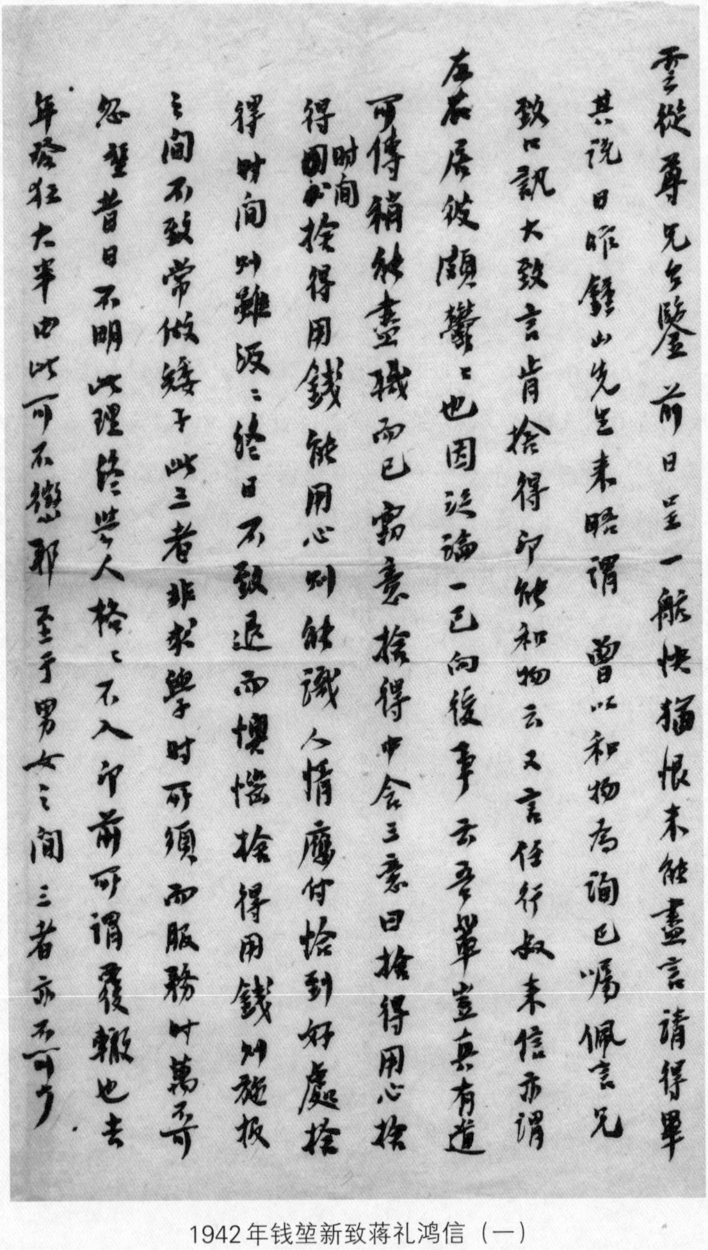

雲從尊兄大鑒：前日呈一航快，猶恨未能盡言，請得畢
其說。日昨鍾山先生來晤，謂曾以和物為詢，已囑佩言兄
致以訊，大致言肯捨得即能和物云。又言任行叔來信，亦謂
左右屢彼顧譽之也，因泛論一己向後事云。吾輩豈真有道
可傳？稍能盡職而已。竊意捨得中含三意：曰捨得用心，捨
得時間，捨得用錢。能用心則能識人情，應付恰到好處；捨
得時間則雖汲汲終日，不致遑遑而懊惱；捨得用錢則旋板
之間不致常做錢奴。此三者非求學時所須，而服務時萬不可
忽。望昔日不明此理，終無人格之不入，即前所謂虛度韶也去
年，登狂大半由此，可不懲耶？至于男女之間，三者亦不可少

1942年钱堃新致蒋礼鸿信（一）

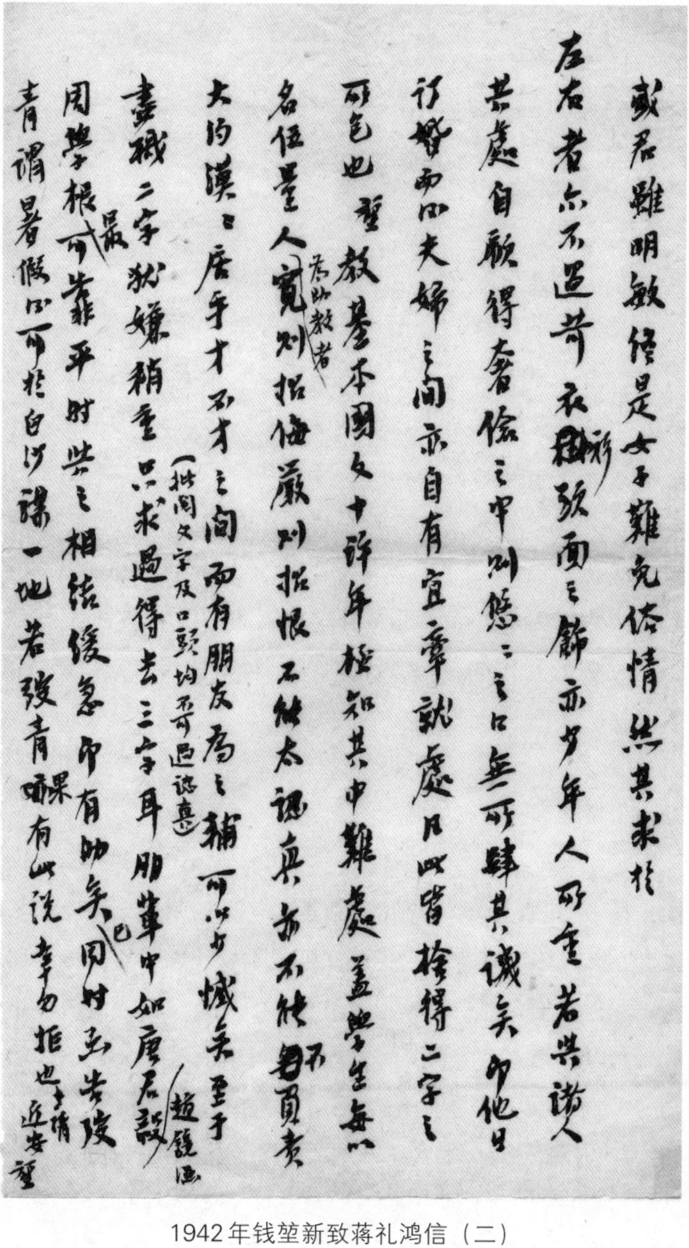

戴君雖明敏終是女子難免任情然其求於
左右者亦不過苛衣飾顏面之飾亦少年人所重若其讀人
其處自願得奢侈之中則慾之之曰無所肆其識矣加他日
行婚而后夫婦之間亦自有宜導就處及此皆检得二字之
所包也堃教基本國文十許年極知其中難處蓋學生每以
名位量人（為助教者）寬則指侮嚴則指恨不然太諷與其亦不能負責
大約漢之居年才不才之向而有朋友為之補所以少域矣至于（批閱文字及口頭均不可過諷意）
書機二字就嫌稍重只求過得去三字耳朋輩中如唐君毅趙鏡
周學根最可靠平時與之相結綏急即有助矣同時王步陵
青謂暑假以可於白沙謀一地若發青暗果有此說幸勿拒也專情
近安
堃

1942年钱堃新致蒋礼鸿信（二）

1942年×月×日

弢青学棣台鉴：

大札至并合影一帙，不特云从兄具开展英俊之姿，左右眉间一段愁意，亦已消除净尽，胸中所蕴，真可不言而喻矣。堃昔日得闻此报，实不能自禁其欢抃。而左右乃于其颠倒错乱处得之，可谓能观人于微也。明年结缡之说，纯由一己臆度，不谓遂冒启导云从兄之嫌，罪过之至。然默察战事非一二年所可了，古圣制礼固有所谓杀礼者，若必拘于赴沪面亲之说，其毋乃迂曲失时，转伤老人之意乎？但此系君等二人间事，不庸局外人插言，请自今于云从前不更提及，可乎？专请

教安

堃上

面漱逸、子我时，统乞代致意。不另。

按：札中“漱逸”即曹刍，字漱逸，江苏扬州人，毕业于东南大学教育系，民国时期曾先后任镇江师范学校校长、重庆沙坪坝大学先修班主任、教育部中等教育司司长、中央大学教授，1949年后任南京师范学院教授。“子我”即吴子我，毕业于中央大学，曾赴德留学，当时任国立女子师范学院附属女中校长。蒋礼鸿《水龙吟》（芳园一片清柔）、《木兰花慢·祁志厚、吴子我嘉礼》，盛静霞《水龙吟》（画图潜入清幽）、《七律》（移来一本才盈尺）、《烛影摇红·为祁志厚、吴子我新婚贺》、《谢子我送花》等诗词皆与吴氏相

关。钱堃新在函中提置一处的曹刍、吴子我后来均成为教育家，亦是奇事。

蒋礼鸿、盛静霞恋爱过程不无曲折，前引盛氏《含泪写金婚》《忆云续录》等篇章均有涉及。钱堃新得悉双方终于情投意合后，又劝其在抗战局势下不必拘于面亲之礼，可自行决定婚姻大事。盛静霞《忆云续录》有云：“现在回想起来，如果我们的恋爱地点，是在扬州或杭州，我们都未必成功。扬州，我母亲、姐姐一定反对；杭州，夏、任也会反对。恰恰我们两人都在四川，毫不受他人干扰，自订终身，这可是真正的自由。”

1943年11月×日

云从尊兄台鉴：

前者粗心，致倒书尊字。来字提及云云，再四思量，不能白头已误。及弢青书来言之，又加明了，始不觉失笑。堃之愚昧，往往如是，真可笑也。离蓝田百许日，恒得彼中消息，请牵连转告，想不厌其烦也。钟老前周来，为之江新生授课，云孟宪承先生曾代廖公致意，劝其寒假返院。钟老答以若子泉、宗霍离院，即可返院云。昨汝舟来信，极言国文科学生思慕之切，又国文系湘籍同事骆鸿凯、席鲁思请假不到院，马宗霍反责廖公不能礼贤，四度退主任聘书，谓堃倘偕钟老肯返院，则廖公不致更受煎逼矣。又言钟老肯反，则左右及震夏均可相随返院云。已转函钟老，不知能为所动否。堃意既已出院，即不必返。倘吾辈有缘合并，乃可喜耳。专请

教安

塈谨上

黄子通与高觉敷捣乱，各辞职务，闻黄已咯血去院。曾金佛打徐仁甫耳光，犹来函自称痛快云。

按：钱塈新本函中涉及的蓝田国立师院旧同事有院长廖世承，国文系钱基博（字子泉）、钟泰、马宗霍、席鲁思、骆鸿凯、张汝舟、曾金佛、徐仁甫、钱震夏，教育系孟宪承、黄子通、高觉敷。其中人事关系错综复杂，竟至于有大打出手者，与《围城》中对三闾大学的种种描写相比，似也不遑多让。

据《钟泰日录》，钟泰于1943年7月从蓝田出发，经过湘潭、衡阳、零陵、桂林，8月6日钱塈新赶来会合，再一同前往贵阳。钟氏在内迁当地的大夏大学及迁至花溪的之江大学任教，钱氏则执教于贵州大学。《钟泰日录》1943年11月11日："星期四，之江第一次上课。午后课毕，至贵州大学访胡（皖生）、钱（塈新）二君，胡皖生邀在经济食堂晚饭。仍回之江宿。"参以札中"钟老前周来，为之江新生授课"，故系本函于该年11月。

1944年3月30日

云从尊兄台鉴：

来札并和弢青诗及《桂殿秋》四首，真可谓工力悉敌。往者犹一献丑，今惟能讽诵佳什而已。昨得耀先书，嘉其于足下具厚望，不忍没其美，请录其语如次："云从前示以《荀子"法后王"说》，弟间有一二小处未同意，顷复来书，仍有未服，实则弟亦未必是，要为枝节问题，不足深论。只觉其文字漫无条理，远不如其诗词。作考据文尚如此，如作传论、序志之类，恐竟不能动笔矣。弟以与蒋君交谊尚浅，不便明言，兄不妨劝其作文时于次序布置稍一究心。蒋君美才，可一纠正之，在他人只须恭维了事，不足言也。”言之直率若是，其心之相厚可知。堃平日亦惟琴友、驾吾、汝舟、耀先四友肯若是耳。他人不惟不能言之，或且不能知之。尝窃自幸王、柳两师而外，赖诸贤挟辅以有今日耳。

足下于钟山先生而外，又得一耀先，真可贺也。此间一切无序，不欲久溷，已呈一书楼石庵、汪辟疆，引廉颇“思用赵人”之意。若肯相收，或又得暂聚也。弢青谅不日抵渝，赋诗愿毋忘寄示远人也。顷恒读东坡诗，终性分不近，无可敦率。一笑。专请

吟安

堃谨叩

三月卅日

劬堂师前可常往小坐。前书谓感往思前，无可与语，盖寂也。

按：函中涉及的人物有钱堃新知交姚公书（号琴友）、王驾吾、张汝舟、黄焯（字耀先），中央大学文学院院长楼光来（号石庵）、文学院国文系主任汪辟疆，“王、柳两师”即号称“南雍双柱”的王伯沆、柳诒徵，“劬堂师”亦即柳氏。

当时蒋礼鸿、盛静霞虽已订婚，但仍处于热恋期，蒋在柏溪，盛处白沙，不时相见，不见面时则鸿雁传书，几乎一天一信，诗词唱和亦极频繁，“和弢青诗及《桂殿秋》四首”均见于《怀任斋诗词·频伽室语业合集》。

黄焯受业于堂叔黄侃，曾任教于中央大学、武汉大学，亦为语言文字学家。他对蒋礼鸿《荀子“法后王”说》的文字有所批评。蒋氏在钟泰门下时即研究《荀子》，多年未辍，有《〈荀注订补〉补》《读〈荀子集解〉》等文。

蒋、盛结婚时，柳诒徵为主婚人。黄焯亦远道修书祝贺（蒋遂老师家藏），有“仙侣一双，人间难匹”之语。

1947年×月×日

云从、弢青贤俪文几：

两月以来，屡蒙饫以新词，宛如置身春花之丛，使人寸步迷茫，真怪丽也。每闻昔人赋此才华者，虽密友腻朋，不能全睹。今乃掊锁扩门，使全获闻。知才思之所及，而了无蔽障。此不独贤俪情思所泄，古人难有，即堃之见待，恐亦古今所难有矣。然而有惧，《大易·谦》之彖辞述盈谦之理极详，故老子忌满而曾文正求缺。盖人生美满之境，得之不易，而保之则尤难也。府上今亦可谓花好月圆矣。若欲持之已久，不受天人之概，则莫如凿雕反朴，使人我两忘，人鬼不忌，则莫或伤之者矣。前呈所为正襟而道者也，贤俪将不笑其迂乎？归期将以明夏，恐已出贤俪外。顷已函请钟老预为留意栖枝，

若得周旋马、钟二老与贤俪间，使之动静咸宜，亦可稍慰矣。专请

俪安

堃叩

律诗五言工于七言，七言独前片佳耳，如何如何。

按：抗战胜利后数年间，蒋礼鸿、盛静霞在诗词创作上激情不断，踔厉风发，数量颇多，佳制匪少，从收入《怀任斋诗词·频伽室语业合集》的篇什可见一斑。钱堃新读后称“宛如置身春花之丛，使人寸步迷茫，真怪丽也”，一方面赞叹其才情，另一方面又有所规劝，以为返璞归真才能保其美满。

1947年，蒋礼鸿被中央大学国文系解聘，即回杭州之江大学任教。当时，马一浮已自四川乐山回到杭州，其主持的复性书院也一并迁来。马一浮继续以书院主讲兼总纂的名义从事刻书活动。钟泰曾任复性书院讲席兼协纂，故此时虽在上海任教，但也经常往返沪、杭间，与马一浮及之江大学、浙江大学的旧日友人、同事、学生等过从甚密。而钱堃新亦有意东来，故“函请钟老预为留意栖枝”，期盼“周旋马、钟二老与贤俪间”，可惜未果。

1947年×月×日

云从、弢青贤俪惠鉴：

华笺与诗词到日已久，接人作信之余，每一出玩，恍若重返弱冠，不知老之将至也。往吾好读《石头记》，暂一把卷，便觉置身殊境，遨游尘埃之外。盖不徒前编

妙备色相，而后编又别具无色之相也。此数作者，直可使鱼玄机焚稿、李易安埋砚，岂独云从搁笔而已耶！

弢青兴会之高，由此可想矣。然以视曹大家、郝夫人之作（郝懿行之妻，其名似是王圆照，有《列女传疏证》行世），犹若逊一格者，盖彼为形而上之产物，此犹为形骸间粉泽事也。往日呈书，尝举福慧双修之联，欲贤俪重一福字。以纸幅尽，未能发挥。夫福者，备也。才德备谓之福，寿考偕谓之福，使天下才人全其德操谓之福，使子孙绵吾德教谓之福。诗词有花有果：粉泽形骸者，花也；自求多福者，果也。人生亦有花有果：《石头记》前半部，花也；后半部，果也。以贤俪年事计之，宜谢花而就果实；以新婚燕尔之日计之，殆犹患此类之少。然今者人世轻薄相趁，焉有久而相敬之美？持以示之，特启其狎亵之心耳。愿此后如有此类，除堃以外，不轻示人。但苟不示人，又何必有作？堃此要求又不免陷于矛盾，可笑人也。相和之说，亦一时兴会所致，何必真和。若不自量而竟和之，则几如端章甫而与西妇舞蹈，其足冷齿，宁止如东施效颦而已耶！辟疆以下，得此一棒，亦是活该。云从暂观木偶戏，弢青并此不与，均善。闻王玉章解聘，洪诚受聘，信否？洪诚为人颖悟，有超迈之心，可与为友，其妇朴质，似有足为弢青法者。窃欲弢青挫锐为顿、凿雕为朴，以致多福。不觉言之哓哓，谅之。

堃叩

按：函中涉及的人物王玉章，曲学专家，曾于东南大学师从吴梅，后任教于中央大学、南开大学等。洪诚，古汉语学家，毕业于中央大学，曾任教于中央大学、安徽大学、南京大学。

钱堃新对蒋盛夫妇尤其是盛静霞的诗词作品评价甚高，但同时又以《石头记》等为例，颇有规劝之意，与前札相通。

1947年9月17日

云从尊兄台鉴：

上月廿六日损札并诗，回环讽叹，不能以已。盖不徒韵语辞意兼茂，函中语亦若珠联玉缀，得未曾有。徐敖之辈不足道，哲东之贤犹出恶声，自明之刚亦若徘徊不能定，名位之绊人如是。足下乃从容其间，吐之以坚金，戛之以美玉，诚所谓抱道养和之君子也。汝舟和篇早寄杭。堃亦欲呈其庸音，苦不克掇提，遂尔中止。有往无来，得不笑其益拙懒，恐遂阻其东归，不获得把茗叙心于异日也！钟老处久不得讯，不识馆事差强人意否？西子湖边，高贤四集，平生心慕如马湛翁，至契如王驾吾，时一相对，并足以忘世乱而适心田，非如堃之踯躅荒山，无可晤语也。荆人已渐能相安，大小儿革已入贵大中国文学系，颇知吟诵大作，特其才短，恐不能与于斯耳。秋蟹将肥，贤俪方多造为，暇时能使一诵之否？

专请

俪安！

九月十七日　堃新谨启

按：此札中，钱堃新对蒋礼鸿诗“辞意兼茂”及与来函之“珠联玉缀”表示赞叹，更对其从容不迫的君子心态致以钦佩之情。再想到西子湖畔有马一浮、王驾吾等师友相对，感慨自己在贵州“踯躅荒山，无可晤语”。又提及家中妻子与长子钱革近况。最后曲终奏雅，希望多看到蒋、盛在秋高气爽时节的诗词作品。

1948年4月11日

云从尊兄、弢青贤棣俪鉴：

离别以来，每获新诗词，辄为之吟玩累日，以示朋辈，亦均赞为锦心绣口也。自憾朴鄙，不堪一和。然叹赏之外，又有稍若不解者，则笃厚之人何以下笔不能厚重，与之相称是也？岂灵秀处稍多，遂能掩其厚重耶？昔先师冬饮先生尝谓厚重可以养而致，此事颇关一门福分，愿从源头处多探究之也。又承示近读《呻吟语》，嗟克、伐、怨、欲不行之难，真可谓空谷足音。昔人称大隐隐朝市，沪、杭实为今之朝市，而足下隐于其间，无睹于其纷华，惟寡过未能是惧。堃于尔许年诚不能道及此，愿更珍重，以副远大之期。往尝爱吴林伯自力于学，欲老其才，为异日之用，今不幸至沪，知他人每不己若，或且宽然自谓已足，真所谓贼夫人之子也。学人难望其成，其以此夫？耑请

俪安

堃新谨启

四月十一日

按：函中涉及人物吴林伯，毕业于蓝田国立师范学院，后赴四川乐山复性书院，从马一浮、熊十力研习国学。1947年至沪上，先后任上海育才中学国文教员、中华教育社国学专修科主任兼教授、上海光华大学教授。

钱堃新对蒋、盛诗词之意见，建议养其“厚重”，保其“福分”，可参前数札。

综合以上，暂系此函于1948年。

1948年11月27日

左右：

近者游从之乐，恨不躬与其间也。马之超密，熊之真切，俱为并世所希。加以夏先生与驾吾兄为之扶持，良足益人神智。惟夏先生他文似不及词，可于文会册中知之。若爱玩其说，恐为此老瞒过。前函含胡过去，顷汝舟谕叶芦及之，殆非过论也。赐掌珠小影，谢谢！知其明慧不减所生，恐体弱亦似之。中国近年安琪儿无不遭此厄，真欲与天下为父母者同抱此歉矣。先乱不用自纷乱，至必能从容矣。如何如何。专请

俪安

堃叩

十一月廿七日

汤炳正，字景麟，为人甚谦谨，然其家在山东威海卫，其情甚可惨。

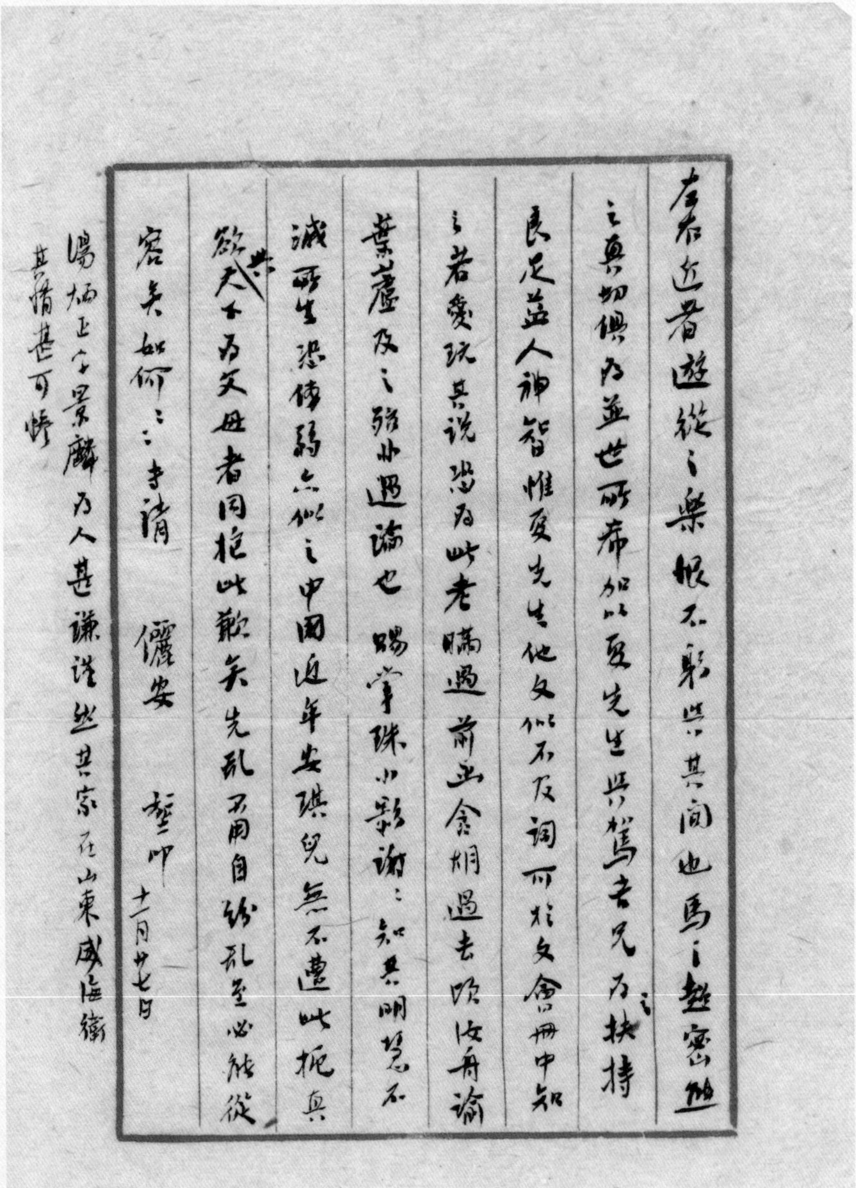
存君近者遊從之樂，恨不能與其間也。馬之趣密迩
之真切偶乃並世所希，加以夏先生與騖吾兄乃扶持
良友益人神智，惟夏先生他文似不及詞，而於文會冊中知
之，若變蔣其說，恐為此老瞞過。前函全炯過去時安舟瑜
葉盧及之，殊非過論也。賜掌珠小影，謝謝，知其明慧不
減所生，恐倚弱亦似之。中國近年安琪兒無不遭此柅，與
欲大下為父母者同抱此歎矣。先亂不國自紛亂，並必能從
容矣，如何如何。專請
儷安
堃叩
十一月廿七日
賜婿正字景麟，乃人甚謙謹，然其宗在山東威海衛，
其情甚可憐

1948年11月27日钱堃新致蒋礼鸿夫妇信

按：函中“马之超密，熊之真切”分别指马一浮、熊十力，“夏先生”即夏承焘。“掌珠”即蒋盛长女盛逊，出生于1947年12月6日。汤炳正，语言学家、楚辞学家，章太炎弟子，曾任教于章氏国学讲习会、贵州大学、四川师范学院等。

熊十力曾于1948年应聘至浙江大学，讲学将近一年。钱堃新在札中又向蒋礼鸿、盛静霞感慨：“近者游从之乐，恨不躬与其间也。”

1952年×月×日

云从、弢青俪鉴：

去年暑前奉一札，当时忙迫，未及回覆。去冬十二月三日之函到时，堃已往兴义参加土改，返后覆陆维钊兄之信，犹以不知贤俪所在为憾。最近检旧报，始于其间得兄此札，快歉兼至，即以示汝舟、姚珩。现姚珩已毕业待分配，岁月易逝之感，正同之也。弢青教高中一班，可不致太劳，更可抽暇学习新观点方法，为异日之用，计亦良得。札中提及有身已五月许，现谅已为出世男女近百日，在怀中能笑可提抱矣。计弢青现已为三儿之母（男女各几人），虽劳亦足慰；然又有更为小孩庆者，童年一过，便社会主义国家的新主人。较之垂白父执于黑暗中酸辛半世，解放三年犹时虞赶不上时代为多福可妒也。学习事来示未多提及，岂以为朋友可于意想中得之，不用见于笔舌间耶？此间朋友如汝舟、琴友、王□三辈，学习进步都大；独堃驽钝，对于新事物迄今仍不能熟知，或虽知之而艰于行动，自顾殊觉可怜。贵大将改为农林学院，他院系明暑调往他所。尊存《〈礼记〉读本》《〈商君书〉新诂》稿本二种，不日付邮寄回。即请

俪安

堃上

耀先在武汉教“历代散文”，大不吃香。汝舟语法未印讲义。

现舍下各人均安好，大儿钱革已编入铁道工程师，调修天成铁路，小儿高中毕业，拟考工院化工或矿冶肄业。

按：信中有“去冬十二月三日之函”“札中提及有身已五月许”“解放三年”等语，参以蒋、盛之子蒋遂生于1952年3月8日，故本札亦系于1952年。

1951年，之江大学由浙江省文教厅接管，盛静霞未被续聘，即转去杭州私立教会学校弘道女中任教，故有“弢青教高中一班”之说，但往返家、校之间颇为辛苦。

“计弢青现已为三儿之母”为误记，蒋、盛惟有女盛逊、子蒋遂二人。

钱堃新还谈到张汝舟、姚公书、黄焯等友人及自己两个儿子的近况。自己虽已参加土改，但“对于新事物迄今仍不能熟知，或虽知之而艰于行动”，可见一部分知识人在新时代中的处境和心迹。

1953年底

弢青学弟如晤：

顷接手札，对王师母生活至为关切，专函致远，义形于色，循诵之下，且感且愧。以示汝舟，亦深感佩。顷已致小款，拟间月一寄，直至法高返宁就业为止。承告已调系任课，此实应有之现象，亦足下之金芒不可掩，使人欲屏不得耳。堃亦教先秦文学，病缠目昏，书籍短少，《毛诗》《楚辞》向未加工，说之亦不免费力，恨无由相近与闻妙绪耳。任课几多？亦曾编写大纲、讲稿否？此间方订计划、写大纲，已把《苏联八—十年中学文学大纲》研之十日，犹未下笔，然已觉其不易矣。驾吾本期课谅不至太忙，夏间蒙其赠一书，未即复信，胃病又发，搁置至今，面时希为致声，出月定有信去矣。汝舟正编讲稿，亦拟流通，俟成，当有以复命。今之致力语法者不多，况云从兄之精密过人，固宜在嘤鸣之列也。本月汝舟殊窘，已约下次附寄小款云。堃双眼生白内障，愈久愈昏，把笔作字，直乱涂耳。料百天内外可以开割，尔时能复明与否，更以相告。往年蒙寄借廿万元，正济燃眉之急。内人耿耿于心，常在口头。顷负担已毕，可以筹还。然其值似已不敌，殊歉歉也。耑此，敬颂

俪安

云从兄处均此，不另。

小兄堃新谨上

按：函中“王师母”即王伯沆遗孀周氏。王伯沆原配夫人早逝，后娶周氏，生女王绵，嫁与周法高，故又有“直至法高返宁就业为止”语。而王伯沆1944年逝世，周法高1949年赴台，周氏生计艰辛。钱堃新、张汝舟均毕业于中央大学，受教于王伯沆，经盛静霞来函告知后，即商议间月寄款给王师母以济其困。

“承告已调系任课”，1952年院系调整，以之江大学文理学院与浙江大学文学院为基础，创办浙江师范学院，1953年11月，盛静霞开始在师院古典文学研究班作先秦散文部分的辅导，故函中又有“堃亦教先秦文学”之语。

钱堃新年近六十，“病缠目昏”，所授亦非其所长，但仍细心参考苏联方案，“订计划、写大纲”，努力赶上新时代。

1954年8月23日

云从、弢青俪鉴：

日前来札，转示诸友，深以得所未知为快。凡人于其所未释然者，恒不欲其见于笔札，及其冰释以后，辄不难举以告人。今乃抉其肺肝，示人于数千里之外，虽欲不谓之进步，不可得矣。然堃之心，犹窃以为未足。盖感贤俪之于新世新理，犹未入之猛而好之笃，则恐其未必精进而疾得，以贤俪之富于春秋，如能精进而疾得，其贡献于祖国者，必且倍蓰于朋辈，如曰不然，实大可惜。盖今日之难者二，一则改过自新，儒先以为难，今则期之人人；一则以极弱至贫之群，而勤耕力作，欲以最短之日，远超英美，方驾于苏联，此非合力集体，不足以致之。而吾辈知识分子，垂白者既自顾谓不能，强壮者又徘徊而不为，势必举革新建设事业拱手让人，不谓之可惜，得乎？驾吾来一书，亦颇痛快，已还书告以所苦。堃暑后任“历代散文选”，尊任系何科目，贵院“历代散文”未知何人任，能为我求一选目备参酌否？蒙告以弢青愉于所事，想其欢然之日渐多，极以为慰。

堃上

八月廿三日

按：从函中可知蒋、盛曾去信向钱堃新谈及近来思想上、心理上的一些转变，钱氏尚未餍于心，指出他们对于“新世新理”“犹未入之猛而好之笃”，希冀其能“精进而疾得”，“贡献于祖国”，实抱有远大之期望。

“蒙告以弢青愉于所事，想其欢然之日渐多”，可以推断当是盛静霞在浙江师院任教古典文学研究班，并作词学研究之时，故系本札于1954年前后。

恩师夏承焘先生的六封来信

赵景瑜　整理

题　记

夏承焘（1900—1986），字瞿禅，浙江温州人，新中国成立后曾先后担任浙江大学、浙江师范学院、杭州大学中文系教授。他毕生致力于词学研究和教学，是现代词学的开拓者和奠基人。

1958—1960年间，我在杭大进修，夏老负责讲授唐宋诗词课。临别时，他还在陆维钊先生创作的《墨竹图》上题诗赠我，诗云：

白月溪堂送雁群，归心日夜太行云。
云栖谷口青青竹，扶老他年仗此君。

此后，我与夏老时有书信往还。夏老寓居北京时，我还经常前去看望。

夏老夫人吴无闻，原名吴闻，浙江乐清人。她年轻时曾师从夏老，为门下高足，并被赐号无闻。新中国成立后，长期在上海文汇

赠赵景瑜《墨竹图》(陆维钊绘，夏承焘题诗)

报社北京办事处任新闻记者。1973年退休后，她到杭州看望恩师，毅然决定与之结为伉俪，在生活和学术上给予夏老极大的支持和帮助。1988年11月14日，吴无闻在北京仙逝，享年七十二岁。翌年，遗骨归葬于千岛湖夏承焘墓旁。

现将所存夏老六通来信按时间先后整理披露，书信的录入得到刘涛先生的协助，在此深表谢意。

第一通

景瑜同志：

函悉。胡先生一笺已转去。您此时想已回太原。《稼轩词选注》顷与孝中[①]同志约好，在寒假内改好。要删改的可能很多。孝中一部分先由他自己改过，敏学[②]的一部分，是他带去改的，来信说不日可寄来。您的一部分改过后，我想托此间同学代抄一清本（您如有工夫自己抄更好），各同志"注"的一部分问题较少，谈内容的有不妥处，须改写。

我新年以来病咳一月未愈，瘦了许多，近服药未停。杭大浮肿病潮流行。你校想好。专复，即致

敬礼

夏承焘

一月十五日（1961）

① 孝中即李孝中，当时任教于南充师范学院。

② 敏学即闫敏学，当时任教于陕西师范大学。李孝中、闫敏学皆为杭大进修期间的同学。

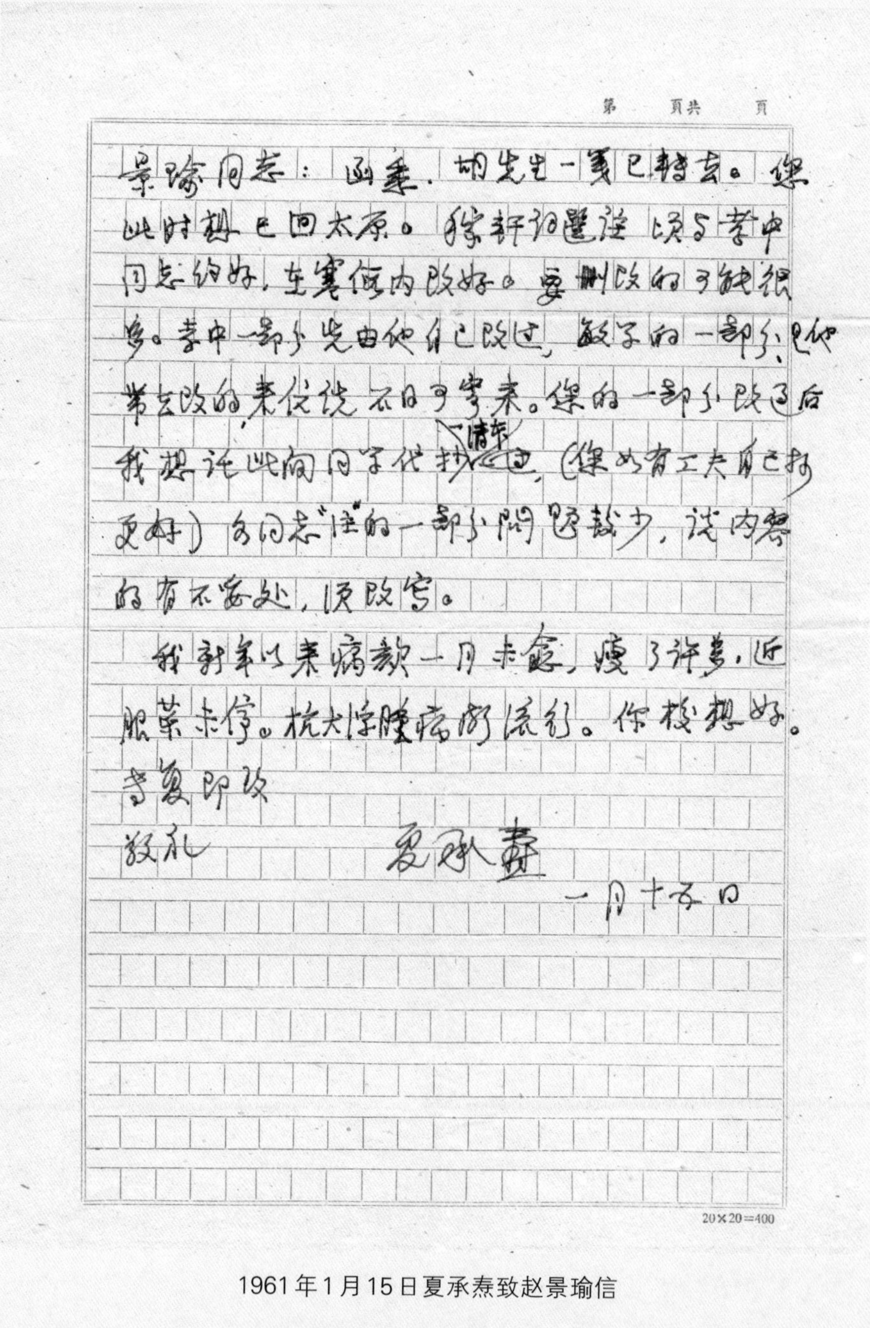

景瑜同志：函悉。胡先生一笺已转去。您此时想已回太原。稼轩词选注须与孝中同志约好，在寒假内改好。要删改的可能很多。孝中一部分先由他自己改过，敏子的一部分是他带去改的，来信说不日可寄来。您的一部分改过后我想托此间同学代抄一清本，（您如有工夫自己抄更好）与同志"注"的一部分问题裁夺，若内容的有不妥处，须改写。

我新年以来病疾一月未愈，瘦了许多，近服药未停。杭大浮肿病颇流行。你校想好。

专复即致

敬礼

夏承焘

一月十五日

1961年1月15日夏承焘致赵景瑜信

第二通

景瑜同学：

得五月二十日太原惠书，如面接欢笑，甚快甚慰！十八年久别，回首重游，有如梦寐。六月上旬，如过京往桂，甚盼过京寓快晤，小词印本当面呈奉尤妥。但草草小词，无足当一哂耳。秋凉甚望相携重游太原晋祠等处，并一晤山西大学各朋旧，诚一快事。山西尚有杭大同学庄严、杨　　夫妇[①]，与兄相识否？焘将届八十，老态颓唐，把笔不能成字，并请恕之。初到北京时成一小词，附奉博笑，即问

秋好

节中孤月风翻动。影挈鸿蒙同翳凤。谁云高咏酒无功，自信闲愁诗可送。　　绿云一握邛崃种。感荷故人情意重。得归已过杖乡年，垂老未忘攀岳梦。

乙卯中秋，京友赠筇杖，作《玉楼春》。

夏承焘手具

五月三十日（1978）

---

① 庄严、杨　　夫妇，原信“杨”字后空两格，所指即庄严、杨芷华，二人原为夏老研究生，毕业后分配山西大学中文系任教。

第三通

景瑜老弟：

十六手书读到，欣悉一一。近来天热，且来客络绎不绝，故一直呆在北京，未曾出游。承嘱为《山西大学学报》撰稿，且俟之他日。缘焘前些年积稿，均已被出版单位取去，近来衰老多病，无有新作。如日后有得，当写出寄奉。望转告江地[①]先生为感。太原之游，目前日期尚难确定。第一，因天气尚热。第二，因家中有远客。总之，太原是久已梦想一游，只是时间问题而已。匆复，即承双好不次！

夏承焘

八月廿日（1978）

吴闻附候

第四通

景瑜老弟：

三月十日手书及惠赠《山西大学学报》均妥收。弟与芷华女弟两篇大作亦均读过。无任喜慰！

焘入春以来，久患感冒，咳嗽兼旬，经打针服药，近渐向愈。承问拙作，两三月后，《论词绝句》[②]大约可以出版，届时当遵嘱寄奉。唯焘年老健忘，弟来信之便，须常常提起。去年在香港《大公

① 江地，山西大学历史系教授，捻军史研究专家，当时兼任《山西大学学报》主编。

② 指夏承焘著，吴无闻注《瞿髯论词绝句》，由中华书局于1979年3月出版。

报》纪念刊物上发表一篇短文[①]，有抽印本。现随函附去一本，望弟指正。即承

双好！

承焘

三月十四日（1979）

吴闻附候

第五通

景瑜老弟：

顷陈正、张有理同志送来植物油四斤，已妥收。琐事相烦，且累陈、张二员远道携带，无任感荷！其实近来北京已有高价油上市，缘我们衰年健忘，记不起从前托购之事，以致不能事前止购。退来十元，亦已收到，忽念。

学报编辑部寄来学报及稿酬早收。

近上海古籍出版社再版小书《辛弃疾》[②]，兹邮奉　册，余二册望转交杨芷华、庄严二同学。匆此，即颂

双好！

夏承焘

六月二十一（1979）

吴闻附候

---

① 纪念刊物当指《大公报在港复刊卅周年纪念文集》，1978年9月出版，内收夏承焘《评黄彻〈碧溪诗话〉之论杜》一篇。

② 指夏承焘、游止水《辛弃疾》，上海古籍出版社1962年12月初版，1979年4月再版。

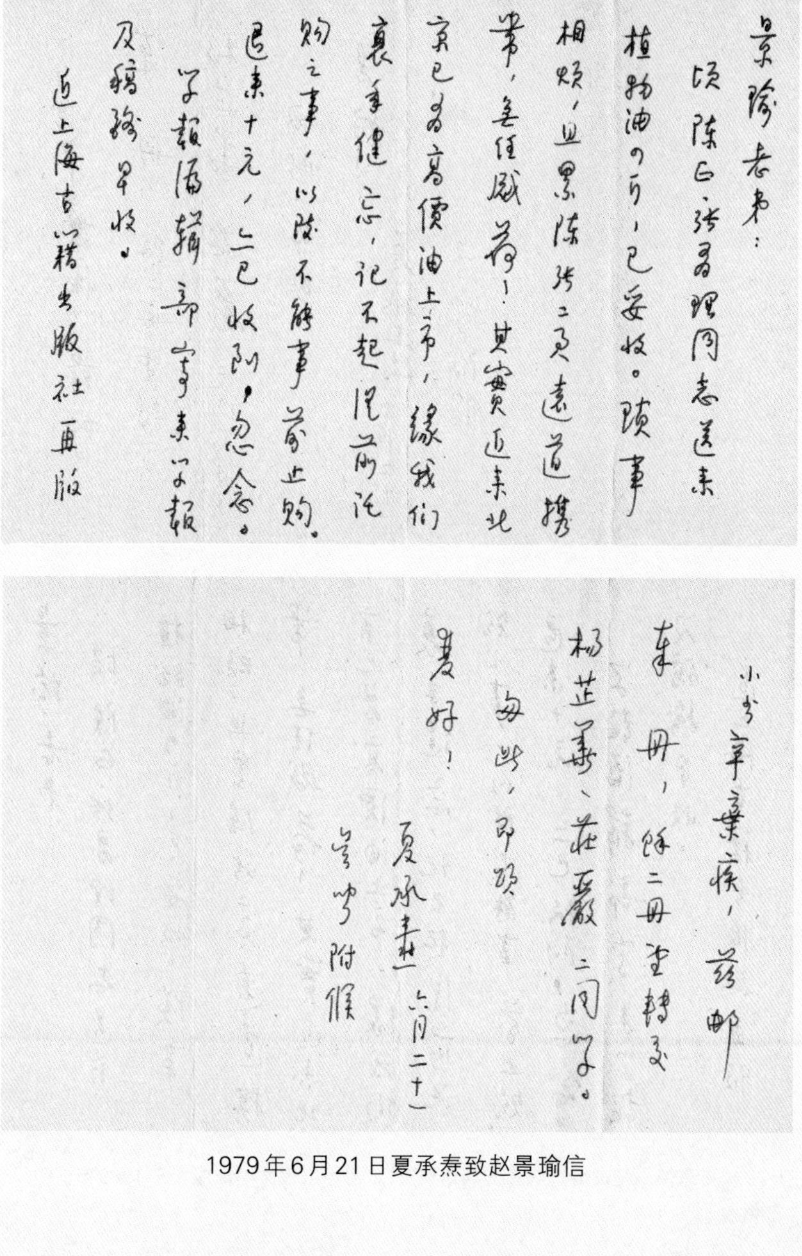

景瑜老弟：

顷陈丘、张君理同志送来植物油四斤，已妥收。琐事相烦，且累陈张二君远道携带，至任感荷！其实近来北京已有高价油上市，缘我们衰手健忘，记不起从前托购之事，以致不能事前止购。退来十元，亦已收到，勿念。

文学报编辑部寄来文学报及稿酬，早收。

近上海古籍出版社再版小书辛弃疾，兹邮奉一册，余二册望转交杨芷华、庄严二同学。

匆此，即颂

夏好！

夏承焘 六月二十一

吴闻附候

1979年6月21日夏承焘致赵景瑜信

第六通

景瑜老弟：

来信收悉。嘱为联系《红楼梦》讨论会事，即将大作及信转托冯统一同志代办，今天接他复信，说已将你的信和文章交给冯其庸同志，他说尽快给你发出请帖。

《清词选》[①]尚未出版，人民文学出版社列入明年出书计划中。俟印成后当寄赠。

芷华同志晤中请代候。

匆此，即问

近好

承焘

五月十三日（1980）

吴闻附候

① 当指夏承焘、张璋编选《金元明清词选》，后由人民文学出版社于1983年1月出版。

钱锺书、杨绛夫妇致马成生书札

赵红娟　整理　　马成生　题记

题　记

1960年秋，我考入中国社科院文学研究所与中国人民大学合办的文学理论研究班，并由领导分配，跟随钱锺书先生学习中国古典文论。我自己感到十分幸运，四周的同伴更说我的“命特别大”。钱老师与杨师母这七八封信，尽管已经读过无数次，但每当打开柜中抽屉看到时，总忍不住再次捧读，读着读着，便会联想起初次拜见时，钱老师的一句教诲：“你要想做学问，就不要想着做官。”自己细考，就是在治学过程中，不要随“机”改变观点，去迎合某些权势者的口味，求得好感，以便弄个什么职位之类，而是要坚持不渝，始终不懈，求得自己所钻研的课题中客观存在之“义”。由此，更联想到钱老师一生经历中为人们所赞颂的“硬气”，或被人指为的“傲气”。自己深深感到：钱老师不仅是学术上的“泰斗”，也是人品上的“泰斗”。任何一个想做学问的人，钱先生这话都是可以作为座右铭的。

钱老师与杨师母这几封信都写于上世纪八九十年代。记得在此之前，也曾有钱老师的一些言论记录与信件，但因为自己特殊的遭遇，为避免节外生枝，连同其他友人的信件一起“处理”了。而今想起，无限痛惜。

1985年5月30日

成生学兄教席：

别来二十年，忽承惠遇，惊喜交集。著述斐然，尤为忻慰。顷又奉赐寄佳茗，物好而情更重，既感且愧。从此饭余一瓯，必远忆贤者嘉惠矣。敬领叩谢，即颂

近祉

钱锺书上

五月卅日

1988年4月29日

成生学兄：

来信和惠寄茶叶都收到，谢谢！每年承你一片盛意，送给我杭州好茶叶，物佳而情更厚，感愧之至。真是“每饮不忘”。专此道谢，并致

敬礼！

锺书上，杨绛同候

四月廿九日

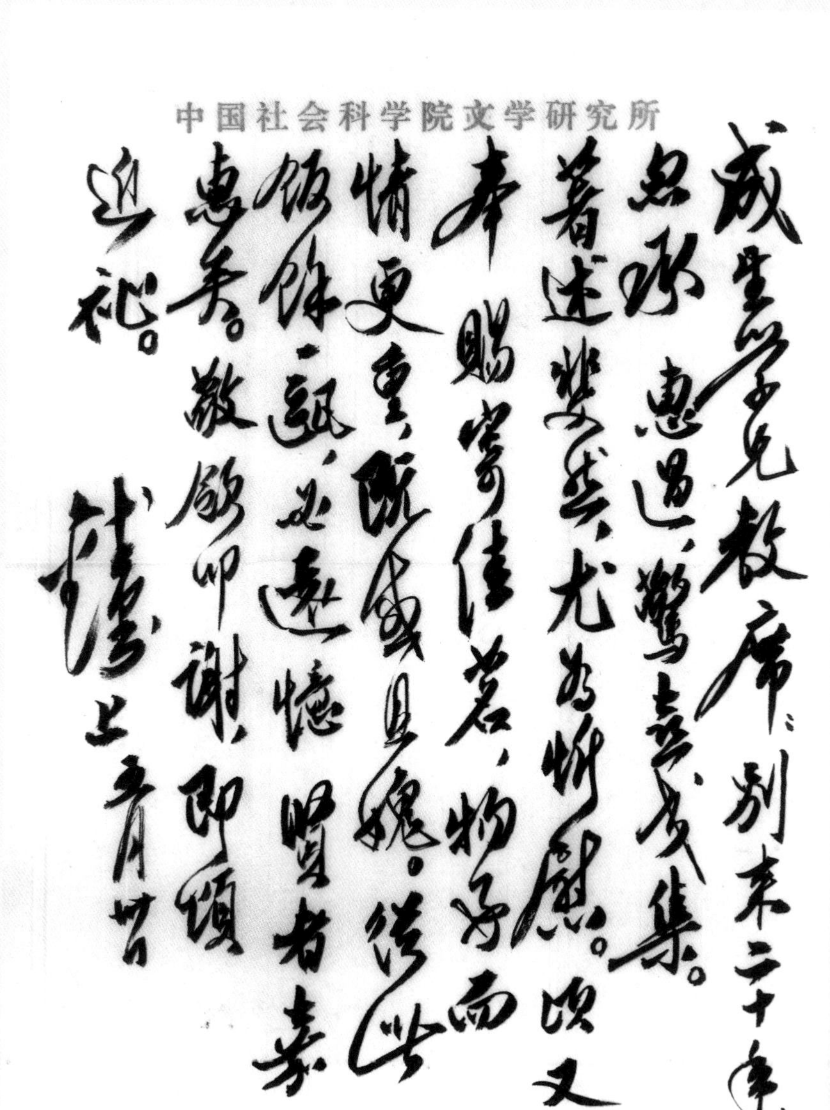
中国社会科学院文学研究所

成生学兄教席：别来二十年，忽承惠遇，惊喜交集。著述斐然，尤为快慰。顷又奉赐寄佳茗，物好而情更重，既感且愧。[illegible]饭余一瓯，必遥忆昔者素惠矣。数[illegible]聊谢，即颂近祉。

锺书上 五月卅日

1985年5月30日钱锺书致马成生信

1992年4月29日

成生学兄教席：

奉书并惠赐佳莾，感荷无既，弟于二月初因病入北京医院，接受艰辛手术，历六小时之久，于四月中方出院。衰朽之躯，康复不易，生老病死，事理之常，安心任运而已。谢事谢客，力疾复数行志谢，即颂

近安

钱锺书上

四月廿九日

1993年5月24日

成生我兄教席：

久未通问，实因去年大病动手术后，衰颓愈甚，恢复维艰。八十已过，残年唯以对付病魔为务。乃承远念，并惠佳茗，感刻之至。

近况想安善，但已过中岁，亦望保重。无病无灾，至祝至愿。草此报谢，即颂

夏安

钱锺书上

五月廿四日

1994年5月4日

成生贤友著席：

奉来书，惠赐大著及茶叶亦陆续寄到，感愧之至！老病之身，乏善足述。徐女士文不但溢美，且多虚造失实，有“采访”之通病，不足信也。少作两种，被坊间擅自再印，即呈一册，聊作纪念。大著尚未及细读，先此致谢。即颂

俪安

钱锺书上，杨绛同候

五月四日

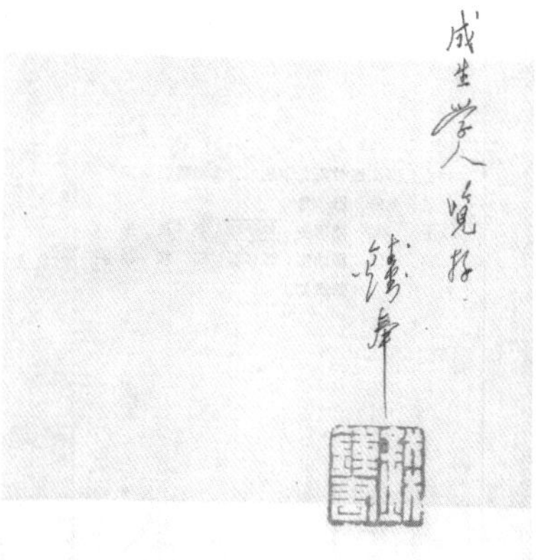

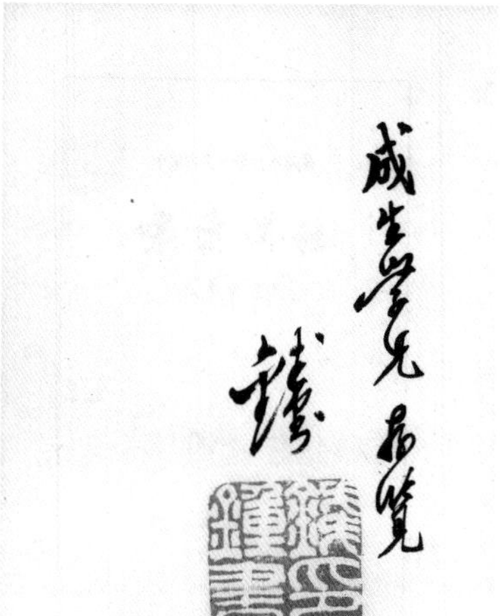

钱锺书赠马成生“少作两种”（即《人·兽·鬼　写在人生边上》及《宋诗选注》）

1996年5月9日

马成生同志：

承惠赠杭州新茶，谢谢。钱书重病住医院将近十个月，我亦积劳成疾。西湖草长莺飞，正是晴雨皆宜的好地方，不胜神往，但我们老病，无缘作游春之梦，容待异日吧。

专复致谢。即问

近好

杨绛

五月九日

1998年8月10日

马成生先生：

您好！

承惠寄名茶已收到，感感。去年令郎来舍赠送茶叶，未能晤面，亦不记府上地址，无由寄书道谢，殊深歉仄，望勿罪。

我仍天天跑医院，后勤事亦殊忙碌，草草布谢，即颂

暑安！

杨绛

一九九八年八月十日

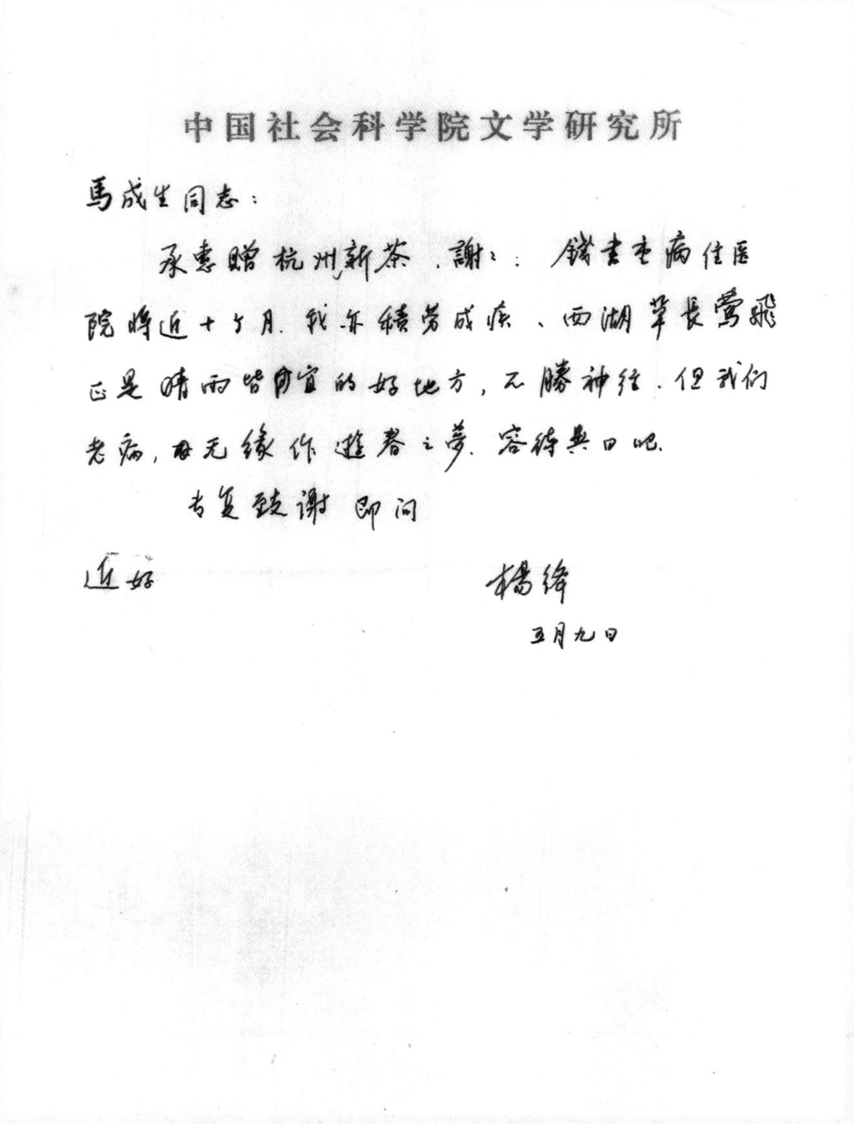
中国社会科学院文学研究所

馬成生同志：

承惠赠杭州新茶，謝謝。鍾書久病住医院将近十个月，我亦積劳成疾。西湖草長鶯飛，正是晴雨皆宜的好地方，不勝神往。但我們老病，無缘作遊春之夢，容待異日吧。

专复致谢，即问

近好

楊絳

五月九日

1996年5月9日杨绛致马成生信

唐弢致徐开垒未刊书信十六通

马国平　整理

题　记

唐弢和徐开垒相识于20世纪40年代。1949年后，两人曾在《文汇报》共事，此后书信往复，交谊匪浅。2006年《文汇报》“笔会”副刊创刊60周年之际，徐开垒撰写纪念文章，专门谈到了唐弢给他的信函：

> （唐弢）50年代调离上海赴北京工作后，长期与我通信，那50多封信的原件至今还留在我的身边。这些信原应交给北京中国社科院文学研究所编入《唐弢书信集》，因上世纪90年代初，我曾几次赴美探亲，文研所曾来信要我把这些信寄去，我却来不及应命。

2011年9月，徐开垒将唐弢写给他的书信48通捐赠给上海图书馆中国文化名人手稿馆。近年来，笔者收集整理了唐弢致徐开垒的未刊书信，另藏有上述书信以外的3通书信。这总共51通信件，时间跨度始于1972年，止于1987年，现经唐弢先生家属授权，刊载其中的16通，以飨读者。2022年是唐弢（1913—1992）逝世30周年，徐开垒（1922—2012）逝世10周年，谨以纪念。

1972年6月16日

开垒同志：

多年不见，最近人民文学出版社转来《进军号》一册，封面右下角有个“徐”字，细审笔迹，知道由你惠寄。过去听说你健康不佳，那么现在又照样在为人民服务了，那是值得高兴的。

我自1964年得心肌梗塞症，中间经过5次大发作，都是由医院抢救回来的，住院卧床，少则一月，长至半年，吃饭、大便都在床上，连转侧也要人扶持。自1970年起，没有大发，并能自理生活，去年起已偶而出门，不过要拄根拐杖。我们机关在河南五七干校，我一直留京养病，前年寓所搬了个地方（建国门外永安南里七楼一〇三号），新居有煤气暖气，生活较为方便。我除养病外，就是读书学习，去年底起在家兼做一点工作，今春稍有不适，大夫说我心脏扩大，但也没有什么显著变化，我还是照常读书学习工作。不过年纪老了（今年我已届六十），精力衰退，残年向暮，这本是自然规律。即使能继续和疾病斗争几年，而为党工作的时间，毕竟已经屈指可数，过去是枉抛心力，思之痛心，现在虽有“赶快做”的念头，却常常不免力不从心，因此有急躁情绪，但也无可如何。自己打定主意，活一天，学习一天，工作一天，希望有一个较好的面目去见马克思而已。

话说得罗嗦了，写此信目的，就是为了谢谢你的寄书。专此，即致

敬礼！

唐弢　72.6.16

1972年10月14日

开垒同志：

手书奉悉。我由于无事忙，久未通信。潘生丁不急，钱可留在你处，缓缓设法购买。承寄一些书册，十分感谢。从报纸说，我觉得近来编得比前一时期好。

何其芳中央尚未批下。但已在抓业务，问题都已弄清楚了，只是没有正式宣布而已。我们所这样情况的，仅他和俞平伯两人，其他都解决了，运动仍在搞，重点在“5·16”核心分子。至于业务，不过是接受外单位要求，代为审校一些文章。本所业务计划，未定。外文所的冯至，最近已正式宣布解放。戈宝权、叶水夫、卞之琳以及我所的余冠英、吴世昌、钱锺书等，都已解决。作协也解决了一大批，如张天翼等。不知上海如何？

天气渐渐入冬，我有时有憋气现象，情况不如去年同期，天气影响很大，同时也可能因为活动多了一些，以后拟适当减少。

有关鲁迅材料，如有发现，请寄示一二。老朋友了，我就不客气的奉托。书款药钱，将来同你总算。

匆匆，即问

近好！

唐弢　72.10.14

1974年1月8日

开垒同志：

多时未通音问，近想起居佳吉，为念。

我自出院以后，家居养病，尊主席指示，学一点书法，偶而作字自遣。记得你曾要我写个小幅（纸张大小，我已忘了），勉强写成，字甚劣，未免贻笑大方。好在为践夙诺，聊博故人一笑。

郭老书法，曾为代求，至今没有消息。我自北来以后，未曾与之谋面。近闻一切社交书函，均需经其秘书代核，以节省老人精神。一般交往，大都谢绝，此事恐亦在例中。有辱遵命，至以为歉。

报馆近来想极忙碌，上海旧友，尚能经常见面否？匆匆，问全家好。顺祝

新年快乐！

唐弢　74.1.8夜

1976年11月17日

开垒同志：

信及照片收到，谢谢。

我先去黄山疗养，后至厦大开会，又至福州，至十月卅一日深夜才回到北京。中间两次经过上海，原拟走访，但都因不想公开行止，怕传出去而强忍作罢，失去快谈机会，可惜。

回到北京后，忙得不堪。每日来访的人，平均二三批，案头积信盈尺，不及答复。而健康又坏了下来，绞痛憋气，日必数次。医

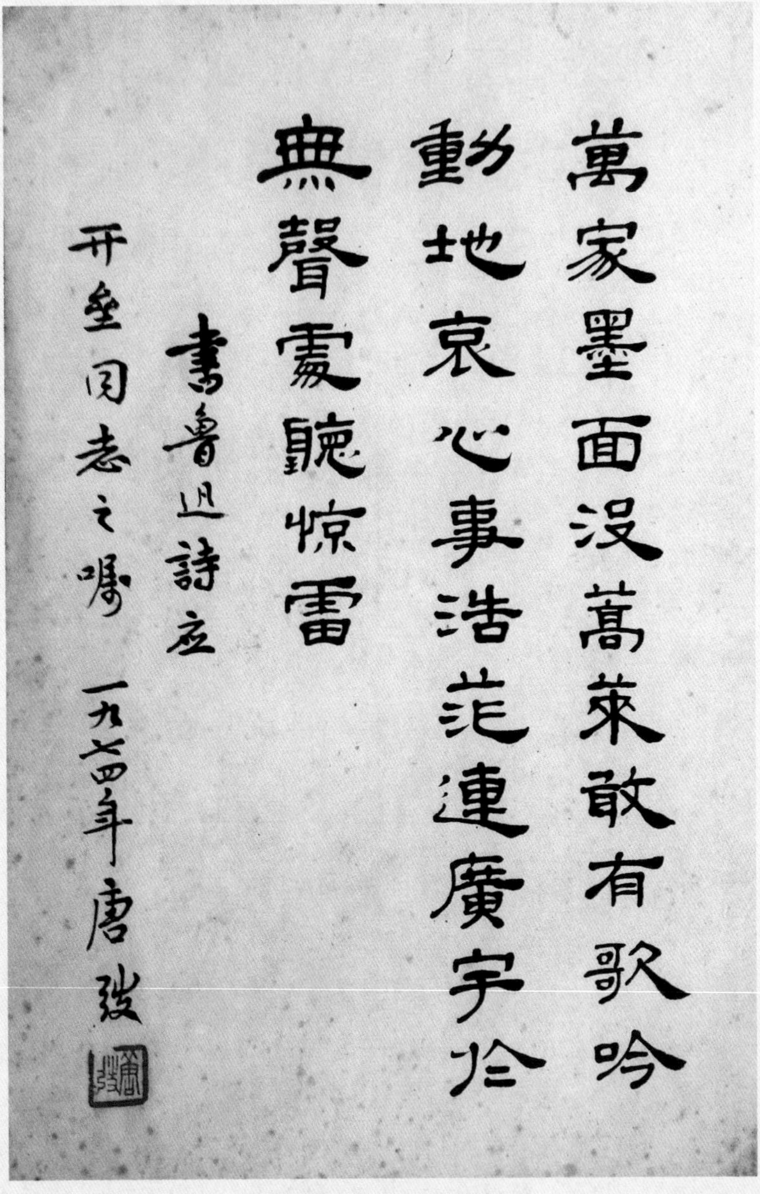

唐弢赠徐开垒书法小幅

生诊我全休假，哪里休息得了。揪出“四人帮”大快人心，人心大快。我原来想从厦门直接回京的，因为省委党校、福建师大一定要我去讲一讲，结果就转福州。临上车前，在党校讲了三小时，累极，到了北京又是天天忙。食少事繁，为之奈何！

何为在福州何处工作？

姜忠德（韦芜）在北京化工局宣传科，近有信给我，尚未复他，实因太忙之故。

北京15日晚9时50分又地震，震中在兆南附近银河，7.2级，此间也有5—6级，房屋摇动甚烈，仅次于7月28日两次，但无损失。

学部的情况和报馆相似，这里曾有迟群搞运动，临走时，安插了不少心腹，情况复杂，一不小心，会被暗算。

何时来京作短期游？主席纪念堂已动工修建，无论如何，新闻记者应及时报道也。

向全家问好。

匆致

敬礼！

唐弢　76.11.17

1977年1月26日

开垒同志：

23日信收到，承告各点，谢谢。[①]

① 以下有删节。

我们这里正在搞运动，学部现已划归中共中央办公室领导，不属于国务院了，与科学院也无关系，但未公布。吴亮平（黎平）也到学部，不过是搞业务，安排他个人工作。

柯灵衣服书籍已启封，巴老如何？也该启了吧。见到两位，代为问候。

总理逝世一周年纪念，天安门广场动人之至。华主席理解群众情绪，处理得好。花圈采协商办法，最后放了将近两星期之后才处理。今年是在笑得痛快之余，又哭得痛快了。

向秀梅同志[①]及全家问好。

即颂

冬安！

唐弢　77.1.26

1977年3月16日

开垒同志：

六日来信收到。手头校样要限期交出，忙得昏头昏脑，迟复勿罪。

我不会因为老朋友说点什么就生气的，那样小气，自不至于。你太多心了。《解放军报》上诗我未见到，但接到刘某的信，要求替他更正鲁迅批评标点错误的事，颇滑稽。

今年我大约需全力以赴地写传记，目前尚在处理零星的事。《人民日报》也约我写短文。有趣的是，他们也主张用书信形式，

① 即刘秀梅，徐开垒夫人。

谈谈鲁迅或文风，可谓喜相逢了。不过他们约在前面，我因忙，至今未动手，倘能动笔，行有余力，则《人民》《文汇》，在我都一样的，目前不敢先答应。乞谅。

向秀梅同志问好，絜云[①]嘱笔。

敬礼！

唐弢　77.3.16夜

1977年8月3日

开垒同志：

7月31日来信收到，辱承关注，感激感激。又蒙见告许多事情，得悉沪上近况，倍觉故人情殷。我健康始终不佳，有一时期每天有心绞痛，多的时候每日且二三次，大都在饭后休息或行路当儿。这几天频繁性稍减，但未全好。视足下犹能作壮游，可贺可贺。

其芳同志突然逝世，大出意外。7月4日晚上，为茅公补祝寿辰（他今年81足岁了）及庆祝“四人帮”垮台，另贺叶（圣陶）曹（靖华）两老，一个84岁，一个80岁，臧克家同志请客。冯至、其芳和我同车来回，他还兴致勃勃。10日那天，又独自在家买了蹄膀一只（他爱吃肥肉）吃了，不料11日半夜大出血，送往医院，14日开刀，发现为胃硬癌，至24日即逝世，实在可惜。这个同志盖棺论定，是个好同志。不过文学所情况复杂，目下正搞运动，迟群安下的钉子——一些小爬虫，借此大作文章，说运动把何其芳气

① 即沈絜云，唐弢夫人。

死、整死等等，一直传到社会上，借私人捞稻草，可谓卑鄙。

学部已改社会科学院，许涤新（经济所）、许力群（哲学所）已来莅新，文学所也将请外边人来，中央已在协商中。

我以后将全力从事传记工作，但临阵怯战，十分忐忑。这件工作很不好做，客观上条件困难重重，主观上水平又差，几年来，记忆大为衰退。即如《研究资料》（其实是向博物馆访问人员谈话稿）登的那篇，虽然大体事情是这样，而细节、时间，颇有出入。如写传记当然不能这样。心里极为担忧。

巴金文章，写得极好，第一篇尤佳，竟有人攻击，真不能低估。建老文章，大都出在他秘书之手，此人有问题（我是听说的）。当然，这一篇也写得早了些。现在已换了秘书。

王殊同志我不认识，所以也未见到。看来信口气，似是旧相识。倘是，望见告。我因病不大出门，颇虑对旧友有疏问候。

向秀梅同志及全家问好，絜云嘱笔。

敬礼！

唐弢　77.8.3

前些日子，洪荒（杨幼生）有信给我，似乎问题尚未解决。

1977年8月13日

开垒兄：

手书敬悉。

我和柱常经常通信，他之勿药，一来因为病情较轻，二来没有具体工作。退休以后，天天坐坐公园，保养得宜。这第二点，我是做不到的。我完全明白，如果什么事情都不做，那非活到八十岁不可，但这样活着，于己于人，又复何益！所以终日惶惶，不能自已。

王殊同志就是林莽，记得几年前你曾告诉过我，感慨系之。我实在不行，记忆坏极，倘不是来信提及，早已忘掉了。更为不能原谅的是：四届人大开会结束那天，他特地要海婴陪着（他们同在北京组），到上海组来找我，我只记得他是林莽，几天内就准备出国赴任，也曾将改了的名告诉我，我又没有记住。而且还将林莽、林珏混了起来。我一直仍以为他在国外当大使。周总理特别重视他，将一个记者放了大使，这是我知道的，却没有联系起来。我眼前在家，很少出门开会，但想必以后有机会会见到他的，届时当再图详谈。

我本来下决心不再写酬对应时之作，人老了，应该拿出一些经过思索（哪怕是错误的）的东西来。旧诗，我本来随作随弃，不加重视，但觉得近年来乱写乱作的太多，自己不应再火上加油，所以也不想写了。只是碍于故人之情，又破戒写了一首，初以为随手写出就是，不料很不成材，只得一改再改，虽然仍不满意，只得到此为止。会已在开，我想你的消息灵通，就先寄上，听凭处理。

向全家问好。

匆致

敬礼！

唐弢　77.8.13夜

估计闭幕尚早，此信仍寄府上。又及。

七律一首[1]

十一大公报传来，赋此欢呼。

长安消息已传邮，百万红旗望里收。
四化雄图频擘画，九州大业此绸缪。
为纯党性新章出，尽扫帮风宿愿酬。
我病欲歌归去也，无端豪气又冲牛！

1977年9月7日

开垒同志：

来信及报纸都转到。我于8月30日来承德避暑山庄，因为身体不好，与叶圣陶父子、吕叔湘夫妇及谢刚主稍作休息。今日起即转回北京郊区，择地独居，考虑传记写作。有信，仍可由舍间转，当日可到。

关于拙诗，实因盛情难却，匆匆写上。有几个字，还是在邮局里改的。“病”字改为“老”字，实在很好，“病”而要歌“归去”，确有将见马克思之嫌，是不妥当的。改为“老”字，十分合适。只是在诸“老”之前，有点自高自大乎。又最后一句的“竟”字，实不如原来的“又”字，也是在邮局匆匆改上的，其实应为“直”字。诗这东西，不反复读，很难看出毛病来。听说主席65年曾有一信给陈毅同志，论诗，其中还谈到（正面）形象思维，一时尚不发表。

我去年为《人民中国》（日文版）写的纪念鲁迅文章，中文原

---

① 此诗后经修改刊载于1977年8月23日《文汇报》“风雷激”副刊。

拟在《人民文学》发表，是袁水拍落下的。八月号有一篇拙文发表，想已见到。还有一篇“四人帮”破坏《人民文学》的文章，可以一读。邓小平同志批后，出版局才添了谢冰心、陈其通和我等几个老的人当编委。①

石一歌是应该批的，《光明》文章，我不清楚。何其芳逝世后，所长一职，至今空着。所内所外，都不愿担任。所外联系了几个，都不成，但没听说周扬担任之事。张平化筹宣传部，也是传说，但较可靠。人民大学将恢复，像科技大学一样，为社会科学院负责培养干部。

纪念堂我去参观了，当时主席遗体尚未安放堂内。向全家问好。

敬礼！

唐弢　77.9.7

照片收到，谢谢。

1978年1月4日

开垒同志：

1月2日信收到，敬悉一一。

我前一时期身体不太好，闭门谢客，在此期间，倒写了几篇文章，但传记迄未动手，原因是条件还不成熟，而任务太多，也许今年下半年才能执笔。社会科学院自胡乔木（院长）、邓力群、于光远（副院长）三位来了以后，要求严格，工作也许能有起色，只是

---

① 以下有删节。

运动搞得不甚理想。传记并未下马，不知何人如此说。因为我于1961—1964年，曾主编过一部中国现代文学史教材，“文化大革命”中列为我的罪状（为三十年代歌功颂德）之一，现在又有人认为是已有文学史中最好之一部，要我将它修改完毕。由于文科教材缺乏，也许我只得遵命搞。传记不能不暂时让路耳。目前尚未定局。

王殊同志仍在主编《红旗》，他也向我约稿，至今未能应命。我未闻他有别的职务，也一直未见到他。文化部部长黄镇（中宣部副部长），副部长有周巍峙、贺敬之、王阑西、林默涵，但第一副部长是原公安部副部长，姓刘，我不认识。五届人大，将提前开。学院名额增多了好几个，四届代表凡与“四人帮”阴谋无关的均保留，又加上好几位。今年还要开社会科学规划会议、全国宣传会议、教育会议、第四届文代会，文化界的会不少。文联、作协将先恢复，各协也将随着恢复，均在筹备中，《文艺报》也如此。所以北京的人忙得够呛。

这里传说《文汇报》又犯错误，即“九·一九”案，我未留心，不知何由？但能整顿好了，多为党做些工作，实是头等大事。

向熟人问好。

匆复，即致

敬礼

唐弢　78.1.4夜

我正为《文学评论》赶写一稿，限期交卷，写得潦草，乞谅！又及。

1978年2月22日

开垒同志：

2月14日手书敬悉。

连日忙于拟订78年规划，尚未完工，又开了四五天批“两个估计”的座谈会（社会科学院内部），明日尚有半天，即可结束。但我后天就去报到集中了。抽空写这几句。

周总理逝世周年纪念时，本想写些回忆，请你协助，后来因不用个人回忆文，遂放弃。有的部分，已写入《诗刊》第一期《在生命的浩瀚的海洋里》一文。我记忆衰退，旧时记录，“文化大革命”中又全部遗失，不敢乱写，那篇里一点经再三核对，勉强写成。生日纪念，恐已无法作文。乞谅！

如遇虞孙同志，请代为道贺。

匆复，向火子、唐海同志问好。即致

敬礼！

唐弢　78.2.22夜

1979年1月8日

开垒同志：

久未通问，至为系念。

我因感冒引起心脏旧病，近来时时发心绞痛，已向组织报告，同意在家休养，暂不上班工作，除正在修改的中国现代文学史教材，须顾问外，其他工作，暂时一律谢绝。

报馆改版，已见报上消息，目前实无法应命执笔，尚容俟之异日，乞谅！

另一条烦于便中交钦源同志，黄裳事情已解决否？甚以为念。

向全家问好。

匆匆，即致

敬礼

唐弢　79.1.8夜

1979年12月16日

开垒同志：

文代期间，未能畅谈，确是可惜。文代会后，我的健康又不好，每天发病，有时一天两回，心绪既坏，脾气也躁。和我同样病的人，颇有突然去世如吴恩裕等几位。不过我大约还不至于死。

悼念雪峰文章，你看有什么不对不确之处，请改正。最近香港拟编一册追悼雪峰的书，打算也将此文收入，我无底稿，已函梅朵同志，请他寄两份清样（一份退回）给我，未获回音（想是尚未排出），请便中一催。

《笔会》约稿，我本应执笔，不过元旦怕来不及。我已发誓不写应酬文章（应时的应酬文）。至于诗，在一次诗歌会议上，我也曾大发谬论，认为“五四”六十年，当初反对旧诗，提倡新诗（运动其实是从诗歌开始的），六十年一个甲子，回头又来写旧诗，岂非咄咄怪事？我主张诗人可以学习旧诗，写旧诗，但不要再发表了。除老一辈革命家用惯了这种形式，借以抒怀纪事的旧诗外，别的不发表，尤其不要发表新诗人写的狗屁不通的旧诗，现在自己不能出尔反尔。望原谅为祷。以后有别的文章，再寄奉。

向全家问好。

敬礼

唐弢　79.12.16

1982年3月15日

开垒同志：

此番大驾来京，枉顾敝寓，相对快谈，稍抒积悃，实在是令人高兴的事，可惜时间太短，想来您已平安抵达沪渎矣。

承约为《笔会》写稿，以我和您的关系，和《笔会》的关系，不应不动笔。只是实在太忙，且垂暮之年，文思渐涩，越写越慢。以今年情况，上半年恐难执笔，再三考虑，将前不久为香港友人李国柱（林真）的一个书话集子写的序（未发表）送上，请您裁夺。

向府上各位问好。即致

敬礼

唐弢　82.3.15

1987年8月2日

开垒同志：

我因去年多次出现脑血栓现象（俗称“小中风”），6月三次，10月一次，经医治虽稍见愈，但仍时时出现不适。组织上要我去青岛稍作休养，顺便治疗，絜云同行。于7月3日晚离京，4日抵青，7月31日深夜回京。读23日手书，真是晴天霹雳，报馆发的讣告，已过日期，无法表示沉痛心情，心中更为怏怏，不能成寐。钦源同

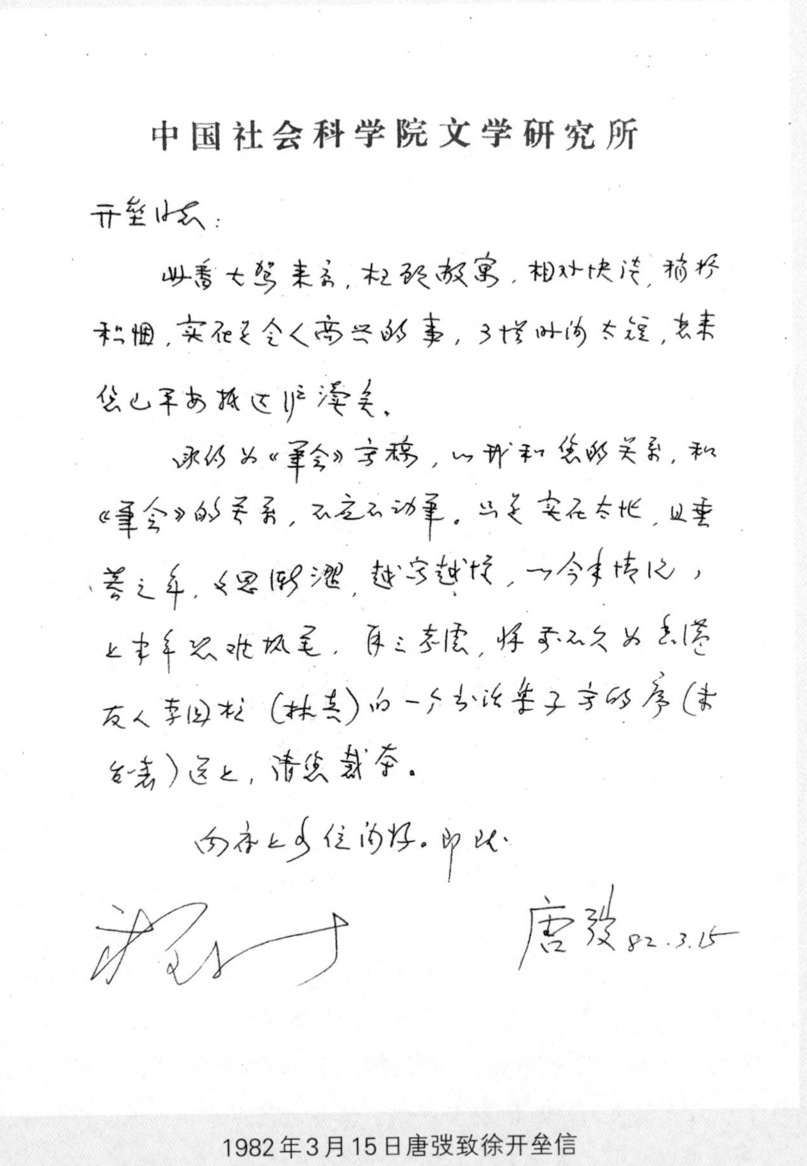

中国社会科学院文学研究所

开垒同志：

此番大驾来京，枉顾敝寓，相对快谈，稍抒积悃，实在是令人高兴的事，可惜时间太短，想来您已平安抵达沪滨矣。

承约为《笔会》写稿，以我和您的关系，和《笔会》的关系，不应不动笔。只是实在太忙，且垂暮之年，文思阻涩，越写越慢，一个鲁迅传记，上半年必难执笔，尚乞原谅，将我不久前为香港友人李国柱（林真）的一本书话集子写的序（未发表）送上，请您裁夺。

向府上各位问好。即此

敬礼

唐弢 82.3.15

1982年3月15日唐弢致徐开垒信

志[①]去年曾拟来京，因事未果，今年说一定来，顺便调查报史，公私兼顾，不料竟成永诀，令人浩叹。阁下第一个通知，私心感戴，不料医生坚持不给通知，令人抱憾终身。

唐海、吕文、谢蔚明诸兄来京约稿，尚谈及钦源近况，彼时尚听说情况甚好，岂知有此意外。京寓仅一小保姆看守，以此误事。

《文汇》杂文征文，评委一事，征及下愚，当是老兄推荐，既承垂青，自当努力为之，庶几不负故人情意。专此奉复，秀梅同志均此，絜云嘱笔问候。匆匆，即颂

时绥！

唐弢　87.8.2

1987年8月18日

开垒同志：

手书谨悉。

徐伟敏等三位同志来，杂文25篇，已全部拜读，遵嘱选出10篇，稍加评骘，未必得当，好在评委人多，聊供参考而已。将意见按名次另纸录附，原件无用，不再附上。

今日已18日，为争取时间，不再挂号。

匆匆，即颂

编安！

唐弢　87.8.18

---

① 即陈钦源（1921—1987），曾任《文汇报》编委，主编《文汇报》“笔会”副刊。

简事书缘

回忆退老

——周退密来函七通笺释

梅 松

周退密（1914—2020）是当代上海最为高寿的老辈文人之一。退老虽然擅长古典诗词，但以教授法文为业。他与徐行恭（1892—1988）、陈声聪（1897—1987）、施蛰存（1905—2003）、包谦六（1906—2007）、徐定戡（1916—2009）等人过从甚密，唱和颇多，其书法从清人翁方纲入手，亦颇精妙，有大家风范。

对于退老大名，我仰慕已久。大约是2010年，我调到安吉博物馆工作前后，开始有机会与退老通信。第一封信的内容依稀记得是请益、问候之类的，随信寄去的有《暗香》未定稿，并冒昧地提请退老题写书名、斋号。不久，我就收到了退老的回信，毛笔书法如行云流水，令人赏心悦目：

梅松先生足下：

承损书诵悉，嘱为尊集《暗香》题写书名，兹草草写就数纸，均不合意，如不能用，弃之可也。又命书写

尺页，俟后报命，如何？覆颂

撰祺

九七弟退密顿首

六月十三日病榻

退老当时身体不佳，但还是给我题了三张《暗香》书名，两张行书，一张隶书，令人感愧不已。《暗香》虽然早已定稿，但却一直束之高阁，未能付梓，实是愧对退老。信中提到“书写尺页”之事，大概是题写斋号的笔误。

三个月后，我又收到一封来自上海安亭路的信。展阅之下，素雅的笺纸、敦厚的书法，令人过目不忘：

周退密（左）、施蛰存二先生合影

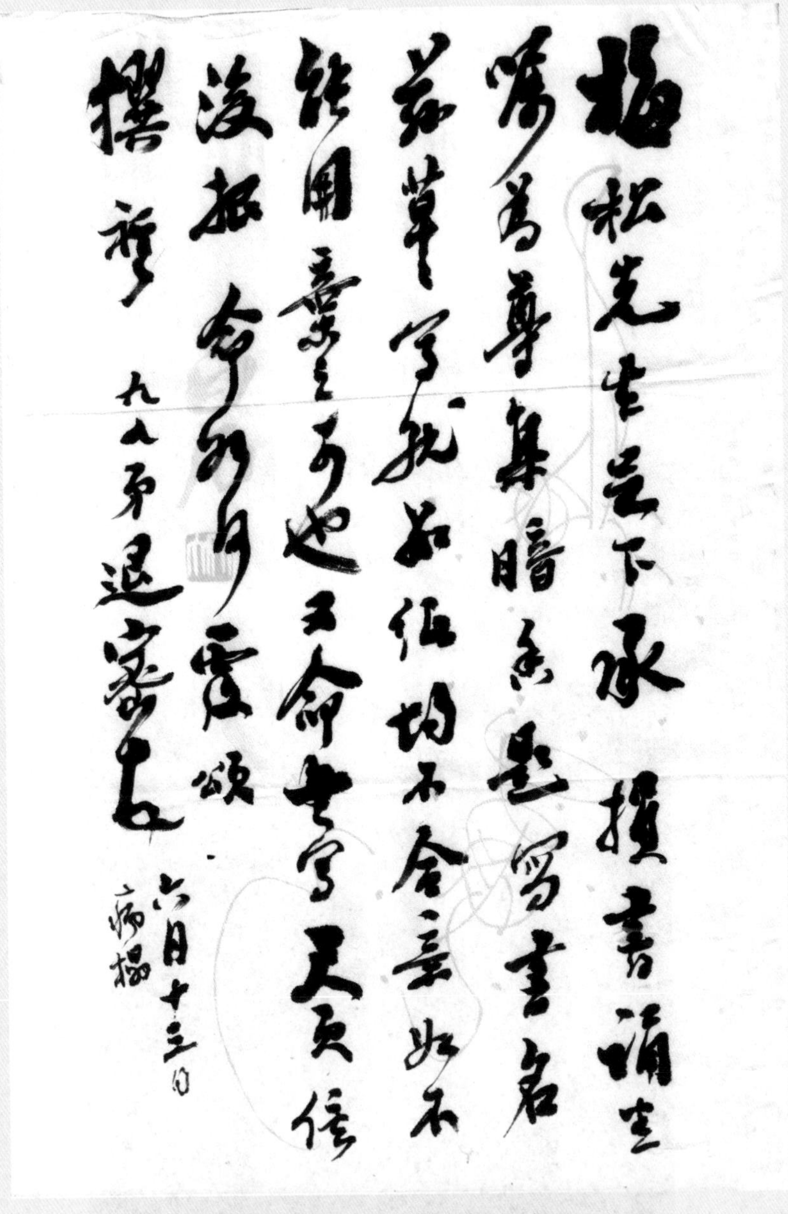

2010年6月13日周退密致梅松函

梅松先生青览：

前接六月七日大函，嘱书高斋扁额，以天气炎热，俗事繁杂，未能动笔，迁移迄今，至以为歉，然固一日未能忘怀也。今日雨后稍有秋意，即安排笔研，为足下书之。随函附呈台览，至祈哂正。加书小幅，以赎前愆。急足待发，不尽缕缕，祇颂

文祺

九七老人退顿首

九月十三日

由于我的信是六月寄去的，正值酷暑，所以退老一直没有动笔。刚刚入秋，他便磨墨动笔，为我题写了“松蕙斋”匾额。因为久未回复，退老还给我写了一帧条幅作为补偿，内容是沈尹默先生的佚诗：“胜绝鸡鸣寺，萧然几杵钟。南朝烟水梦，独自碧濛濛。”退老不但宽恕我的冒昧，而且还这样贴心，着实令人感动。

作为回赠，我拓了几份砖拓寄给退老，随信奉寄的还有拙著《兰品》。这次很快就得到回信，内容是写在两小张白纸上的：

梅松先生：

前复一函，记得内附拙书尊斋扁额一张，定卜收到。未知能用否？兹再寄奉永熙元年砖拓本一张，草草题写，尚祈諟正为幸。

《暗香》中，大文有谈及两罍轩一篇。齐侯罍（亦称齐侯女壶），原藏在我从伯父湘云公家，解放后售给上海

文管会，徐森玉丈因之从苏州吴平斋姨太太处收到另一只，归陈列时给陈毅市长看到，说上海物多，北京不多，就命令归诸北京陈列。罍初藏曹氏怀米山房，后始归吴平斋，湘云公以银价，按器重分两计价买来，一时传为佳话云。此一段经过情形，足下他日似可补充谈之。当吴氏初得一罍，何子贞为书“抱罍室”扁额，三字极大，“文革”中在我堂姊家烧毁，甚为可惜。

《暗香》希望早日出版，以飨同好。匆复，顺颂

文祺

弟退密上

2010-9-29日

尊撰《兰谱》一册，去年已由小孙女携归海外。她本学画于娄师白先生，后在美校毕业，弃画改商云，爱好种植园艺等事。

回信中，退老告知了一段关于吴云（1811—1883）旧藏的两个齐侯罍的掌故，我后来将退老的这段话作为附记，补入拙稿。退老还额外给我题写了一帧“永熙元年砖拓”，题跋文字赘录如下：

西京惠帝两改元，初曰太熙，后曰永熙。此永熙元年太岁庚戌（公元二九一年）砖，字体完整、遒美，不减东京矩矱。史称惠帝愚昧，时天下荒乱，百姓饿死，帝以何不食肉糜答臣下，传为千古笑柄。槵砖读史，为之三叹息。梅松先生手拓此本嘱题，率书数行归之，幸

鉴存之。庚寅秋分后数日，九七老人周退密。

收到退老回信时，我刚好得到一枚“故鄮□君宜官”的残砖，砖侧的“周富贵”三字非常完整。我当时想，退老姓周，又嗜好金石，拓几张给他，他一定喜欢，而且这也非常“讨彩头”。果然，寄出不久就收到了退老的回信：

承惠赠汉砖，“周富贵”三字阳文完整不缺，此砖以之赠仆，实妙不可言。惟仆一生不富于财，稍丰于文字，为可解嘲耳。草草，奉谢盛谊。匆上

松兄文几

弟退再顿首

周日

回信中，退老非常风趣。实际上，退老是宁波商帮家族后裔，其从伯父周湘云（1878—1943）是当时海上巨富，上海滩第一辆001号汽车，就是周氏家族的。因此称之为“周富贵”，也是名副其实的。

由于考虑到退老年纪已大，回信不便，我尽量克制着写信的冲动，此后很长一段时间，没有给退老去信，怕给他增添麻烦。2011年下半年，重建好的博物馆已经开始陈列布展，馆藏商、周、秦、汉至两宋时期的铜镜较多，我当时想借此机会拓一份，进行专题研究，并以题跋的形式做一个册子。于是，我在给退老写信问候的同时提到此事，并请其题写书名。其回信写道：

梅松先生：

大函奉悉。嘱写尊著书名签条，兹匆匆并草写就，奉上，祈詧洽。未知能用否。

贱体日形衰颓，所书殊不足观，请谅之。匆颂

文祺并祝

冬绥

弟退密上

2011-11-9

不久，因我的工作岗位发生变动，这本《小红木瓜馆镜跋》也最终不了了之。而今想起来，还是非常愧对前辈的。由于怕叨扰退老的生活，接下去的大半年时间没有再给退老去信。

那时，我还热衷于汉、晋古砖的收藏，前前后后收集了几十种，因此抽空将它们一一拓出来，并写好序文，准备整理出一册古砖图释，作为展玩。同时，我还断断续续地致力于吴昌硕研究，并形成了若干文字。想到久未与退老通信，我便再次去信问候，顺便提出了请他题写书签的请求。退老非常宽容后辈的无礼，很快回信，并附题签两帧：

松兄青鉴：

久未通讯，时在念中。昨奉华翰，聆悉种切，承嘱题写鸿著两种书名签条，兹匆匆写就，附呈法鉴，未知合适否？足下收藏古砖，更为图释，将与千甓亭著录并垂千古，可预卜也。拙书附骥以行，何幸如之。缶庐前

辈与吾周氏谓有深厚交谊，亦可一提，想均在鉴中。匆覆，顺祝

文祺

九八弟退密顿首

九月廿九日

回信中除了随寄的“虞驩精舍古砖图释”和“缶庐研究”题签外，退老提到了吴昌硕与其伯父周湘云的交谊。对于这段掌故，我略知大概，并没有深入研究。《虞驩精舍古砖图释》初稿早已完成，但渐收渐增，定稿以后，当聘良工将退老的题签粘贴在书册前。《缶庐研究》目前积稿数十万字，杀青之时就可以用上退老的题签了。

考虑到退老腹笥渊博，必定还有一些关于周湘云的秘闻，时隔一年，也就是退老九十九岁时，我又冒昧给他去了一封信，请教相关问题。退老回复：

梅松先生：

您好！

承询吴缶老与先伯父湘云公交谊一事，敬悉。余生也晚，所知无多，略述数点，另纸具录，仅供参考。

承赐“大富贵”三字砖文拓本，看似非汉代之物，未知出自何时何地，能见告否？此纸颇似唐代墓志篆额字体，亦殊可爱可宝。

贱体十分不好，草草应教，诸祈鉴宥。原件能否复

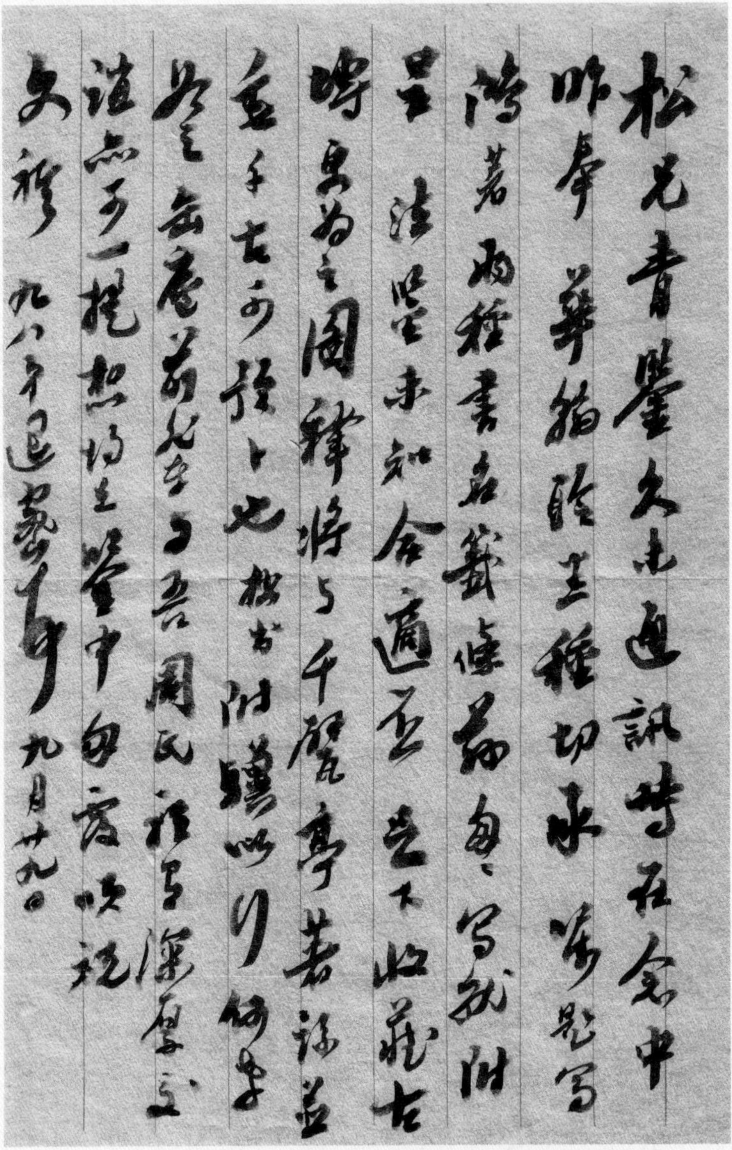

2012年9月29日周退密致梅松函

印一份给我？企盼，谢谢。匆颂

文祺

弟周退密上

2013-6-14，上海

这一次，退老在身体状况不佳的情况下，还是将所知一一罗列出来，非常详细地解答了我的疑问：

①先从伯父湘云公，名鸿孙（谱名），字湘云，号雪盦，生于清光绪四年戊寅二月初二，时正杏花盛开，故小名“阿杏”。后纳赀捐官“上海即补道”，故世人多以“雪盦观察”称之。斋名初为“月湖草堂”，后为“宝米室”。

②湘云公主要藏品为铜器及字画。铜器有齐侯罍，亦称齐侯女壶，为吴平斋旧物。吴初得一器，为“抱罍室”，后续得另一罍，为“两罍轩”，均由何绍基题斋名。“抱罍室”匾额，予曾亲见之。1950年，周家因积欠地价税（解放后称房地产税），以5000元（旧币五千万元）售与上海文管会，以解燃眉之急。当时陈毅部长以上博有两只，而北京一无所有，所以两罍现均在北京。

③全部字画及文房四宝（主要为瓷器），周氏分3批售与上博（文管会）。字画中之元耶律文正王（即耶律楚材赠刘满诗）墨迹及怀素《苦笋帖》、米芾《向太后挽词》等名迹，为其佼佼者。画则有黄子久之《富春山居

图》残迹为最著名。《淳化阁帖》非其剧品，后以天价由上博买回。耶律文正王墨迹现在美国纽约大都会博物馆。《苦笋帖》流落香港，后经徐伯郊购回。

④ 铜器有“阮氏四器”及师酉敦、盖等等。前者曾托四明公所章显庭先生保管，“文革”后不知所终。章氏“文革”中受惊成疾，不久下世，无从究诘。

⑤ 缶庐老人与湘云公相差30岁，来沪时初住上海泥城桥顺吉里，后迁居现浙江北路吉庆里。前者为周氏亲家洞庭山沈氏产业，后者为周氏产业，故周、吴两家交往由来已久。

湘云公为日本1912年东京大地震助赈，后又两次赴日本开藏品展览会，缶老子吴东迈先生随湘云公赴日参加，而缶老则从未去过日本。

⑥ 1914年或13年，湘云公宴请梅兰芳一行（王凤卿、姜妙香）于其私人花园，今延安中路1101号之学圃，摄影留念，到者有不少遗老，知名人物如朱古微、况夔笙、唐绍仪等，而无缶庐父子。

⑦ 缶庐早期在沪作品常题作于海上之“芦子城”，此即泥城桥，亦即缶老曾居住在现浙江北路顺吉里之一证(未知他处是否提及)。

⑧ 湘云公母水太夫人丧事（民国七年）中吊唁者多达官贵人，其哀挽录中似未见有缶庐之悼念作品，未知何故。我从最近出版之吴昌硕诗集中，亦无一诗涉及湘云公之“学圃”花园。

⑨ 我因先师沈迈士（祖德）先生而获交吴东迈，经常谈起湘云公花酒流连情事，但从未谈及与湘云公过从如何如何。故两人交往无从详悉。缶老字画藉王一亭而引起东邻之极度赞赏购买，是否湘云公亦在上海亲友间说项，不得而知。

⑩ 湘云收藏图章，多出赵叔孺镌刻，亦偶有王福厂之作。其所藏全部田黄石章，我都看过，无一方为缶老所刻者。盖缶老古朴奇肆之作，不宜钤盖名迹，物各有用，与作者功力初无关也。

此外，退老还提道：

周庆云先生与先从伯父湘云公交好，居住亦相近，大约在牛庄路、芝罘路附近。湘云公童年住居天津路乾记弄（今还在），后迁自建之牛庄路（福庆里）。两家仆人常将礼品、食物误送，张冠李戴，为常有之事。盖周庆云字湘舲，而周××字湘云，极易混淆。

退老以九十九岁高龄，依然思路清晰，记忆力惊人，正让人羡慕不已。尤其是十条文字，所含信息量极大，对于研究中国近代艺术史有极大的作用。笔者就退老所云，稍作补充说明。

第二条提到的“两罍轩”匾额并非何绍基所题，乃吴云自题，曾现身于西泠印社2006年秋季大型艺术品拍卖会。

周湘云的藏品，除了第三条中提到的，另外还有唐代虞世南

《汝南公主墓志铭》，宋代米友仁《潇湘图》，元代鲜于枢手卷、赵孟頫手卷、王蒙《春山读书图》，明代文徵明《湘君夫人图》、董其昌临《淳化阁帖》十卷本，至于清代四王、恽寿平、石涛、金农等人的作品，更是不计其数。其收藏的碑帖，则很多是清末直隶总督端方的旧藏之物。退老信中提到的《富春山居图》残迹，现在称之为《富春大岭图》。

第四条提到的章显庭，号芸庐主人，宁波人，曾任上海宁波会馆经理、宁波旅沪同乡会理事等职，“古欢今雨金石书画社”社员。

第七条说吴昌硕早年居住在顺（升）吉里。关于这一点，陈茗屋先生《美意延年》一文中曾提及：

> 孙家振的《退醒庐笔记》，内中有一则《吴昌硕三绝》，说昌硕公和作者在沪南升吉里比邻而居，时在前清壬辰、癸巳间，因此“暇辄晤叙”。他记录昌硕公曾有《题折枝菊诗》：“吴淞江口海西隅，采菊人归羡隐居。乞得一枝供下酒，《汉书》滋味欲输渠。”

不过，退老说吴昌硕先后所住的顺吉里和吉庆里都是周家及其姻亲的房产，却是鲜有知者。

第八条提到的“学圃”花园，只是周湘云众多房产中一处，位于巨鹿路和延安路之间，1949年后一半盖了延安饭店，一半盖了景华新村。

第九条提到“先师沈迈士（祖德）”，是曾任清代两江总督的著名藏书家沈秉成的长孙。温州沈迦先生曾经得到一批退老与沈迈士先生的信札，他于2017年底做成一本叫《立雪》的书，非常漂亮。此外，沈迦还热衷收集退老的各种题签，并于2019年以《周退密先生题签集》为名，集为一册，也是非常漂亮。这两种书，我都有幸得到，展阅时感觉更像一件极其精美的艺术品。

第十条说吴昌硕没有为周湘云刻过印章，退老有误。吴昌硕曾经为周湘云刻过印章，如“师趛楼”，款云：“湘云鉴家得师趛鼎，筑楼居之，属为治石。辛酉（1921）初春，吴昌硕。”（《吴昌硕印谱》，上海书画出版社）我当时以此印询退老，退老未置可否，大概以为此湘云非彼湘云。后来笔者检赵叔孺印谱，其为周湘云刻过一枚“趛鼎楼”，款曰：“师趛鼎为东南著名之器，湘云得于费氏，因颜其楼。叔孺。”（《二弩精舍印谱》）师趛鼎，周湘云得之于武进费念慈。由此可知，吴昌硕“师趛楼”确是为周湘云所刻。不过，吴昌硕风格的一路确实不宜作为收藏印。

后来，我遵嘱将这些文字复印好，寄给退老，而原件则珍藏于寒斋。

退老百岁以后，对外宣称封笔，我也就不好意思再去叨扰。因此通信也中断，只能偶尔从朋友那里或通过网络去关注退老的健康状况，并为之祝福。2020年，退老去世后，沈迦曾向社会约稿，以文字的形式来悼念退老。那一次，我没能及时响应，但一直以来横亘于心。这次借赵红娟老师约稿之机，再次翻检这些信札，往事如昨，遂草成如上文字，作为对退老的纪念。

海天潮音

——十年鸿缘忆海音

叶瑜荪

欣喜的海峡来音

1989年11月10日收到丰一吟阿姨来信，拆开一看，竟是转寄台湾著名作家林海音女士给我的信：

瑜荪先生：

月前收到由孙淡宁女士的女儿马逊教授自台南成功大学寄来您赠我的刻竹臂搁一节，并有竹拓五张，别提多么喜爱。欣赏很久，跟马逊通电话，她告诉我一些有关您刻竹之事，因此欣赏之外又加上钦佩不已。我正好在写一篇小稿，就也写上您送我刻竹一段，但凭马逊告知我的一点点，而且有关“天竺山”，也不知写得对不对，想到写的如不确实，怎办？汗愧不已！希望您收到此信后复我一信，再详细地介绍您自己，好吗？地址是：

台北市重庆南路三段三十号　纯文学出版社

我因不知尊址，便由丰一吟女士转致此信。另附奉刊出拙稿的《中央》副刊一份。谢谢您啦，盼多联络。

敬祝

双安！

林海音上

一九八九、十、二十五

附来的报纸上刊载有林海音所写《艺文三事小记》一文。其中最后一记即是《刻竹三层——叶瑜荪》，讲述收到竹刻臂搁的事，竹刻的拓片作为配图也大幅面印在文中，十分显眼。

突如其来收到林海音的来信，让我惊喜莫名。这也使我回想起四年前，丰陈宝和丰一吟两位阿姨陪同旅美作家孙淡宁女士访问即将重建开放的缘缘堂。因两位丰阿姨的引荐，我也成了孙女士要见的石门晚辈。两天的陪同相叙，我们很快成了熟友。叙谈中，我表达了对《城南旧事》文风和情调的赞赏和钦佩。孙女士听后顿时眼睛一亮，说作者是她好友，我若愿送一件竹刻给作者，她可帮我带去。我当然乐意将习作送给文艺名家以求指教，于是选

丰子恺《翠拂行人首》臂搁拓片

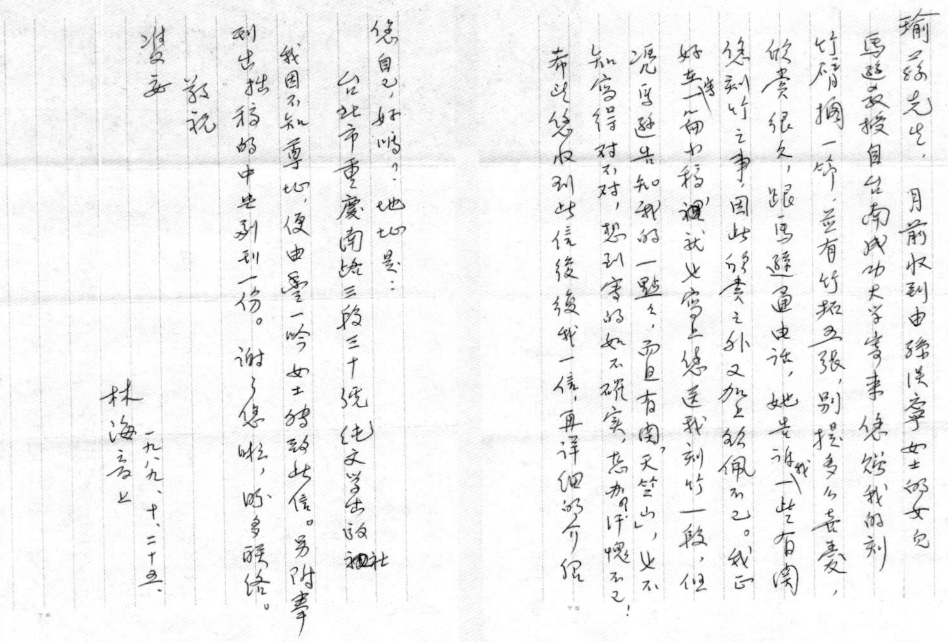

瑜荪先生：

月前收到由孙洪宁女士的女儿马逖教授自台南成功大学寄来您给我的刻竹留摘一份，并有竹拓五张，别提多么喜爱，欣赏很久，跟马逖通电话，她告诉我一些有关您刻竹之事，因此欣赏之外又加上敬佩不已。我正好在写一篇小稿，就也写上您送我刻竹一段，但忘记马逖告知我的一点点，而且有关天竺山，也不知写得对不对，想到写的如不确实，总动惭愧不已！希望您收到此信后给我一信，再详细的介绍您自己，好吗？地址是：

台北市重庆南路三段三十号纯文学出版社

我因不知尊址，便由丰一吟女士转致此信。另附寄刊出拙稿的中华副刊一份。谢谢您啦，咱多联络。

祝

近安

林海音上

一九八九、十、二十五

1989年10月25日林海音致叶瑜荪信

了一件，加刻上款后交给了孙女士。这种平常的赠竹之事，过后就淡忘了，从未想会有下文，更未想到四年后会有如此的惊喜！

五天后，我给海音女士回信，并对她说：

> 孙淡宁女士喜欢我称她为“建建阿姨”，故我也称您为阿姨吧！（1989年11月16日）

由此开启了我和林海音女士的通信联系。对于海音阿姨而言，我俩的相识是缘于一件小小的竹刻。

1990年春节过后不久，海音阿姨来信说：

> 这半年多来，忙着编印外子的《何凡文集》二十六巨册，就什么都顾不得了——“六亲不认”，不接电话，不回信，不接受访问，每天工作十小时，难为我这七十二岁的老妪！一笑！书终于在外子八十岁生日（十二月二十三日）出齐，那生日也还热闹，子孙们都从海外回来（我们只二老在台），现寄奉照片二张，一张全家福一张二老的留念吧！（1990年2月7日）

海音阿姨的丈夫夏承楹，笔名何凡，生于1910年。他俩于1939年5月13日在北京协和医院礼堂举办新式婚礼。故1989年既是何凡先生八十大寿之年，也是他俩金婚之年。从寄来的照片上可以看出这场八十大寿加金婚纪念非常热闹。“二十六巨册”洋洋600万字的《何凡文集》整整一长排放在大厅的背景长桌上，格外醒目。遗憾的是，我是事后才知，未能表达祝贺。好在八十寿庆之后每年都有生日之庆，我就选刻了丰子恺书集唐人句联“长松百尺多劲节，仙鹤千年无躁容”臂搁，并用朱砂拓成拓片，以贺何凡伯伯的八十一寿诞。为海音阿姨刻的是丰子恺书李叔同《送别歌》，因这首歌是电影《城南旧事》的主题音乐。

1990年5月4日，收到海音阿姨来信，信中说：

> 我大约于五月十七日随出版界朋友一同到大陆，北京、西安、上海，全程只有十二天，很紧张，在上海只有两天，由上海返台。而我上海有些亲友，倒希望有机会见到丰一吟，不知她家有否电话？请速告诉我。（1990年4月25日）

5月24日，一吟阿姨发来电报：

> 林25日到沪，26日在妹家请你晚餐，请回电。

我于26日一早乘车去沪，先去一吟阿姨家会聚，即告已改成午餐见面。我随一吟阿姨乘出租车去海音三妹林燕珠家，很快见到了海音女士。因已通信半年，如熟友相叙，毫无生疏之感。午餐由燕珠和其女儿准备，除我们三人外，并无其他客人，边吃边聊，很是轻松愉快。告别前，燕珠为我们拍了合影。

6月13日收到海音来信，并附来一起合影照及6月5日的香港《明报》。他们经香港返台，接受《明报》记者采访，故刊出了《林

丰一吟、叶瑜荪与林海音（居中）的合影

海音结伴故国重游》专题报道。配发的五幅彩照中，有一幅即是我们三人在上海见面的照片。

《城南旧事》的魅力

我知道林海音的名字，缘于根据她的小说《城南旧事》改编的同名电影。这部电影留给我极深的印象，因为它的风格和情调完全不同于以前三十年所看过的影片。没有高潮，也没有很强的故事性，节奏很慢，故事很平淡，却像一首富含哲理的散文诗，引起我对人生的回忆，生发出无尽的哀愁、感慨和眷恋。所以我在第一次回复海音阿姨的信中说：

自从看了电影《城南旧事》后，您的名字就留给我很深的印象。也许内地已很久没有见到此种情调的作品，故看后感受特别强烈。那种淡淡的人生哀愁，和对故都、故物的怀念之情，很合我的“口味”。（1989年11月16日）

小说《城南旧事》是1960年7月完成的，传到大陆大概是改革开放以后。经中国科学院文学研究小组推荐，将《城南旧事》拍成电影之事被提上了议事日程。最终改编拍摄任务交给了上海电影制片厂，由吴贻弓执导，并组成精锐的拍摄班子。1981年开机拍摄，1982年底就拿出了第一部样片。1983年，《城南旧事》获得第二届马尼拉国际电影节最佳影片金鹰奖，一举成名。同年，在厦门举办的第三届中国电影金鸡奖上又获最佳导演、最佳女配角、最佳音乐等奖项。1984年，在第十四届贝尔格莱德国际儿童电影节上荣获最佳影片思想奖。1985年，获香港十大华语片奖。1987年4月，上海举行新时期十年电影奖评选（1977—1987），《城南旧事》被评为十部最佳故事片之一。

《城南旧事》1983年起在国内上映，我是1984年在桐乡观看的。林海音初次看到这部电影也是1984年，是在美国旧金山其儿子祖焯家里。她看了很喜欢，认为拍出了“淡淡的哀愁，沉沉的相思”。

《城南旧事》原著我是1991年10月才见到的。1990年5月，我虽在上海见到了海音阿姨，但她没有送我们小说原著。因他们是先到北京和西安，上海已是最后一站，估计她从台湾带来的书都已在北京送完。

1991年10月20日，我收到她三妹的来信：

小叶：

前两天给你寄去两本书：《城南旧事》《家住书坊边》。这书是最近才由香港寄来，马上给寄两本。去年我大姐在上海时没有多余的书，所以心里总惦记着，有了书一定要寄给你。收到请便函复。

最近忙些什么？天气实在太好了，可惜我分不开身，否则一定去看你和缘缘堂。祝

快乐！

林燕珠

91.10.17

《城南旧事》书影
（纯文学出版社第2版）

信上说的两本书与信同时收到。《城南旧事》初版由光启出版社于1960年7月推出，1969年9月改由纯文学出版社出版。我收到的是1984年1月第2版第2次印刷。从版权页上可知，《城南旧事》仅1969年9月到1984年1月就印刷了11次。

《家住书坊边》初版由纯文学出版社于1987年12月出版，我收到的是1989年2月第3次印刷。该书可称是《城南

旧事》姊妹篇，作者以散文形式写成的一部早年北京生活回忆录。海音阿姨5岁随父母迁居北京，直到31岁回到台湾，她在北京生活了26年，是一位真正的老北京。从在北京居住过的地方，到童年、少年、青年时代的所见所闻，她都作了回忆记述，故又称“我的京味儿回忆录”。因是自传体纪实文学，史料价值很高，我也更喜欢细读。

1992年4月，我已调入文联工作，正巧去北京参与举办“茅盾故乡——桐乡县书画摄影展”活动。我抽暇循着海音阿姨的回忆记述，在城南一带寻访了很多她当年的行迹。如虎坊桥、西交民巷、南柳巷、南长街等，还有琉璃厂、海王村和她就读的厂甸附小，即现在的北京第一实验小学，拍了不少照片。回桐乡后照片冲印出来，在5月24日回复海音阿姨信时，也选了七帧附寄给她。

电影《城南旧事》以《送别》歌的曲调为主题音乐，大大提升了整部电影的格调，这是成功之笔。我读小说《城南旧事》时，在《爸爸的花儿落了》一章中，也读到了这首歌：

> 长亭外，古道边，芳草碧连天……问君此去几时来，来时莫徘徊！天之涯，地之角，知交半零落，人生难得是欢聚，惟有别离多……

这歌词有两句与流行的版本并不相同，在当时我并不十分在意。直到2015年10月第五届弘一大师研究国际学术会议上，当讨论到《送别》歌各种不同版本时，我才意识到。后悔自己太过疏忽，没有及时向海音阿姨请教，她这首《送别》歌词的出处，是当时校园歌曲集所传，还是她所改作。可惜今天只能成为一个谜题而留为遗憾了。

适时寄来《中国竹》

海音阿姨希望我详细介绍自己的刻竹情况，我在复信中谈刻竹之外，也提到了撰写竹刻小文的事：

> 今年春，应几个友人要求，我曾写过几则介绍竹刻的短文，总名之曰《竹刻漫谈》。不料最近被《浙江工艺美术》杂志刊载出来，现寄奉一册。《竹刻漫谈》之二原来没有写出，现因杂志社索要，已匆匆赶出来寄交续载。之三正在撰写中。阿姨如对竹刻有兴趣，杂志出来后当再寄奉。（1989年11月16日）

不料未到一个月，12月13日我先收到了海音阿姨寄来的《中国竹》一书。这是她主编的“中国”系列中的第二本。1971年，她编了本《中国豆腐》，因主题是中国最有标志性的事物，印行后极受欢迎，并有不少读者询问下一本是“中国”什么？经研究，决定编《中国竹》。她说：

> 因为竹子在中国的文化、艺术、实用和饮食上，都占很重要的地位。中国人是世界上最会利用竹子的民族，无论精神上、物质上，到处看到竹子，古时如此，现在一样。（《中国竹·前记》，1975年元旦）

于是，她从1972年起着手《中国竹》的编辑工作，除了搜集资料外，还拟定题目，约人撰稿。1975年1月，《中国竹》终于出版问世。签名寄给我的已是1985年2月第6次印刷。

收到此书我异常兴奋，《中国竹》不仅装帧、印刷十分精美，其内容更对我撰写竹刻文章很有帮助。所收文章都是约请专家完成的，如《竹类纵横谈》是请供职台大森林馆的路统信先生所写，《竹的种种》是由孙成煜先生从英国作家、美国摄影家和日本竹专家合编的《竹》一书译出的，《雕竹》一文则是台北故宫博物院楚戈先生研究故宫所藏雕竹的力作。几幅竹刻插图都是台北故宫博物院的藏品，平时极难见到。

当时，我正应浙江古籍出版社之约，撰写《竹刻》一书。这本《中国竹》给我提供了很多信息和资料。初稿一完成，我就马上写信告诉海音阿姨：

今寄上最近所写《竹刻》一稿，因找不到大信封，只能分装两函寄上。

《竹刻漫谈》一稿，自己很不满意，原来并未想到要刊出，故写得很粗糙，也未仔细推敲。后被《工艺》杂志刊出，并索要续稿，才匆匆写了“之二”“之三”。杭州想编一本《生活情趣集成》，共分七大类，五十四个目。要我写《竹刻》一章，二万字。我就想写一篇比较完整的竹刻介绍文章，故写出了这《竹刻》一稿，分二十三小节，共三万五千字。当然不少地方限于字数，简略了一些。写时收到了你寄赠的《中国竹》一书，正好作参考，有好多资料已用到了，请指正！附上照片两枚，都是早几年所刻，虽刻得较差，但竹色已转黄，故效果尚可。一件是陷地深刻法，一件是留青法。(1990年3月2日)

我读了《中国竹》，才明白海音阿姨如此爱竹，如此喜欢竹刻的缘故。原来她对竹子和竹刻艺术早有研究，故具有欣赏竹刻的很高涵养。她喜欢我的竹刻，就关注我竹艺的成长和发展，希望能为我的进步出力，这使我非常感激。

北京朋友经纬写了篇《叶瑜荪与竹刻艺术》，发表在1994年第1期《现代中国》杂志上。我收到杂志后，也转寄了一册给海音阿姨，3月3日收到她的复信：

瑜荪：

有些日子没联络了，今天（刚才）收到你寄来的《现代中国》九四年一月号。拜读了写你的那篇文章，想到你送我的许多竹拓，我都有保存着。本来是想什么时候跟你联络，你送我的臂搁，我本来夏季写稿时都用的。但九三年夏季，我的大女婿庄因来台，他是书法家、丰子恺派的画家，和一吟都有通信。他临走返美，看见臂搁，很喜欢，我就送他了，对他有用啊！我跟他说："你拿去，没关系，我可以再向叶瑜荪要一个。"现在乘写此信，不忙，你看何时有空，或有便人，就再给我一个，我就这么不客气向你要了。

《现代中国》是一份很可看的杂志，印刷编排也都很有气派，内容也很丰富，我拿来后几乎每篇都阅读了。你可否请丰一吟写一篇介绍你的，你再附一两张有关的清晰的照片寄我，我看看刊在哪里，好吗？

我最近鼻塞闹了半个多月，现在看医生快好了，不多写了，再见。祝

顺利！

林海音

一九九四年二月二十四日

于是，我选刻了子恺漫画《天涯静处无争战》留青臂搁，于5月中寄到她上海的三妹处，请其托便人送往台北。

原是弘丰守望人

在我的交游圈中，大家有个共识：凡真正喜爱丰子恺的人，都坦诚、热情，容易交往。认识海音阿姨后，再次验证了这一感觉的准确性。

孙淡宁女士向我介绍时只说："林海音也喜爱丰子恺先生的作品，曾赔本出版过丰先生的书。"就凭这一句话，我就觉得她是一位值得我钦佩和求教的前辈。

通信交往后，我发现她原是一位弘丰精神传承者，善良、热情、务实，乐意提携后辈。我告诉她，我偏爱文史，平时也学习写点掌故随笔之类小文。她来信时就叮嘱："你有文章也寄我拜读吧！"（1990年2月7日）于是我在复信时，附去了《正直人住正直屋》《弃履记》等五篇习作。她收到后即来信：

瑜荪：

你寄来的拓片及文章原稿都收到了，写得真好，望你也朝这方面努力。你写的诸篇散文，可读性都很高，我想有机会都给你推荐到此地报刊刊载，你说好吗？署名一律用叶瑜荪原名，好吗？又有关《正直人住正直屋》，是写丰子恺盖缘缘堂的轶事，也很有价值。我们出版过丰子恺两种书，即《护生画集》及《丰子恺儿童连环漫画集》，后者是我选编的，前者是当年孙淡宁介绍给我的。我现在很想另编一本小别册，凡购订前两本书的，都附赠这别册。这别册不单售，完全附赠，内容多为有关丰子恺和弘一大师的。缘缘堂是文学上的有名之地，你写的这篇，以及我在你们《桐乡文艺》一九八五年九月纪念丰子恺逝世十周年专刊上读到的丰自己写的《还我缘缘堂》和丰陈宝写的《缘缘堂重建有感》，皆可收入。又中国文学谈丰子恺，少不了弘一法师的，而《护生画集》就是他师徒二人的作品。我有一篇《〈护生画集〉出版缘起》，曾谈到，可收入。而你的拓片中有丰和广洽到福建凭吊弘一法师之墓的，我可选入。而且我妹妹（现在上海）曾到福建参观，曾写过一稿，也有图片，我亦可收入。总之，丰子恺最早是和弘一法师，后来又有广洽，现在又加上你，你们四人是中国文学史上的一连串，我弄成一小册（不卖钱），也算是对丰等你们四人的一点敬意吧！现在需要几张照片：

一、一九三七年丰在缘缘堂楼上书房内作画；

二、重建后的缘缘堂故居。

以上都在这本纪念册内，你有此书吗？可弄到此照片吗？盼早日给我找到寄下。

又如你的大作在报刊刊出，稿费我会收到后叫我上海的妹妹转给你们，她常给我管这些事的。

等你的回信。祝

顺利！

林海音

1990年3月16日

读这封信，海音阿姨为弘一、丰子恺办事那种急切和热情让我感动。可惜当时的办事效率和邮件速度都太差，等她要的照片寄到台北时，这本名叫《弘一大师与丰子恺》的小别册已经印出来了。因等不及，小册中没有照片，只用了我的两枚竹拓《今日我来师已去》和《送别歌》作封面、封底。在她写的“书前小记”中专门提到：

> 后来陆续看到有关丰子恺的故事，就都剪存下来。直到最近，丰子恺同乡后辈竹雕家叶瑜荪自大陆给我寄来了他写的一篇《正直人住正直屋》，更引发了应当速将此别册编辑出来的心意。

台湾版的《护生画集》，是经孙淡宁介绍，联系上新加坡广洽法师后，把版子借到台北，由纯文学出版社于1981年8月印刷出版的。为了体现弘一大师和丰先生编绘《护生画集》的宗旨，定了最低价。

我写的《正直人住正直屋》不仅收入了小别册，还经海音阿姨推荐，刊载在1990年4月17日《台湾新生报》副刊上。其余几篇也陆续被刊载。我知道，并不是我文笔好，主要是林海音的推荐。之后，我写丰先生的文章，她都介绍在台湾刊载，如《读丰子恺的“乡情散文”》刊于1993年9月15日《台湾新生报》，《世事沧桑识丰翁》刊于1995年9月13日《联合报》。

可惜1995年以后，二老年事渐高，精力已不足以支撑纯文学出版社的社务。1995年9月18日，海音阿姨来信说：“我们出版正在办结束，我忙极。”

两年后，二老已为病魔所困扰，但仍寄来贺卡信：

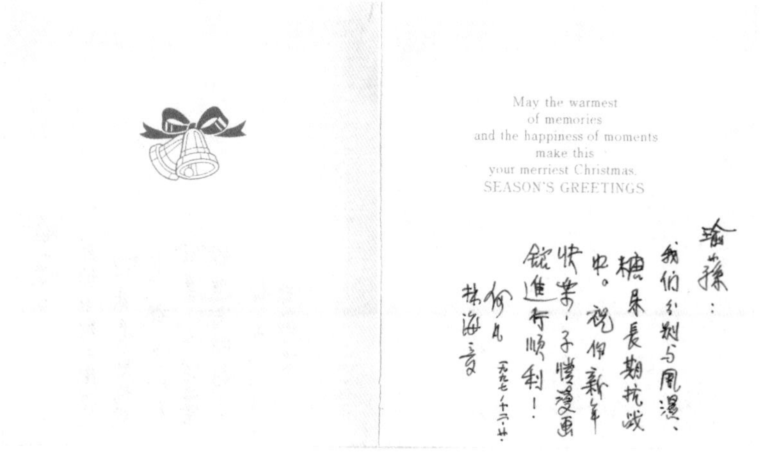

1997年12月20日何凡、林海音夫妇寄赠的贺卡信

瑜荪：

我们分别与风湿、糖尿长期抗战中。祝你新年快乐，子恺漫画馆进行顺利！

何凡　林海音

一九九七年十二月廿日

这以后，虽每年寄来贺卡，但只有签名，已无附言。

2001年11月28日，陆明兄来电说："林海音病重住院了！"

12月3日，我刚寄出慰问信，就听到了海音阿姨已于12月1日逝世的报道。

海音前辈走了，留给我的是无尽的哀愁。二十多年来，我始终无法举笔写下一点怀念的文字。如今检理出所有她寄来的手札、贺卡、书籍和照片，重新阅读和回忆，当作对她的纪念吧！

钱谷融先生的书与信

韦泱

犹记十多年前，我在旧书市场闲逛，一册素面朝天的小册子映入眼帘，书名叫《高尔基作品中的劳动》，这个题材过于冷僻，难提兴趣。正欲放弃的一刹那，书名的老宋字体和32开的装帧式样，让我止步于书摊前。因为一望可知是新中国成立前后的出版物。

这样想着，顺手取过书来，书名下的“钱谷融译”四字便吸引了我。咦，没听说过钱先生有这样一本译著，恐怕是他出版的第一本书吧。翻开版权页，标明为“泥土社”，初版于1953年10月。这是一家名不见经传的私营出版机构，起初以出版鲁迅研究书籍为特色，后得胡风先生支持，因出版胡风若干著作而影响日大。但在“反胡风”运动中，自然难逃一劫。它的出版物不多，我在旧书店，是见一本淘一本。眼下因着译者钱先生之缘与“泥土社”的难得版本，我没有不拿下此书的理由。

回家细阅，才知这本薄薄70余页的小书，是三位苏联作者写的三篇高尔基作品评论文章的翻译汇编。译者钱先生在书后有《译后记》，开端写道：

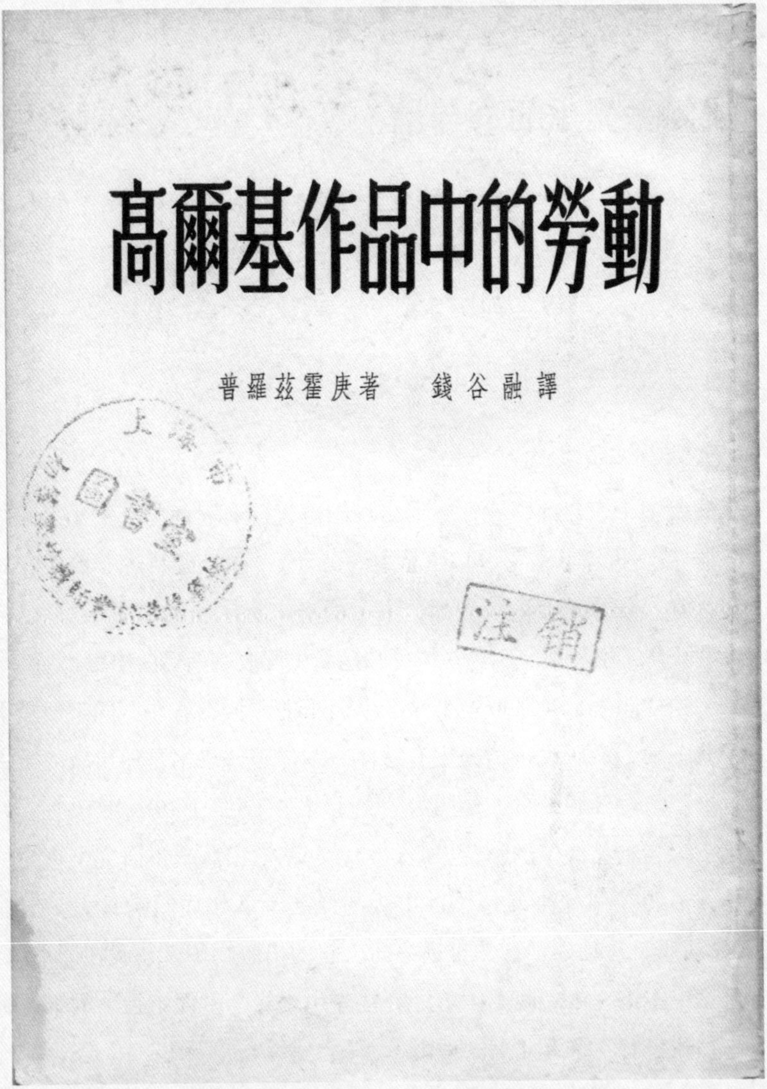

钱谷融旧译《高尔基作品中的劳动》书影

> 这里译出的三篇文章，指出了贯穿高尔基全部作品的三个很重要的特色，即：一、现实主义与浪漫主义的有机结合；二、对劳动的重视；三、战斗的人道主义。

已记不得，此书是如何请钱先生题签的，面持或者邮寄。在扉页上端，钱先生写了“韦泱先生指正”，并签了名。他也许觉得页面中间尚有空余处，又补写了一段话：“五十多年前的拙劣的译作，承韦泱先生购藏至今，今日相见，共庆有缘，希望韦先生以后多多赐教。”钱先生的谦逊，让我深感汗颜。他签名、钤章，并写下了日期“2005年5月”。

通读此书后，我联想到钱先生在上世纪50年代中期提出的“文学是人学”的著名文学论断，以及由此遭受到的无情批判，便给钱先生驰去一函，请他释疑解惑。没过几天，钱先生就回信答复，写道：

> 《高尔基作品中的劳动》一文，译自美国的《群众与主流》(*Masses & Mainstream*)。这个刊物，上世纪五十年代初在我国很流行。它所谓劳动（labor）确如你所说，兼指脑力与体力的劳动，这对我后来提出“文学是人学”的观点，可能也会有影响。但我是在读了季摩菲也夫的《文学原理》以后，才知道高尔基有把文学当做“人学”的意思的，那已是五十年代中期的事情了。至于把文学与人道主义联系起来，而且把人道主义的地位提得那么高，则主要是受了当时新文艺出版社出版的《文艺理论

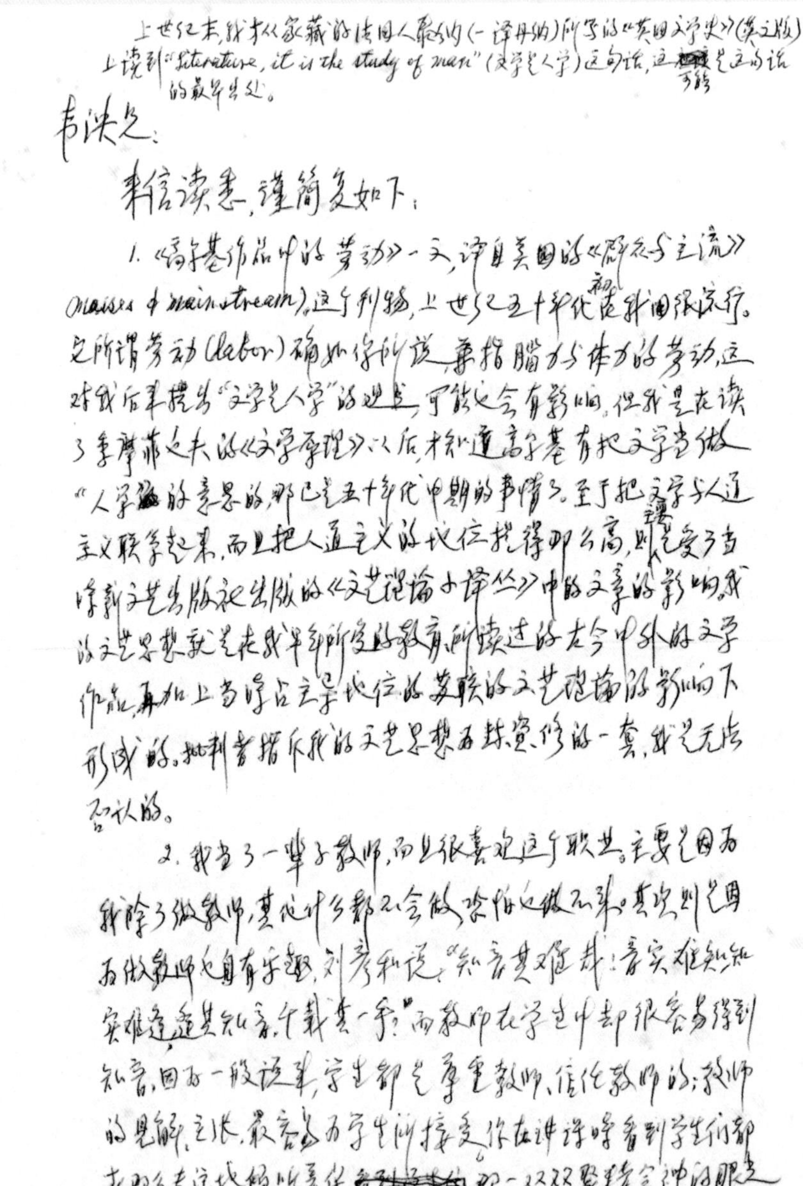

上世纪末，我才从家藏的法国人泰纳（一译丹纳）所写的《英国文学史》（英文版）上读到"Literature, it is the study of man"（文学是人学）这句话，这可能是这句话的最早出处。

韦决兄：

来信读悉，谨简复如下：

1.《高尔基作品中的劳动》一文，译自美国的《群众与主流》（Masses & mainstream）这个刊物，上世纪五十年代初在我国很流行。它所谓劳动（labor）确如你所说，兼指脑力与体力的劳动，这对我后来提出"文学是人学"的观点，可能也会有影响。但我是在读了季摩菲耶夫的《文学原理》以后，才知道高尔基有把文学当做"人学"的意思的，那已是五十年代中期的事情了。至于把文学与人道主义联系起来，而且把人道主义的地位提得那么高，则是受了当时新文艺出版社出版的《文艺理论小译丛》中的文章的影响。我的文艺思想实是在我早年所受的教育、所读过的古今中外的文学作品，再加上当时占主导地位的苏联的文艺理论的影响下形成的。批判者指斥我的文艺思想为资产阶级的一套，我是无法否认的。

2. 我当了一辈子教师，而且很喜欢这个职业。主要是因为我除了做教师，其他什么都不会做，啥活也做不来。其次则是因为做教师也自有乐趣，刘彦和说："知音其难哉！音实难知，知实难逢，逢其知音，千载其一乎？"而教师在学生中却很容易得到知音，因为一般说来，学生都是尊重教师、信任教师的，教师的见解、主张，最容易为学生所接受。你在讲课时看到学生们都在那么专注地倾听着你，那一双双聚精会神的眼光

2005年11月9日钱谷融致韦决的信（一）

对你表现出无限的信赖，你的心头该是感到多么的欣慰啊！

3. 我对学生的最基本的要求，首先是要懂得如何做人，而做人必须正直、诚恳。正直就要明是非、辨善恶，诚恳就要始终坚决地站在是和善的一面（去反对非和恶的东西），就要真心实意，表里如一，不能口是心非，假意敷衍。

4. 我年纪大了，经常独处一室，孤陋寡闻，很少接触新鲜的书籍和事物，实在不能为你提供什么有价值的意见，只能请你原谅了。

很感谢你来信的好意，惠赠的照片，已妥收，谢谢！

顺问

近好！

钱谷融

11月9日

2005年11月9日钱谷融致韦决的信（二）

小译丛》中的文章的影响。我的文艺思想就是在我早年所受的教育、所读过的古今中外的文学作品，再加上当时占主导地位的苏联的文艺理论的影响下形成的。批判者指斥我的文艺思想为封、资、修的一套，我是无法否认的。

从来信中，我第一次听钱先生谈及他“文学是人学”观点的形成过程。我再找来他的《论“文学是人学”》原文，读来更为亲切，体味亦更多。

可能我在信中提了不止一个问题。回信中，钱先生还回答了另两个问题。一是他谈了做教师的感想，他说：

我当了一辈子教师，而且很喜欢这个职业……教师的见解、主张，最容易为学生所接受。你在讲课时看到学生们都在那么专注地倾听着你，那一双双聚精会神的眼光，对你表现出无限的信赖，你的心头该是感到多么的欣慰呵！

钱先生对教师这一崇高职业的热爱，溢于言表。二是他谈了对学生的要求：

首先是要懂得如何做人，而做人必须正直、诚恳。正直就要明是非、辨善恶；诚恳就要真心实意、表里如一。不能口是心非，假意敷衍。

可见，钱先生桃李满天下，是与他对学生的严格与挚爱分不开的。

这封满满两页的信，写于2005年11月9日。钱先生写完后可能又重看了一遍，觉得对第一个问题的回答意犹未尽，便在第一页的页眉处，又加了一段话：

> 上世纪末，我才从家藏的法国人泰纳（一译丹纳）所写的《英国文学史》（英文版）上读到“Literature, it is the study of man”（文学是人学）这句话，这可能是这句话的最早出处。

由此可见，钱先生回信时的仔细。也可见，他当年提出这个重要文学观点，还没有找到先例。中外文学理论家在这一认识上竟然不谋而合，这足以证明，其观点所具有的普世意义及文学价值。

钱谷融先生于1919年出生，于2017年去世，江苏武进人。他在华东师范大学长期从事现代文学的研究和教学，生前出版有四卷本《钱谷融文集》。

我与上海本地的文化老人，一般很少通信，因见面不难。早些年每次去华师大二村，都会去看望徐中玉和钱谷融两位老先生。一番闲聊十分惬意，真正是“偷得浮生半日闲”，令我胜读十年书。而因为钱先生半个多世纪前的一册旧译，引起彼此书信往来，则是十分难得的一次。这一书一信，也就显得更为珍贵且值得宝藏了。2022年正值钱先生辞世五周年，以此小文作为对前辈的纪念。

“希望能开始一些新的，或老的路子的新试……”

——从诗人郑敏的复信说起

子 张

2022年初，郑敏先生以102岁高龄去世。我一直想写点什么，但因为和郑先生交往不太多，对她缺乏足够的了解和认识，故而一时不知从何处说起，就此拖延了下来。

其实若说到对郑先生的关注，我算比较早的，原因是上世纪80年代末，我应约参与编撰曲阜师范学院魏绍馨教授主编的本科教材《现代中国文学发展史》。分配给我的任务中就有一节“新现代派诗歌”。编教材，当然不能不去找作品和相关史料阅读，大概就在这样的背景下借来了《九叶集》，甚至到山东师大图书馆翻看了40年代的《诗创造》和《中国新诗》杂志。初稿完成后，我分别寄给辛笛、唐湜、郑敏、袁可嘉诸先生请教，几位前辈以不同的方式对初稿提出了意见。郑敏先生则以一封长信为我提供了不少具体背景，也为我指点了修改、调整的路径。由郑先生的信，我才意识到自己编写这一节所做的准备工作是何其不足！复信如下：

张欣同志：

顷接来信及关于"九叶"的介绍。既然是教材，其影响会很大的。因此就您的撰稿提出一些我个人的想法，仅供参考：

① 文章一开头就着重从"上海集中了一批年轻诗人"讲起，对新现代派诗歌形成的过程中卞之琳、冯至、闻一多等多年在大学辛勤教学和翻译介绍的工作，对四十年代新现代主义新诗潮的形成有什么影响略去未提，似与中国新诗史的发展历史的真实情况不甚相符。这自然是因为在"九叶"于八十年代出现后一般评论的倾向有关。若以教材的身份问世，希望您在"史"方面再作些调查和调整。"九叶"实在是开放时期的新词，追溯历史，如没有中国三四十年代老一辈诗人创作、教学、翻译的积累，是不可能出现这股"新潮"的。希望您们能跳出南方的上海与北方的北京、天津，而从中国新诗的发展来看"九叶"的出现。《诗创造》与《中国新诗》之外，当时天津《大公报》的文艺栏、《益世报》的文艺栏的影响绝不在前二刊物之下。只是因为过去采访时多从前二刊物入手，以致形成的倾向不甚全面，及脱离四十年代中国新诗的历史。如略去当时在联大、北大执教及积极从事创作的老诗人对诗坛的引导来谈《诗创造》和《中国新诗》，是无法说明问题的。再者，巴金先生对当时"九叶"诗人作品给予出版，也是"九叶"得以问世的关键。您们似乎也应当考虑《九叶集》就是根据巴老

所出丛书中我们的集子编选的，若没有巴老的支持，“九叶”作品很多只能散见报刊。为了您的教材能比“九叶”刚出现时一般零散评论更上一层楼，更能多些史的角度，我提出这个看法，若不当，尚乞原谅。

② 第二页“同时，这些诗人大多由各地集中到上海”一说显然与史实有出入。如果您考虑到杜运燮、穆旦、袁可嘉、郑敏都不曾集中在上海写作，他们与《中国新诗》只有发表的关系，则“九叶”中四叶都不符合您这一说法。这里可以看出，过去评论有以上海《中国新诗》为中心考虑“九叶”的倾向，甚至有过文章，认为“九叶”中有一部分诗人是有小资产阶级情绪的，因此在介绍时从“进步性”上将“九叶”分成两类。这自然不是您们的观点，但这种倾向对造成今天的偏见是有影响的。自然各家修史有其自己的观点，我这里仅想提出一个问题，无意影响您们。

在《现代世界诗坛》第二辑中有拙文《回顾中国现代主义新诗的发展，并谈当前先锋派新诗创作》，内较全面地说明我对新诗史1940—1980年代的看法。可惜因特殊原因，文章排印错误较多，现附上勘误表一份，也许您有兴趣一读这篇文章，并请赐教。

匆匆写就，字迹不工整，乞谅。祝

撰安！

郑敏

2.27日（1990）

又，如果您实在找不到《现代世界诗坛》第二辑（湖南人民出版社），而又有兴趣一读我那篇文章，我可以复制给您。但因近来极忙，复制和邮寄都要排队，您如有地方借到最好！

随信附带的勘误表复印件，罗列了多达19处排印错误，看得出郑先生对她这篇文章是比较看重的。

如今，关于九叶诗派或40年代新现代派诗歌的基本史实已相当清楚，不待我再饶舌。倒是郑敏先生这封信不但留下了当年围绕“九叶”或40年代现代诗史实及评价所产生的不少问题，也很可以见出她作为当事人之一的那种认真求实态度。作为一份文献资料，或者还是有意义的，故而录在这里供治史者参考。

回想当初编教材时类似“上海集中了一批年轻诗人”“这些诗

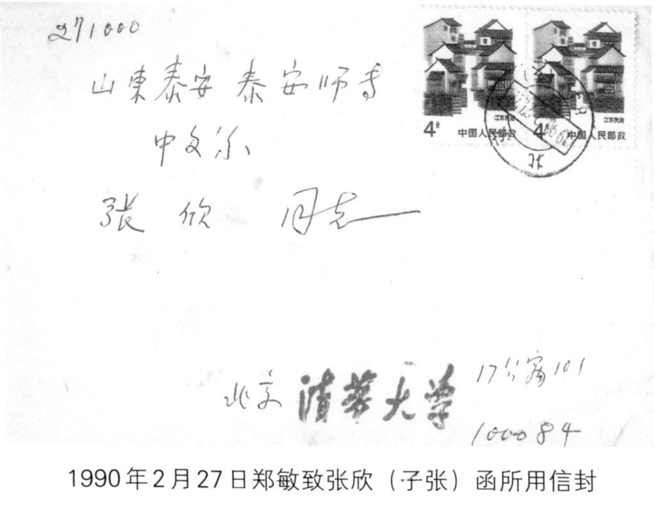

1990年2月27日郑敏致张欣（子张）函所用信封

人大多由各地集中到上海”这些不尽准确的表述，甚觉惭愧。这固然说明自己当时对文学史的考察、把握实在不够，功夫不到家，话就不可能说到位。尤觉对不起郑先生的是，当时限于时间和教材容量，郑敏先生那些善意和剀切指出的问题未能一一解决，仅根据她和袁可嘉先生的意见作了个别字句的调整。收到郑先生复信几个月后，教材就出版了。虽说该教材将“新现代派诗歌”的条目纳入高校中文专业教材算是一种突破，但仓促之间造成的史实出入和容量不足却留下了遗憾，辜负了郑敏先生的期望。

好在几年之后，我因为撰写南京大学在职研究生毕业论文而主动选了“40年代现代主义诗歌”作为论题，倒借机会把郑敏先生信中提醒我注意的问题认真作了思考和调整。当然，调整是建立在文学史考察与梳理基础上的。而且经过一番考察，我甚至干脆摒弃了“九叶诗派”这一明显不当的指称，而采用了40年代现代主义诗歌或40年代现代诗的提法。其实也正如郑先生复信中所指出的，如果从历史真实的角度观察，40年代现代主义诗歌的发生、发展显然有其自己的逻辑线索。战时，西南联大外文系、中文系教师与英美现代诗之间的积极互动，西南联大校园文学社团冬青社与文聚社的凝聚和催生，重庆桂林大后方报刊、北平《文学杂志》与上海《文艺复兴》以及天津的《大公报》《益世报》，再加上上海《诗创造》《中国新诗》和星群出版社，连同巴金与文化生活出版社对穆旦、杜运燮、郑敏诗集的出版，把所有这些因素都考虑在内，庶几可以较准确地勾画出40年代中国现代诗思潮的基本轮廓。对这些因素的一一勾陈，构成了我那篇论文的第一部分，我以“历史性形成”这一术语表述我对包括冯至、卞之琳、李广田、王佐良等人在内的

40年代现代诗写作的理解，总算对郑敏先生信中“更能多些史的角度”的建议作出了力所能及的呼应。

1996年春，在我把发表在这年第二期《山东师大学报》上的论文《40年代现代诗派的抒情策略》寄给郑敏先生后，很快又收到她的回信，对这本学报上涉及诗歌和诗歌理论的文章都作了肯定，认为“比初期的这方面的研究深入”。但该信的重点不在此，而在于谈了她自己近年在诗歌写作和教学、学术研究方面的探索，虽然不像前信那样长，但也颇能感知她对自我探求的自觉：

张欣先生：

感谢赠《山东师大学报》2期。这一期关于诗歌及诗歌理论的几篇文章都很有见解，比初期的这方面的研究深入。

自79年后，我在继续写作过程也有不少新的感觉，《心象集》与《早晨，我在雨里采花》（港）两本诗总结了我自82—90的一些尝试。现在又希望能开始一些新的，或老的路子的新试。近年在教和研究“后结构主义”，因此这方面也写了不少文章，目前正在结集和联系出版，集名初定为“结构—解构视角：诗歌·语言·文化”。

可惜大家都各散在天一方，很多学术交流都有困难。匆匆先草此，祝

笔健！

郑敏

4.27日

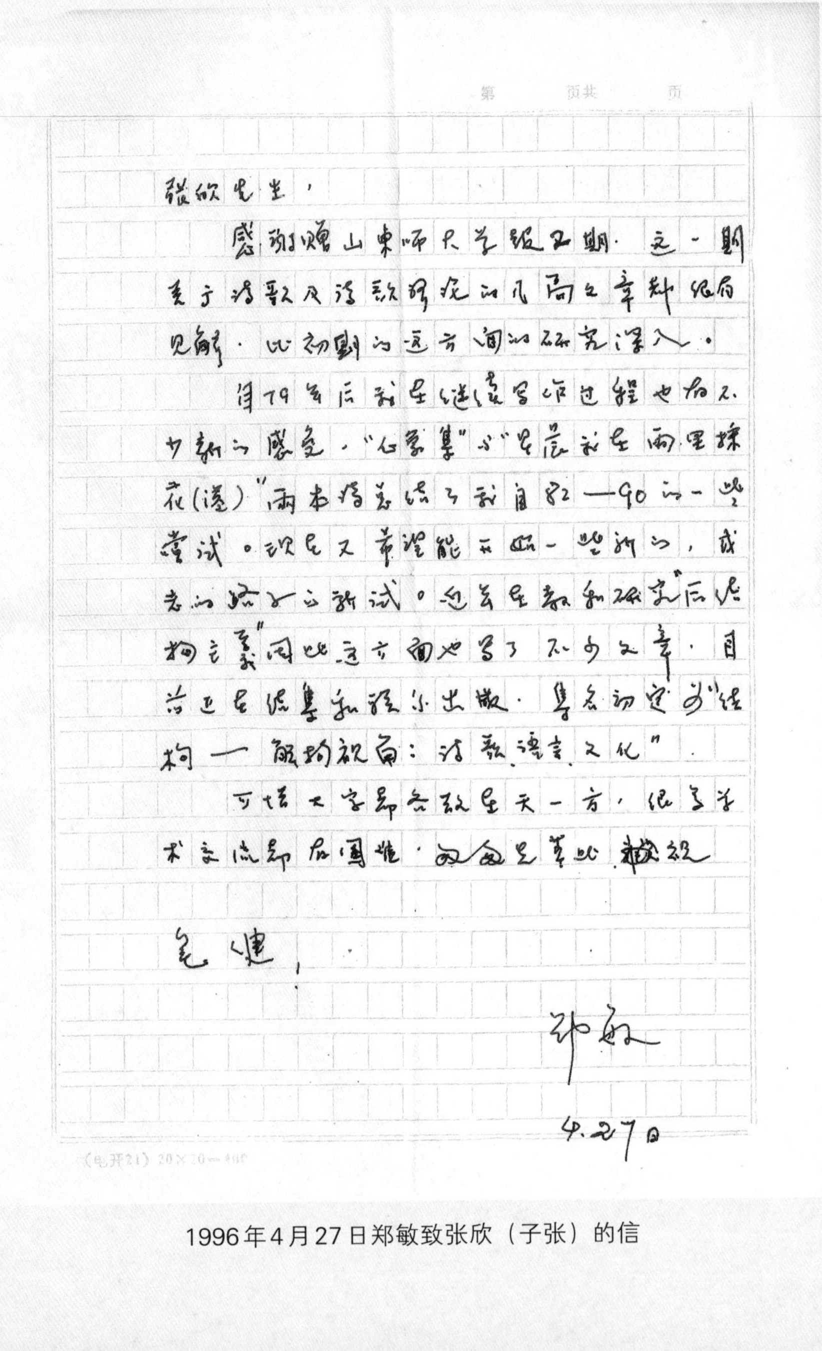
张欣先生：

感谢赠山东师大学报2期。这一期关于诗歌及诗歌研究的几篇文章都很有见解。比初期的这方面的研究深入。

自79年后我在继续写作过程中也有不少新的感受。"心象集"与"早晨我在雨里採花(选)"两本诗集结了我自82—90的一些尝试。现在又希望能开始一些新的，或老的路子的新试。近年在教和研究"后结构主义"，因此这方面也写了不少文章。目前正在编集和联系出版。集名初定为"结构—解构视角：诗歌、语言、文化"。

可惜大家都各在天一方，很多学术交流都有困难。匆匆草此，祝

康健！

郑敏

4.27日

1996年4月27日郑敏致张欣（子张）的信

我在上世纪90年代先后做过的现代诗研究论题，大致不出现代诗文体演变、归来者诗人和40年代现代诗潮这个范围。以我对归来者诗人的观察，郑敏先生绝对属于归来者诗人中最重要的自我突破者之一。可以说，如果没有归来后新的自我超越，没有生命中最后阶段写下的大量诗作和论文，单凭40年代那本薄薄的《诗集1942—1947》，郑敏或许就只有类似“九叶”那样“过去式”的纪念意义，而不足以和穆旦、杜运燮、唐湜一样被视为更具当代性的重要诗人。而若从当代性角度看，“九叶”之中，穆旦、唐湜、杜运燮、郑敏四位可能的确突出、重要得多。

郑敏先生在这封短信中提到她在八九十年代“继续写作”中“不少新的感觉”，又表示：“现在又希望能开始一些新的，或老的路子的新试。近年在教和研究‘后结构主义’，因此这方面也写了不少文章。”简要的表述里着实透露出不少耐人寻味的信息。我手头的三本书，一本是2000年人民文学出版社出版的《郑敏诗集》，一本是1999年北京大学出版社出版的《诗歌与哲学是近邻——结构—解构诗论》，还有一本是2011年吴思敬、宋晓冬编的《郑敏诗歌研究论集》，大概足以见出郑敏晚年在诗歌写作、理论思考诸方面所做的探索和取得的成就。

郑敏先生为《郑敏诗集》写的序言，对她自己前后两段长达三十年的写诗历程作了真挚而有深度的总结，也确乎像一个纲领性的序言，很能帮助读者理解她1979至1999年间的诗歌写作。她以“从黑暗中走出，夜过去了，我处在初醒，涉出黑暗，走向黎明的心态”描述她归来后的精神感受，而从该集十一卷诗“重新按类拼贴”的编纂方式，也很能感受她对自我诗思所持的理性认知。这里面涉及不少诗歌写作的母题：历史与人、心象、死亡、母爱、不再存在的存在、自然、沉思和回忆、梦想，也涉及诗歌写作的形式探索，如诗体。通过阅读郑敏先生对这些诗歌主题和诗歌形式方面的思索，慢慢对她有了较为完整、准确和清晰的理解。如谈到无意识与写作问题，郑敏先生一方面表示："无意识是创造的初始源泉，语言之根在其中。"但同时也指出："纯粹的无意识写作也同样不可能。意识与无意识的对话如何能为作者所窃听是写作艺术转换的关键。"所以她又接着说道："无意识的丰富创作'能'不容强行开发，一些诗语的刻意扭曲就是'意识'在追求'新'的过程中造成的艺术伤疤。语言是不容驯服的，语言并非作家的工具。当操作违反了这种语言的本质，只能产生一种畸形、晦涩丑恶的风格，而失去其初始的自然朦胧。"经历过80年代不少"先锋诗""实验诗"不惜强拉硬扯，滥用无意识、朦胧、创新这类字眼以图占山为王的过来人，当不难明白郑敏先生这些话语的含义。

至于说到郑敏先生对中国当代诗歌更细致的批评，还须阅读《诗歌与哲学是近邻——结构—解构诗论》这本书。我很惭愧没有及早地细读，现在觉得，包括郑先生在1990年复信中提到的《回顾中国现代主义新诗的发展，并谈当前先锋派新诗创作》，以及该书第四编"关于当代汉语诗"中的多篇文章，实在都不容忽视。有意思的是，郑敏先生竟然曾被海外的批评家指为"中国的新保守主义"，依据大概就是郑敏在不少文章和发言中强调过"传统"文化的重要。强调"传统"，确乎是郑敏先生90年代诗论的一个侧重点，或者说是郑敏诗论的关键词之一，譬如在《回顾中国现代主义新诗的发展，并谈当前先锋派新诗创作》和《诗歌与文化——诗歌·文化·语言》中就反复谈及。讲到“第三代”诗歌作者“否定崇尚传统”的倾向，郑敏有言：“总是想一个流派，一个代的诞生就意味着前者的死亡，恰恰是统治我们多年的一元化逻辑的翻版。文学是重积累的，要开拓新疆必须像庞德所说的那样去古书中寻找古人边界线，而后才知道新疆的起点，知古方能拓新。”她又谈到自己“重读”老子、庄子，表示“发现有许多传统文化我全误会了”，由此引发的思考就是：“21世纪我们面临的问题不是科学上能不能跟西方平等，也不是我们的经济上能否成为真正的经济大国，而是我们在文化素养上是不是和西方人懂得一样多。如果老要到大不列颠去查我们自己的东西，我觉得太糟糕了。”

由此可见，郑敏先生强调“传统文化”，跟政治策略所提的传统并非一个层面的东西，而是与民族文化素质或者诗人的文化素质有关。郑先生对当代诗歌“无传统”而“反传统”的姿态表达了她更深层面的忧虑，最后仍然归结到诗：“我们都经历过很多文化上的断裂、教育上的空白，尤其是10年停办大学的空白，使后来许多人只好通过各种方法去补文凭。所以，有志的21世纪的中国诗人，一定要补自己的文化课，自己去补。”

2006年4月，在北方的春季大风天里，我在南开大学文学院召集的穆旦诗歌研讨会上终于有幸见到郑敏先生，聆听了她在开幕式上的致辞和研讨环节中的发言，还请她在会议发给的新书《穆旦诗文集》扉页上签了名，也留下了一张与郑先生的合影。当时，郑先生已经86岁，但思路清晰，发言富有激情，并不呈现老态。关于那天她在研讨环节发言的内容，由我所记粗线条的日记或可感知一二，谨录于此，以志纪念：

屠岸先生赠书三册，其中有《诗论·文论·剧论》。

到吴思敬先生房间稍坐，获赠去年《诗探索》三册。

饭桌上，走路时与邵先生聊天。

第二天上午很紧凑，余参加第二组，先后有刘士杰、西川、鲍昌宝、孙良好、张立群、我以及易彬发言。

十时后又讨论，邵先生主持，又请郭保卫讲当年与穆旦结识往事，郑敏先生发言讲到知识分子与当代社会关系问题，讲到自己的忧虑与痛苦，社会发展的盲目，大有激情。又谈到汉语之美（泪、发诸字的繁简之差异），抨击拉丁化，抨击“非中国化”。随后就是闭幕式，增加穆旦南开中学时代同学、九一高龄的申泮文院士意兴盎然发言，讲到南开中学的光荣历史，张伯苓校长，延伸到“教育”的重要，亦激昂慷慨。

最后罗振亚总结，乔以钢致辞闭幕。

谨以此文，表达对郑敏先生的缅怀之情。很喜欢先生《秋天与神户大地震》这首诗的最后两句：

灵魂已经日渐自由
灵魂已经准备远游

旧信重读

——关于邵燕祥的回忆

孙 郁

我是经林凯兄介绍，认识邵燕祥先生的。记不清楚什么时候，在哪里第一次见到他。邵先生不太像北方人，他虽然出生于北京，但还是像江南文人，沉静而内敛。谈天的时候，不紧不慢，是标准的北京话，却没有油滑的调子。也许是知道我父亲的遭遇，我们的交流有许多共同的兴趣点，看见他，好像早就相识一般。

通过邵先生，我还结识了许多杂文家和诗人，发现他和众人都不太一样。他很聪慧，阅读面广，晚年的笔记大有古风，但也警惕陷入士大夫趣味，每每不忘情于历史暗影与人间百态，反讽的文字带有锋芒。所以，往往放弃诗人的雅态，以斗士的方式与世界周旋。我读他的文字，觉得是有一种沧桑感的，左翼的痕迹与京派的遗风都有，显得比同代诗人要繁复一些。大约1996年，有感于邵先生的杂文创作，写了一篇评论文章《诗的杂感与杂感的诗》，登在《当代作家评论》上。他看了我的文章，回信说道：

孙郁兄：

我又重读了《诗，杂感》一文，多谢你那么认真地剖析我的思路——

当我回过头看我的一些诗时，我是感到一派苍凉的。你用“苍凉”二字，大约可以说是切中要害了。我也总是像鲁迅之于《药》结尾处坟上点缀花环的用意，力求装点些亮色的，但尽管如此，似亦难掩刻骨的悲观，我怕这种悲观感染读者，尤其是对世界、对人生充满翘望的青少年，所以我还是把自己的悲观从消沉退后拉扯到积极方面来——先是“有所为，有所不为”，然后继之以“知其不可而为之”，亦即只问耕耘不问收获了。对自己可以唱些楚狂接舆之歌，对年轻的来者，仍愿奉献我由衷的祝福。

这是形而上的层面。至于日常，我已是“万人如海一身藏”，你看我写的《我的角色》一文（我最称职的是作小外孙女的外公，即此也是作她外婆和父母的第三、第四助手），可知，心态殆无异于街头下棋的老退休工人，只是尚无他们的棋艺和淡定闲情耳。

兄文中对我多所肯定之处，令人深深不安。本世纪末的中国，即杂文界亦还是阵容颇壮的，老辈如冯英子、何满子、曾彦修，同辈的如朱正、四益、得后、蓝翎、牧惠，更年轻的鄢烈山、刘洪波、赵牧、丁东、谢泳，近年崭露头角，峥嵘远过于我。正因如此，才使我们胆气两壮，有异于鲁迅“两间余一卒”的彷徨了。

随手写来，不假思索，聊代谈心。匆祝

夏安

燕祥

九七年六月二日

我六月四日去武汉转三峡一游。又及。

信中没有一点客气，看得出，我的文字勾起了他的回忆，答复中也有纠正我的观点的意思。他写得很认真，所谈的内容也颇为广泛，诚意溢于字里行间。鲁迅对于他的影响是深的，以至于行文都有一点相近。他说出自己与鲁迅内心相知的一面，也道出彼此的差异。在他看来，鲁迅是一个人面对世界，而他们这代人是有一个团队的，志同道合的人彼此鼓励，才有了一股批评社会的勇气。这是对的，联想他后来与杨宪益、黄苗子之间的唱和之作，与青年朋友的同行同吟，他们其实是互相挽着手慢慢前行着的。

他在来信中提及的众多杂文家，都是他的朋友，差不多都有不错的文字在。有些作家，不太注意同时代人的文章，邵先生却是读的，也从中吸收一些观点。比如蓝英年的苏联研究随笔，朱正的鲁迅研究，他都喜欢。他从施蛰存、王元化、周有光、何满子那里，都获得了某些启示，彼此的交往都很真挚。我曾在《文汇报》写过一篇文章，谈他与学界的关系，只是篇幅太短，许多地方都来不及深谈。他以杂文的方式谈论学问与思想，有一些在象牙塔中人那里看不到的意象和思想。

邵先生本是诗人，晚年后以杂文而闻世。之所以渐渐放弃诗歌写作，我猜想一是觉得落后于年轻一代，已经完成了使命；另一方面，大概觉得作社会批评，是自己这代人的使命。他针砭时弊的文字很老到，新闻界不敢言的内容，在他笔下往往能够看到。先生也喜欢谈史，以小见大，连类比喻，妙语时出。有时用的是曲笔的手法，指东打西，出其不意，词语间泛出思想的涟漪。他的文字有诗人的直觉，看似言理的，其实很有审美的快意。同代的杂文家多是就事论事，他却能够由地面跳到上空，俯瞰芸芸众生，这种超然性，将诗与思一体化了。

与他熟悉的人都有一种感觉，他对于自己评价是不高的，自我内省的时候，有些思考的难题在。但对于一些优秀思想者的文字，他称赞有加，不像社会批评文字那么冷气森森。不过他也有严肃的一面，以至于一些人不敢与其接近。在理与人情方面，看重的是前者。这说明，他也是洁身自好的人，由此，自己保持了一种清净之态。所以有时候能够不顾面子，挑战世间那些可笑之人，对于精神界的灰色之调，加以猛烈抨击。这种爱憎分明的态度，也树敌不少。但读者对于他的喜爱，从出版的随笔集发行的数量中可见一点端倪。

他的朋友很多，像李锐、流沙河、王蒙、高莽、牛汉、吴祖光、杨宪益、丁聪、汪曾祺、林斤澜，都有很多的故事，其中不乏有学问的诗人。比如与赵瑞蕻、蔡其矫的关系，就很有意思。1982年，赵瑞蕻出版了《鲁迅〈摩罗诗力说〉注释·今译·解说》，寄给了他一册。这是一本后来有影响的书，赵先生的才华于此熠熠闪光。他们谈诗，谈翻译，看得出关系不浅。那信写道：

燕祥同志：

书出版了，特寄上一册，请指正。此书先后搞了几年，还有些差错，不满意的地方。

我前几天才从无锡太湖饭店开完全国法国文学学术会议回来。在会上发了一篇介绍法国象征派韩波（Rimbaud）的代表作《沉睡的船》的译作。等改好后寄给陈敬容同志看看，再转给《诗刊》，作为投稿。

杨苡和我的那二首诗发表后，如读者有什么意见，请告诉我们吧。

《梅雨潭的新绿》已付排了，希望秋间能出版。等出来后，一定请你写点东西评介。

你本月起一定忙起来了，每天都上班了吧？

握手，热烈地！

瑞蕻

1982年7月4日

你讲话录音带等小闹放假回京时拿来吧。

杨苡附笔问好。又及。

因一本研究鲁迅的诗学的书，引出的话题如此之多。书中所介绍的诗人，也是影响过他的。邵燕祥知道中国诗人与域外诗人的距离，也明白自己此时该做些什么。他在《诗刊》工作的几年，做了许多常人不能做的工作。上世纪80年代诗歌活跃，与翻译家的努力不无关系。邵燕祥意识到赵瑞蕻学术工作的价值，这些已经为诗界打开了窗户，起到了非同小可的作用。在内心深处，重返鲁迅思想的原点，也是他们那个时候共同的看法。

一直希望能够有人好好写写他，关于40年代的诗、五六十年代的风云，干校岁月以及《诗刊》编辑部的工作，均可丰富文学史的一些话题。他的诗作，与艾青还有距离，后起的舒婷、北岛，也比他更有质感。但论杂文，他在当代却是一流的，鲁迅之后，能够切入时代深处的文本不多，他与聂绀弩算是其间的佼佼者。他们的众多随感，像夤夜里的微火，照出世间的旧影，遇之殊难，错过了，便不易再见到。

邵先生是一个相当幽默的人，他喜欢说各种前苏联笑话，对于民国知识人的遗事亦有不少心得。他的杂文在人看来有些过于正经，其实内中埋伏着许多笑料。这种讽刺笔法，存有他的智慧。有一段时间，章诒和不定期请大家聚餐，地点一般都在大董烤鸭店。邵燕祥、张思之、钱理群、王得后、赵园、王培元一般也都在。交流中，众人眉飞色舞，谈兴正浓时，他会忽然插一句话，总结众人的观点，声音不大，却很滑稽，常常引起一屋人捧腹大笑。

大约1999年，我与邵先生、蓝英年等一起去过一次内蒙古。那次旅游十分开心，也结识了许多新朋友。过了黄河，便是茫茫草原，望长空几只飞雁，心绪都被拽得很远。邵先生似乎也有了诗性，一路上发了许多感慨。夜里，我们三人睡在一个蒙古包，聊天到很晚的时候才睡。我与邵先生都打呼噜，蓝先生一夜没有睡好。邵先生早晨自嘲说，孙郁的呼噜是车轮声，我的呼噜是鬼吹灯声，一个是不管不顾的，一个干坏事的。三人大笑。邵先生的幽默，是带一丝士风的，我记得刘半农也曾有类似自讽的话。那么说来，也是京派的一种传统吧。现在想来，内蒙之行时，我们的身体都很好，精力充沛。时光真的很快，一晃，二十余年过去了。

一篇诗评的诞生

——与“朦胧诗派”诗人舒婷的书信往来

李 平

1982年6月，我从大学中文系本科毕业，被分配到上海师范学院附属中学担任语文教师。和当时许多年轻的学人一样，我被流行的“朦胧诗”迷住了。我在小本子上抄录了从各种报刊寻觅来的舒婷、顾城、北岛、杨炼等人的大量诗作，不仅自己欣赏、朗读，还把手抄本借给朋友阅读。中学同学和老朋友马小星（日后成为知名的刊物编辑）未经与我商量，就在我的手抄本扉页上题写了一首“七律”——

题李平友手抄朦胧诗集

漫道此中造语奇，仙才自古蔑凡仪。
睡莲有恨偏含泪，顽石无心总带痴。
卷地惊涛成昨梦，扬天细雨入新辞。
朦胧意象人休怨，风雅何尝为解颐！

上世纪80年代初的我，只是一个二十多岁的小伙子，酷爱朦胧诗，同时也正在跃跃欲试文学评论的写作。正在这个时候，“朦胧诗派”代表人物、女诗人舒婷（原名龚佩瑜，1952年生，祖籍福建泉州）的诗集《双桅船》获得了“1979—1982年全国优秀诗集”的二等奖。这首被用作诗集名的《双桅船》首发于《上海文学》1980年第5期，既可以作勇毅坚贞的爱情解，也可以有更加宏阔的展开，不知震撼了多少青年人的心灵——

雾打湿了我的双翼
可风却不容我再迟疑
岸啊，心爱的岸
昨天刚刚和你告别
今天你又在这里
明天我们将在
另一个维度相遇

是一场风暴、一盏灯
把我们连系在一起
是一场风暴、另一盏灯
使我们再分东西
不怕天涯海角
岂在朝朝夕夕
你在我的航程上
我在你的视线里

在反复咏读诗集以后，我充满热情地决定写一篇对获奖诗集《双桅船》的评论。我当时对文坛的状况一无所知，但好在《双桅船》是在我居住的上海出版的，于是我就贸然写了一封信给《双桅船》的责任编辑、上海文艺出版社的姜金城老师，向他询问舒婷的近况以及我的诗评写好以后可否请他先阅读把关一下。不久，姜编辑就给我回了信：

李平同志：

您好！

来信收读。

舒婷同志前一段时间身体不好，最近好了。

她的诗写得少，但不会“消失”。

最近，评《双桅船》的人很多。希望您的文章写得更有特色。我不能拜读您的大作，请谅。

此致

敬礼！

姜金城

5月30日（1983）

因为没有保留我寄给他的信，所以他在回信中将“消失”二字加了引号，我猜想可能是我在信中请教他：为何近来少见舒婷的新作，诗人仿佛“消失”了一般。

后来，我在教学工作之余，一鼓作气写成一篇六千多字题为《真和善升华为美——读获奖诗集〈双桅船〉》的诗评，这也是我

第一篇较为正式的“论文”。可是该投给哪里呢？我忽然想到，还不如将文章直接寄给舒婷本人看一下，请她给点建议。我就在信封上简单地写了“福建省作家协会转舒婷同志收”，其实心里并不抱什么希望。没想到的是，我很快就收到了舒婷的亲笔回信，是寄到我的工作单位上海师范学院附中语文教研组的。回信如下：

李平同志：

谢谢您的信任，谢谢您的辛勤劳动！可惜我对理论一窍不通，未能对您的大作提出切中肯綮的意见，我只能再次对您的劳动表示崇高的敬意。

“适当的刊物”我以为是明年即将创刊的《当代作家评论》(辽宁作协主办，双月刊，16开，168页)，目前正在积极集稿，你不妨一试。由于涉及到本人，我不宜转寄，请您能理解并原谅。

我已二年没动笔写东西了，接下去还将沉寂一段相当长的时间。

风信球升起来了：风势继续在增长。任何没有避风港的船只随时都受到威胁。

我请您读一读甘肃《当代文艺思潮》83.3.周的文章，最有代表性的反面意见。

祝

好

舒婷

83.11.10

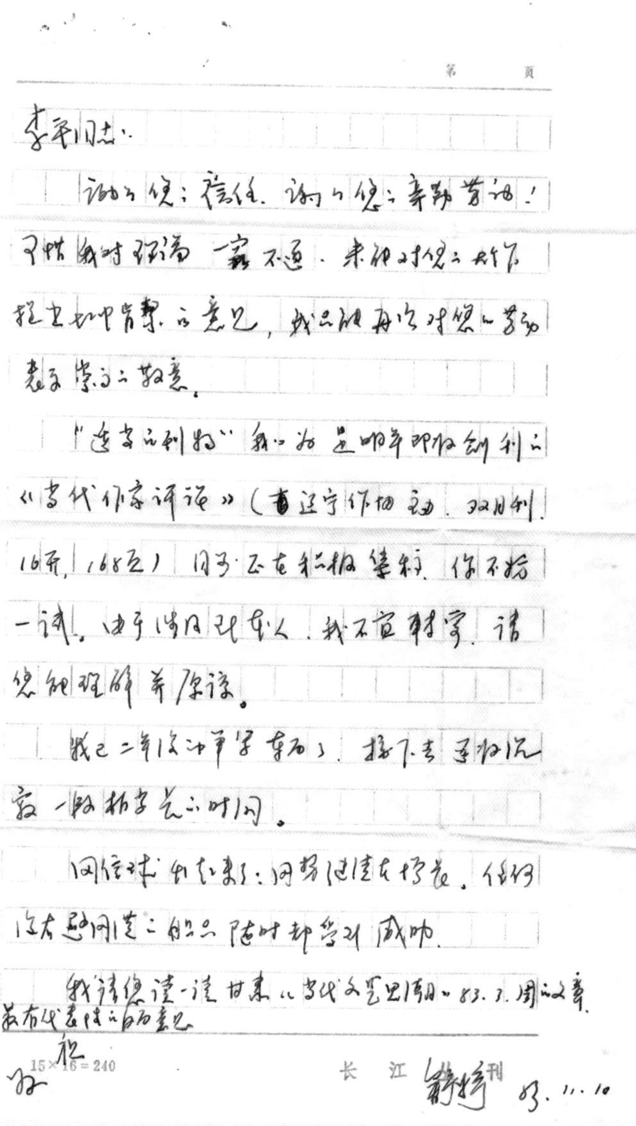

第　页

李平同志：

谢谢您的信任，谢谢您的辛勤劳动！可惜我对理论一窍不通，来不及对您的大作提出切中肯綮的意见，我只能再次对您的劳动表示深切的敬意。

"选本的利弊"我认为是明年即将创刊的《当代作家评论》（辽宁作协主办，双月刊，16开，168页）阿子正在积极集稿，你不妨一试。由于涉及到本人，我不宜插嘴，请您能理解并原谅。

我已二年没动笔写东西了，接下去可能沉寂一段相当长的时间。

回信请由我家转：同安县往后……任何涉及问题的能力随时都受到威胁。

我请您读一读甘肃《当代文艺思潮》83.3期的文章，较有代表性的否定意见

祝

好

15×16＝240　　长江　　刊

舒婷　83.11.10

1983年11月10日舒婷致李平函

后来，我一定是把稿子寄出去了，但是并没有及时得到回音。我把情况告诉了舒婷，她也很快就回信了：

李平：

再过一段时间，如果辽宁没有回音，可去信索回。我建议你改寄给成都大学中文系钟文老师。四川省社科有个月刊专发文艺评论（《艺谭》?），今年更名。去年他来厦，隐约记起他说过参与其事。中年评论家中，他可属“现代派”，颇支持年青人。你可根据上面地址，直接寄他。万一他不参与其事，我想他也会尽力推举。问题是在这样的气候下，主编要几番踌躇。

沉寂，也许又是一种历史的必然。我已经感觉到我已无法写诗了，深深地感觉。

祝

不断进步

舒婷

2.26（1984）

作协会址在福州。

这封信说明，她明确知道我是一个年轻人，所以用“不断进步”的话来鼓励我。另外，因为我在信封上只写了“福建省作协”，而没有写明作协所在地的具体城市，所以她在信末提醒我“作协会址在福州”。有意思的是，诗人总会在不经意间抒发自己的诗情。这两封信的末尾，都洋溢着诗化哲学的意味。2006年，我将已经发

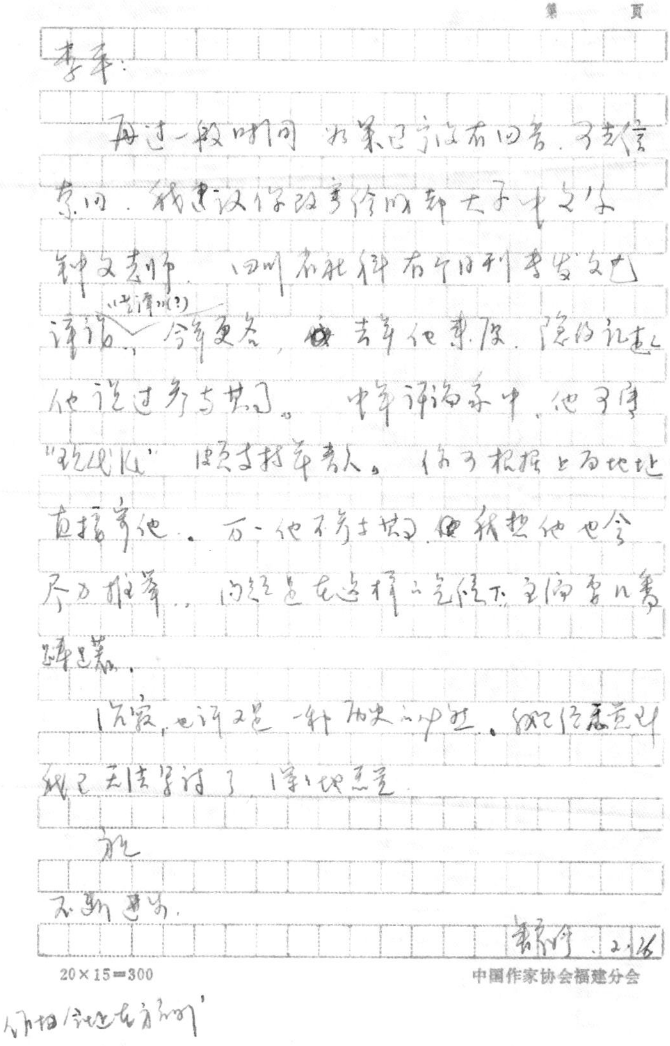
第　页

李平：

再过一段时间，如果还没有回音，可去信索回。我建议你改寄给哈佛大学中文系钟文老师。四川有杂志将有个月刊专发文艺评论（"当代文坛"(?)），今年更名。去年他来厦，隐约记起他说过参与其事。中年评论家中，他可算"现代派"唯一拥护者人。你可根据上面地址直接寄他。万一他不参与其事，我想他也会尽力推荐。问题是在这样的气候下，主编会有几分踌躇。

气候，也许又是一种历史的必然。我们的愚蠢到我已无法写诗了，悄悄地思量。

祝

不断进步。

舒婷　2.26

20×15=300　　中国作家协会福建分会

你相信诗还在前面

1984年2月26日舒婷致李平函

表的这篇诗评收入自己的文集《历史感与现实感》（上海三联书店，2006年版），并特意在文末录下了舒婷信中的这段话：

风信球升起来了：风势继续在增长。任何没有避风港的船只随时都受到威胁。

我在收到舒婷的第二封信以后，按照她的指点，将稿子寄给了钟文老师。不久，素不相识的钟文老师给我回了信，也是寄到我当时的工作单位的：

李平同志：

您好！大作、信俱悉，文章写得不错，您有写诗论的基础。可惜在这个时候评《双桅船》，文章很难登出来，《星星》那里我去问过，他们表示不用。我已经寄北京《诗探索》，这个刊物还有一丝可能会登，他们会直接与您联系的。您的情况我在信上略叙了几句，将来如有可能聚集年轻诗评工作者，我再提醒北京的同志。

您提到的《当代文坛》刊物，这是一个极左人物支持的刊物，就凭舒婷这个名字，就会叫他们怒火中肠。

希望您不断努力，您完全有可能写出好评论来。我劝您研究一下辛笛的诗。祝

好！

钟文 匆

6/5（1984）

之后的情形我已记不清了，总之是文章未能如愿发表，但我真心感激钟文先生的帮助。他后来还给我寄来一本自己新出的诗论集。

转眼就到了1984年的下半年，空气中开始弥漫着一股清新的味道。我有点不甘心就这么作罢，我的诗评明明是一种充满正能量的艺术探索么！儿童时代杂志社当时的负责人盛如梅女士是上海作家协会的会员，她知道我的情况以后说，可以帮我交给上海作协主办的《上海文学》杂志，让他们看看。我很高兴。当时的《上海文学》有个专栏，每期都发表一篇文学评论，很有一点影响。过了一段时间，《上海文学》的执行主编也是评论家的周介人先生打电话给我，约我去杂志社聊聊。他说文章写得不错，对我非常友善，之后还经常邀请我参加作协或杂志社举办的青年评论家的活动。这次谈话后不久，我就收到了《上海文学》排发的我的诗评的清样，年轻的我自然格外兴奋。可没有想到的是，文章迟迟未正式刊登出来。周介人又打电话让我去杂志社他的办公室。他解释了形势的变化，对我表达了歉意。但同时他也告诉我：舒婷的故乡福建省文联将创办一份文艺评论刊物，叫《当代文艺探索》，主编是魏世英，正在上海组织稿件。他已经把《上海文学》排好的清样给他们了，他们会与我联系的。

果然不久，《当代文艺探索》杂志的创刊号（1985年1月）就全文发表了我的评论文章。这本刊物的刊名是由改革家项南题写的。创刊号上，我的文章与舒婷的文章排放在一起。同期的作者中有不少是文坛大家，如刘再复、谢冕、蒋子龙、曾镇南、张炯、林岗、孙绍振等。此文发表后，《当代文艺探索》又向我约稿。我寄

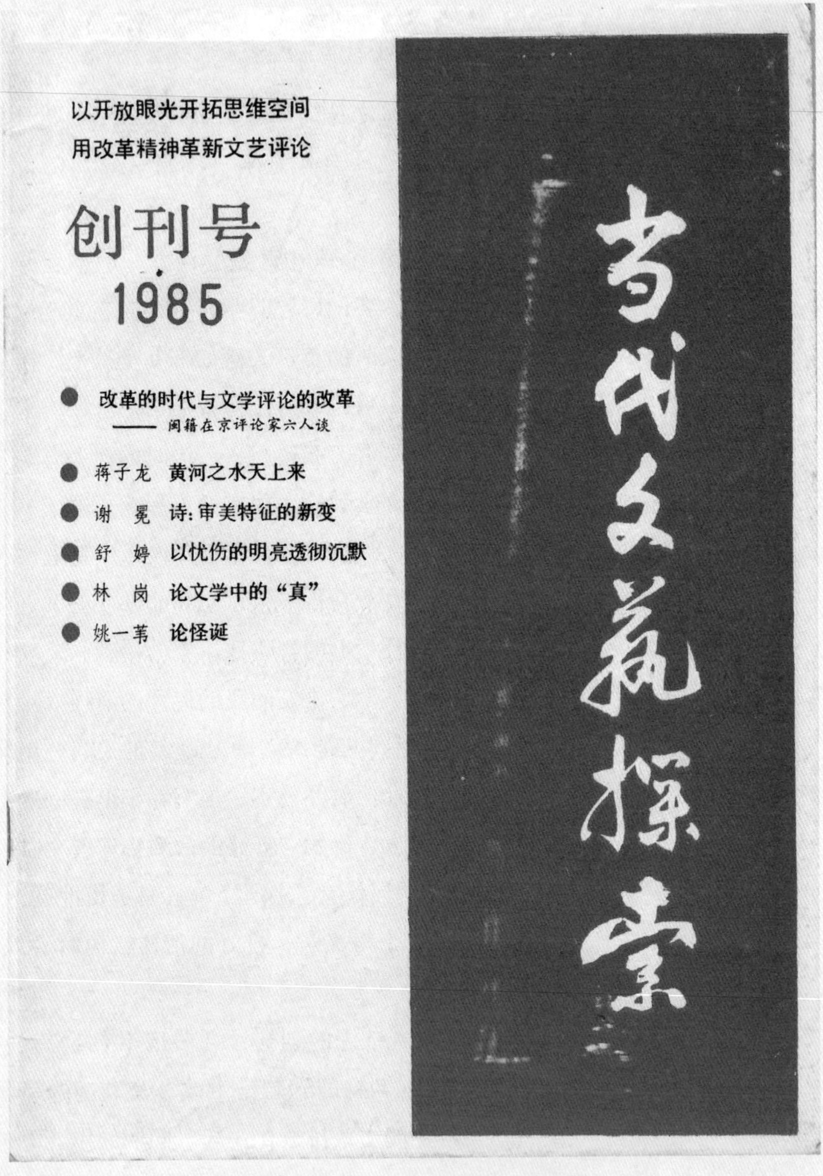

《当代文艺探索》创刊号封面

去了《历史感与现实感》一文，很快发表在刊物的第二期上，这在当时是很少见的。《当代文艺探索》后来刊登了大量高质量的文艺评论文章，在新时期的文坛发挥了重要的作用，具有广泛的影响。

朦胧和含蓄是古今中外优秀诗歌的主要特征。其实，上世纪80年代盛行的“朦胧诗”放在今天来看，实在说不上有多么“朦胧”，它们的意蕴甚至要比当下许多诗歌更加显豁，也更加充满积极向上的精神。可是在那个年代，不少人（包括一些诗评家）习惯了之前非黑即白的分行的战斗鼓点，只要是写出了一些灵魂上的犹疑、彷徨，或者探索，就有悖于既成的“现实主义”规约了。

写作这篇文字时，笔者有一种往昔如梦的感觉。近四十年过去了，不知舒婷还好吗？其他在世的“朦胧派”诗人是否雄风依旧？可以肯定的是，他们的优秀诗作将被热爱诗歌的后人永远记住，并深情吟咏。

雁素鱼笺

由“你”至“您”

——16世纪西班牙致大明皇帝的两封国书

李晨光

中国和菲律宾一衣带水，双方交往历史源远流长，最早的信史记载可以追溯到北宋时期：“又有摩逸国，太平兴国七年（982），载宝货至广州海岸。”摩逸，又称麻逸，是宋元时代对菲律宾中北部岛屿民都洛（Mindoro）的通称。而从16世纪下半叶至19世纪末年，菲律宾则一直是“日不落”西班牙帝国距离本土最远的殖民地，更是其发展对华关系不可替代的桥头堡。

1492年是西班牙历史上最为重要的一年：本土最后一个穆斯林王国——格拉纳达向天主教双王——伊莎贝尔（Isabel）和费尔南多（Fernando）投降，在阿拉伯大军711年攻入西班牙建立穆斯林政权之后，西班牙人历经700多年的收复失地运动（Reconquista），终于完成了民族统一大业。同一年，出生于亚平宁半岛热内亚的航海家哥伦布成功说服西班牙女王，与王室立约后率领远航船队从西班牙所在的伊比利亚半岛出发，计划抵达印度、中国、日本等亚洲诸国寻找财富。三艘帆船历经波折艰险最终“发现”一个新的大陆——美洲，不仅开启了西班牙历史上的黄金时代，也改写了人类历史，开启了世界上第一个现代意义上的全球化时代。

在征服与殖民新大陆的同时，跨越太平洋，也即西班牙语古文献中的南海（Mar del Sur），继续向西驶向亚洲，是西班牙人16世纪屡遇挫折却从未放弃的亚洲策略。菲律宾群岛见证了西班牙人在曲折失败中步步为营的扩张探索历程：1521年，麦哲伦（Magallanes）在由西王室资助的人类首次航行之旅中登陆菲律宾宿务岛（Cebu）。1542年，西班牙人比亚洛博斯（Villalobos）率领远征队从今墨西哥扬帆，穿越茫茫太平洋，急欲寻找一条从亚洲返回美洲的安全航路。比亚洛博斯和船队一众随从虽不幸命丧菲律宾，但他们以西班牙当时的太子菲利普（Felipe）命名群岛的努力却获得历史承认，国名菲律宾（Filipinas）沿用至今。1565年，菲利普二世（Felipe II）国王正式继承皇位九年后，西班牙著名将领黎牙实比（Legazpi）遵从王命，再次践行海上征服亚洲的帝国扩张策略，率队从美洲驶过世界上最大的海域——太平洋后，登陆菲律宾中部米沙鄢群岛（Visayas），在宿务建立第一个统治中心，开启了在这个东方岛国三百余年的殖民统治历史。

“向北，离中国更近的地方。”立足菲律宾后，西班牙人迅速而敏锐地掌握了这个亚洲新领地的稳定和财富密码。1571年，殖民统治中心从群岛中部迁至位于北部吕宋岛的马尼拉——一座有中国商人定居和通商的良港。与此同时，晚明政治、经济、社会、外交发生了一系列深刻的变革。其中，肇始于洪武帝的“片板不得入海”禁令在嘉靖晚期松绑。1567年，福建海澄成为合法的民间对外贸易港口，结束了官方朝贡在对外贸易中的垄断地位。在通商历史悠久、政治相对稳定、美洲白银供应充足等综合因素的作用下，西班牙人占领的菲律宾成为重获海外贩货自由的华商最为重要的目的地。明末张燮的《东西洋考》记录："华人既多诣吕宋，往往久住不归，名为压冬，聚居涧内为生活，渐至数万，间有削发，长子孙者。"

16世纪70年代开始，彼时世界上最为强大的两个国家——"日不落"西班牙和大明王朝远隔重洋在菲律宾群岛相遇。中西初识时期，西班牙人迫切期望与中国建立最高级别的外交关系，抢抓时机派遣使团访华修好。笔者在西班牙汗牛充栋的手写外交档案里发现、整理、翻译了两封这一时期的国书。

第一封是1575年菲律宾总督基多·德·拉贝萨瑞斯（Guido de Lavezaris）所作，计划由他从马尼拉派遣的访华使团呈送给大明皇帝。1574年，中国海盗林凤进犯马尼拉未果，被西班牙人率军围困在菲律宾北部玳瑁岛之际，福建方面派出把总王望高追踪至菲岛，与西官兵相会。西班牙人承诺抓获华匪后即刻押解回闽地。以此为条件，菲律宾殖民政府请求派出特使随归国中国官兵同船访问大明。西班牙人的主张获中方同意，西班牙历史上首次正式访问中国的外交大使受到了福建地方官员的热情接待，这也成为中西交往史上标志性的历史事件。

第二封国书是1581年西班牙国王菲利普二世从同年纳入其帝国版图的葡萄牙圣塔仁（Santarém）发出的，文中向大明皇帝推荐本国的方济各会传教士访华传教。尤为值得关注的是，随着对中国的了解逐步深入，菲利普二世字里行间表达了对大明皇帝的敬重，一改其臣子在前述1575年的国书中对中国皇帝西班牙语"tu"（"你"）的称谓，恭敬地称呼中国君主为"su"（"您"）。

因为可以想象的种种困难和障碍，两封国书均未能送到原定的收件人——明皇万历帝御前。第一封被携至福建后下落不明，未被中国史籍官书所记录；第二封被带到菲律宾，但因西班牙人在16世纪再无机缘出访中国，渐被遗忘。两封珍贵的国书副本如今被精心保管在西班牙地理大发现时代早期的海外航行出发港塞维利亚（Sevilla）西印度总档案馆（Archivo General de Indias），纸张在岁月流逝中已经泛黄，但其中所记录的内容却是中西历久弥新友好关系最为信实的记录，也是研究中西互信互惠交通历史不可或缺的一手史料文献。

第一封国书　拉贝萨瑞斯致中国皇帝

实力强大的国王：

我在卡斯蒂利亚[①]国王菲利普二世的命令下，定居在距离你大明王朝近在咫尺的群岛上。在此地有很多来自你国的珍奇物品，也流传着很多关于你雄厚国力的消息，于是有卡斯蒂利亚人想去拜访你。但是因为机会一直不成熟，至今没能成行。你必须知道的是，我受命于卡斯蒂利亚国王：如果碰到与你或与你的臣民为敌的土匪或者贼臣，要与他们开战来维护你黎民百姓的利益。当你国商人或其他人等来我的辖地定居和经商的时候，我就是如此行事的；不允许他们受到伤害和不好的对待，比如本地的土著居民在我们到来前，就经常囚禁他们和偷窃他们的财物。我们不但在主政后立即叫停了上述行为，使他们免受这些伤害和欺凌，并且还解救了许多之前被俘虏的中国人，在我们的帮助下，他们得以恢复自由身并返回

① 原文为西班牙语Castilla，是西班牙所在的伊比利亚半岛腹地名称，特指西班牙本土。

故土，这是他们自己可以作证的。

截至目前，我们通过这种方式总共解救了80名左右的中国人；在我们抵达吕宋群岛有据可查的5年时间里，对待你的百姓就如同他们是卡斯蒂利亚人一样，全力维护他们所有的公平待遇和权利，不允许任何人伤害他们。然而，正当我们维持辖地的长治久安，从未想到你的百姓会对我们造成伤害之时（他们一贯表现良好），一个你国名叫利马洪[①]的军人带领2000名战士和60余艘战船抵达马尼拉。我虽然当时正在城里，但我的大部分人马正在和其他土著居民征战，所以手下仅有百名左右官兵可用，同时这座城市没有围墙，没有堡垒，也没有其他的设施来防卫。一天清晨，有600名配备攻击和防守武器的士兵登陆伏击我方，不知不觉间就一路烧杀抢掠攻进了城内，杀害了我因病卧床的总兵和其他两名士兵。一开始我甚至没有能力组织起来一支30多人的队伍，我还是立即对他们发动了自卫战。根据事后的汇报获悉，在另外一个战场，其他闻讯赶来增援的士兵剿杀了200多名中国叛军，另有数量相当或者稍微少一些的伤者。看到战况如此，前来侵犯我方的600名敌军首领斯奥科[②]只好组织剩余的队伍乘船撤离，因为他们携带死者遗骸（行动不便），于是去到了一个离这儿很近的岛屿，是利马洪不久前已经全副武装抢占而来的。休整一日，埋葬死者和救治伤员之后，敌军纠集了更多的人马卷土重来，直捣我位于港口附近的房子。我和我的士兵奋起反抗抵御良久，战斗持续了将近一天的时间。绝大多数

① 原文为西班牙语Limahon，是西班牙人对明末著名海盗林凤的称呼。

② 原文为西班牙语Sioco，是林凤军队里的一名日本将领。

的敌兵在我们的武器和枪支攻击下战死或负伤，利马洪本人最后不得不前来营救残军。然而，因其品行败坏又身为叛徒，上帝从未也不会对他施以援手。看到毫无取胜的可能，与我们的战斗持续时间越长损兵折将越多，他决定组织损失严重的剩余部队登上来时所坐的兵船撤离。我们所在城市里的很多房屋、一座教堂、一个传教士的居所被烧毁，很多衣服和部分物资受损，该日我方共有不到4名士兵死亡。利马洪即将入夜之时才全副武装赶到，并立即扬帆起航，撤退到了离我们所在的城市50里格[①]的玳瑁岛（Pangasinan）。在一条大河处解下武装，在河流冲击而成的岛地住下并安营扎寨，建起了供利马洪本人和其官兵居住的诸多房屋，四周围挡的墙体虽然是木头的，但是非常坚固。当我得知他们所在的具体地点后，立即集合了属下队伍，派一位总兵带领300名战士前去讨伐，力求一举摧毁其势力。我军首日就抵达了利马洪驻扎之地，烧毁了营地第一道防线内所有的武器和物品，杀敌数量众多并擒获了60名男女俘虏。如果不是因为夜幕降临，我们能够攻入并占领利马洪本人的房屋和其随从所在的第二道防线。我军夜间集合回到营地之后，利马洪当晚就扩充了之前的防御工事，我的总兵派其中的一个将领回来通报所发生的战情，在归途中偶遇你的臣下——船长王望高，他是在你的命令下前来追捕利马洪的。通过你的一个百姓——名叫辛赛[②]的中国友人，王望高从我的将领处获悉了利马洪的处境和所在

① 原文为西班牙语Legua，是当时通用的距离计量单位，用于海上测量时1里格约等于5555.56米。

② 原文为西班牙语Sinsay，经考证中，即中文古籍中所记载的福建商人林必秀。

之处，决定亲自前去了解处在我军包围之中的海盗军情况。看到利马洪兵力强盛，严防死守，（征求王望高船长的意见后）我军决定放弃继续围攻。因利马洪没有船只所以不能逃脱，只需继续严加围困使其断粮，之后可一举拿下。为防止在敌方阵地内还有船只可用，在王望高的随从和船只的帮助下，我军在河上建起了一道栅栏防止利马洪逃跑。按照上述方式建好包围圈之后，王望高同我一起来到马尼拉。确信利马洪无法突破围攻防线逃之夭夭，再加上已经出航去国很长一段时间，王望高决定返回中国汇报自己的工作进展。我乐见其成，随行派去两位传教士——名字分别为马尔丁·德·拉达（Martín de Rada）和赫罗尼莫·马林（Geromino Marín），还有两位品行高尚的绅士——米格尔·德·罗阿尔卡（Miguel de Loarca）和佩德罗·萨尔米恩多（Pedro Sarmiento），由他们替我向你在福建省的巡抚和官员传达相关信息：比如利马洪已经被包围在一个无法脱逃的地方；等上至少两个月的时间他就会投降或饿死。毫无疑问，如果利马洪活着被送到我面前，我必将其用锁链捆好交到你手上；如果利马洪死了，我会给你送去他处理好的首级。

愿上帝保守你心想事成。

1575年6月10日，马尼拉

无比尊贵强大的中国国王

亲吻殿下的手

基多·德·拉贝萨瑞斯

（档案号：FILIPINAS, 34, N. 12.）

第二封国书　菲利普二世致中国皇帝

菲利普，在上帝的庇护下，西班牙、葡萄牙、西西里、耶稣撒冷等国、印度及大洋上岛屿和陆地的国王，奥地利大公，勃艮第、布拉邦特、米兰等地公爵，哈布斯堡、弗兰德、蒂罗尔等地伯爵致强大而非常令人尊敬的中国国王，我们祝愿您身体安康、繁荣昌盛。我们所信的上帝慈爱无边，使一切出自它的受造物历经死亡和苦难之后，得享诸多超乎想象的恩惠。上帝唯愿那些出自他的能够遵循其神圣的诫命，获得他所应许的奖赏：他在今生劳碌而悲惨的有限时日之外，还赐下了荣耀和永恒的平安；我们如能在尘世彰显上帝更多的大爱和奉献，就能在永世得到更多的荣耀和平安。我们所有被遴选、甄别并登记在录的传教士，将享有永恒的财富。如今他们是我们和上帝之间值得尊敬的中介，在圣工中经历了耶稣的苦难。许多传教士在圣灵的指引下宣讲教义，让那些领受并内省的人有机会去了解属天的事务和福音的信息，使他们能够免除世间的纷扰和忧虑，得享平静和安宁。尊贵的圣奥古斯丁博士就是这些传教士中的一位优秀代表，我们从因他得名的修会中派出了几位传教士，他们随身携带的信件你们可能已经收到了。[①]

除此之外，还有其他的一些修会和圣奥古斯丁会秉持同样的信念，从事同样的工作，他们在这个战斗的教会熠熠发光，并用自己的功绩为其添砖加瓦。天使般的圣方济各修会的托钵僧传教士们是

① 菲利普二世国王曾于1580年派遣奥古斯丁会传教士携带国书和丰厚礼物访问大明，因种种原因，西班牙王室从本土派出的首个访华使团在美洲铩羽而归。关于1580年国书，笔者另有论文做详细的梳理和研究。

他们中深受尊重和崇敬的群体。圣方济各会的传教士们轻看世间的事物，过着甘于贫穷的生活。为了帮助你们和所有百姓入教并精深教义，他们自告奋勇，踏上漫长而艰苦的征程，使真实的上帝——天地万物创造者的名字能够在世界上的每个角落被认识和颂扬，每个受造者都能够得到上帝的帮助和属神的恩赐。带着十字架的标志和旗帜，抱着为了十字架献身的愿望和坚定决心，他们看到并明了：若不是出自真神的意志，不要说人心，哪怕连一片树叶也不会有所改变。因此，这些传教士行善的狂热和虔诚心愿也是来自于真实的上帝。

我们顺从上帝的旨意写下这封信交给传教士们。强大的国王，我在此真诚地恳求和嘱托您，请看顾方济各会传教士们，提携并帮助他们，用心听他们向你们宣讲的话。毫无疑问，现在是我们国家和上帝施爱于你们的时刻，上帝想把你们交托在他们的手中，为了当这个短暂而堕落的世界毁灭时，你们可以前往天国。期待你们高度重视如此至关紧要之事，得享这莫大的益处。

强大而令人尊敬的国王，愿上帝以慈爱引领你们未来的道路，让他能够在持续的守候中得着你们的灵魂和国度。

桑塔仁，1581年6月5日

朕 国王

（档案号：PATRONATO, 24, R. 54.）

本文为国家社科基金2019年度冷门“绝学”和国别史等研究专项课题“16至19世纪西班牙外交档案中涉华信息的整理、编译和研究”（19VJX042）阶段性成果。

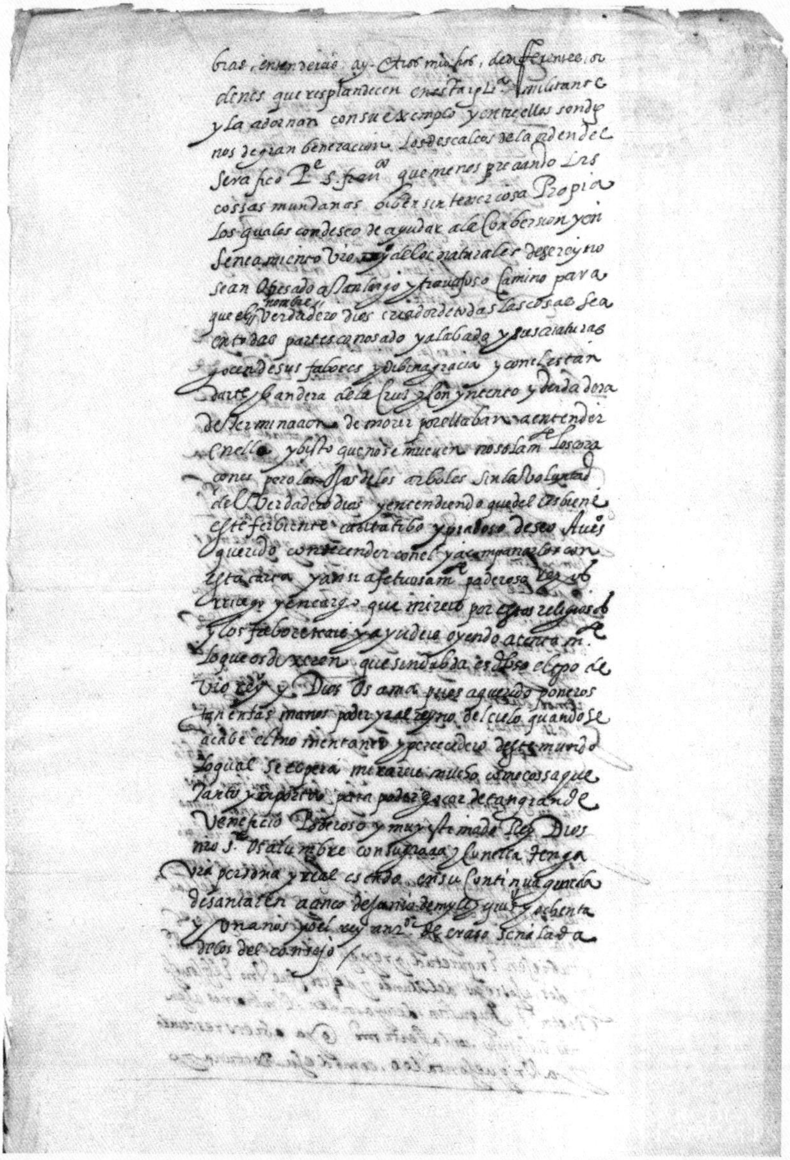

1581年菲利普二世国王致大明皇帝（万历）的国书副本（部分）

通过书信触摸更真实的历史

——《绍兴近现代名人手札拾遗》序

陈子善

癸卯新春来临之际，有幸读到《绍兴近现代名人手札拾遗》（以下简称《拾遗》）书稿，十分欣喜，因为这是令我眼前一亮的一部具有学术研究和书法鉴赏双重价值的书札集。

绍兴自古地杰人灵，英才辈出，近代以来更是如此，借用《拾遗》中所收录的蔡元培为《鲁迅全集》所作序中的话，那就是如“行山阴道上，千岩竞秀，万壑争流，令人应接不暇”。《拾遗》收入自周介孚起，至周海婴止，共四十二位绍兴近现代各界名人的九十通手札，受信人也是所在多有，时间跨度自19世纪后期至20世纪70年代末，几乎长达一个世纪，而内容之广泛更不必说，无论公函私札，家政国事、亲友通问、介绍工作、论文说艺、探讨学术等，在这部书信集中都有不同程度的生动而又真实的反映。

在绍兴近现代名人中，鲁迅无疑是最有名，影响也最为深远的，《拾遗》所收的撰信人乃至受信人，许多与鲁迅有这样那样、或近或远的关系，当然是题中应有之义。鲁迅祖父周介孚、母亲鲁瑞、元配朱安、夫人许广平、三弟周建人、远房堂侄朱自清、儿子周海婴，还有学生孙伏园、许钦文等，都有手札入选。英年早逝的鲁迅好友范爱农致其手札三通也入选了，这就有助于深入理解鲁迅《范爱农》一文，极为难得。

收入书中的鲁迅不同时期致蔡元培、蒋抑卮、许寿裳、钱玄同四信，受信人正好是鲁迅前辈、友人和同学，钱玄同更是力邀鲁迅为《新青年》撰稿的关键人物，都颇具代表性。特别是同样很有名的蔡元培，由于他与鲁迅较为密切的关系，《拾遗》收入他的七通信札中，致鲁迅、周建人、许广平就各一通。致鲁迅函其实是一幅诗笺，上书七绝二首，书于1933年1月，鲁迅与蔡元培一起于同月17日参加中国民权保障同盟上海分会成立会后获得，《鲁迅日记》有明确记载。诗曰：

养兵千日知何用，大敌当前喑不声。
汝辈尚容说威信，十重颜甲对苍生。

几多恩怨争牛李，有数人才走越胡。
顾犬补牢犹未晚，只今谁是蔺相如。

这两首七绝颇重要，说明面对日本帝国主义侵略，蔡元培与鲁迅同仇敌忾。高平叔编《蔡元培年谱长编》（人民教育出版社，1999年3月初版）虽已录入这二首七绝，但手稿原貌，我是首次得见。蔡元培致周建人、许广平两函也不容忽视。致周建人函写于1937年7月16日，致许广平函写于1938年4月7日，均在鲁迅逝世之后，与其家人讨论纪念事宜。从中可以得知，宋庆龄担任鲁迅纪念委员会“永久委员长”（后改称为“主席”）正是出于蔡元培的建议；而蔡元培为1938年版《鲁迅全集》作序，则是出于许广平的恳请（此函《蔡元培年谱长编》失录），这些都是我以前所不知道的。蔡元培致许广平信还附录了蔡元培1938年6月1日所作的《鲁迅先生全集序》手稿，弥足珍贵。可惜以后各版《鲁迅全集》中均不见此序踪影，实在令人遗憾。

《拾遗》中收入的许寿裳与各方来往信札有十四通之多，内容颇为丰富。许寿裳与鲁迅一同留日，缔交三十多年，情谊至深。鲁迅逝世后，他极为悲恸，不但接连撰文纪念，还在1936年10月28日致许广平信中提醒道：

> （鲁迅）未完成之稿，如汉造像，如《中国文学史》，都是极贵重文献，无论片纸只字，务请整理妥为收藏……豫才兄照片、画像、木刻像等及生前所用器具文具，无论烟灰缸、茶杯、饭碗、酒杯、筷子及破笔、砚台，亦请妥善保存。所有遗物，万弗任人索散，此为极有意义之纪念品，均足以供后人之兴感者。

这大概是最早提出的要妥善保存鲁迅文物的建议。此后，许寿裳又数次致函鲁瑞，为远在上海含辛茹苦支撑家庭、抚养海婴的许广平婉言说明，强调“《全集》得以出版，实为伯母膝下之光”，希望鲁瑞“深谅景宋之苦心，而窥破小人之奸计也”。幸好这些信札保存了下来，作为鲁迅一生的挚友，许寿裳为鲁迅身后可能引起的家庭纠纷排忧解难的拳拳之心，着实令人感动。而许寿裳与陈仪就鲁迅逝世讨论是否建议“国家给予举行纪念”的往来信函，更进一步体现了鲁迅老友对其道德文章的推崇。

类似的具有史料价值和研究价值的信札，《拾遗》中自然还有很多。如陶成章和邵力子致钱玄同的约稿信、范文澜致钱玄同的论学信、夏丏尊为《中学生》致许寿裳的约稿信、罗家伦就重建商务东方图书馆事致许寿裳的信、章廷谦就厦门大学诸事致江绍原的信、许钦文就征集鲁迅书信事致许广平的信等，都提供了许多可供查考的线索，也都值得注意。

近年来，近现代手稿研究越来越受到学界的重视。所谓手稿，应该既是指作者创作、学者研究等公开发表或尚未发表的作品手稿，也包括书信、日记等带有一定私密性的手稿，后者现在也越来越受到学界的关注，《鲁迅手稿全集》就包括了现存的全部鲁迅书信和日记手稿，专门研究书信文化的《书信》年刊也已经问世。这次《拾遗》的印行又是一个新的证明，其中大部分还是首次面世，从而让今天的读者得以从另一个角度来触摸历史，意义非同一般。

在我看来，触摸历史可以通过多种方式，通过作者创作的作品当然是一种方式，通过作者人生各个阶段被拍摄的照片又是一种方式，而通过作者写下的书信同样是一种方式，而且是不可或缺、别有价值的一种。因为撰信人往往在书信中坦露心迹，直陈己见，今天的读者可能从中有新的发现，新的领悟，而书信中常有的“隐秘的角落”更等待着有心人的发掘。

总之，这部《绍兴近现代名人手札拾遗》，“拾遗”拾得好，使我们能够更全面更有层次地了解这些绍兴近现代各界名人当时的生活、心态、交游和作为，于研究鲁迅、研究蔡元培、研究绍兴近现代名人和地方志以及研究中国现代文学史等，均大有裨益也。

是为序。

癸卯二月初四于海上梅川书舍

对书刊检查制度愤愤然

——茅盾致萧三未刊书信考

北 塔

中国现代文学馆藏有茅盾致萧三的书信十二封，没有一封收入人民文学出版社1997年出版的《茅盾全集》之中。我的老同事、中国茅盾研究会原秘书长许建辉女士曾于2014年整理发表其中的九封，题为《茅公佚简浅疏》。接着，中国茅盾研究会原副会长钟桂松先生主编的黄山书社版《茅盾全集》发表了其中的八封。另有三封尚未在任何地方发表过，笔者反复阅读这些信，觉得内涵相当丰富。但由于年代比较久远，有些问题需要解决——比如，与大多数茅盾书信一样，落款都没有年份甚至月份。因此，笔者以为有整理解读的必要。本文就以下茅盾致萧三一函略做考证。

萧三兄：

别来已两月余，想兄之新窑洞早已就绪了。到渝后情形，兄大约已从新近北上诸友口中知之，兹不赘。在给丁玲信中，也写了一点，大概兄亦看到了。

各事已与宝权兄接洽过，由他去办。然此间新出版书籍，其实也不多，可介绍至国外者尤其寥寥。只有尽量以稍可者介绍出去。又，此间文化界亦无经常供给消息与苏方，故彼方有论列时，议论甚为隔膜，此点已商同各友，拟皆加以改善。弟或者可于此事效力。文稿检查极严，故出版界甚感困难。且检查官又代作者改稿，居然像前清教官了。此事已成习见。匆上，即颂

日祈

弟玄

十二月廿四日

嫂夫人及令郎想来都会说中国话了罢，请代候。内人均此。

年份考定

此信落款日期只有月日，没有年份，笔者推断为1940年。因为信中说“别来已两月余，想兄之新窑洞早已就绪了”。茅盾一生只去过一次延安，并于1940年10月10日离开延安，11月下旬抵达重庆。[①]约摸一个月之后，他给萧三写了这封信。从10月10日到12月24日，足足两个半月，所以他说“别来已两月余”。

笔者确定此信写于1940年，还有一条证据来自萧三那边。1940年10月10日，萧三、董必武以及茅盾夫妇同车离开延安。到达西安后，茅盾他们继续前往重庆，萧三则接上他从莫斯科飞来的

① 茅盾:《我走过的道路》下册，三联书店（香港）有限公司，1989年版，第196—197页。

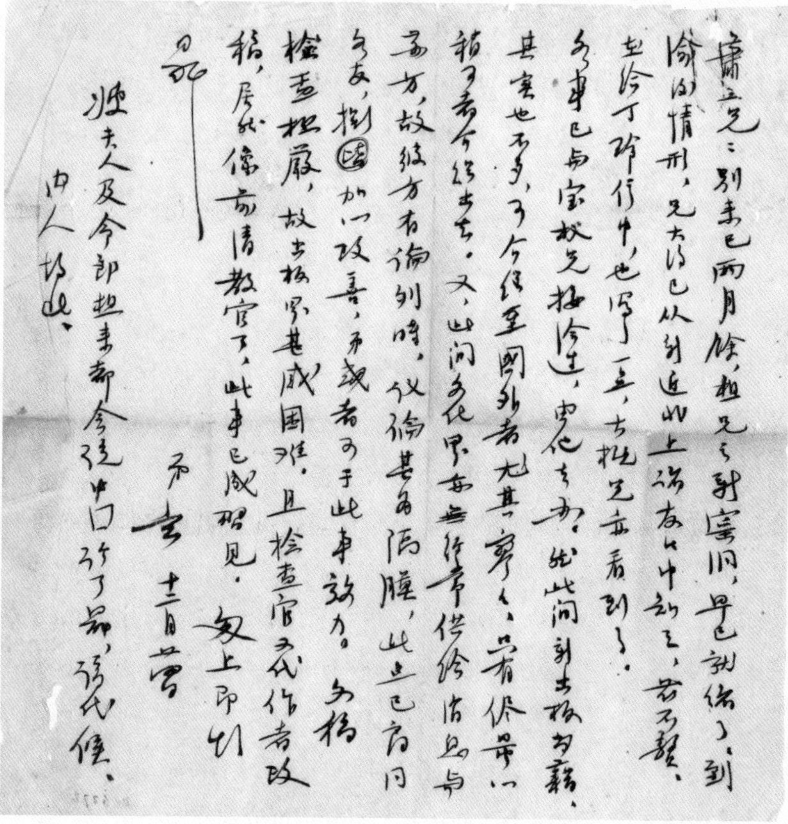
萧三兄：别来已两月余，想兄已到窑洞，早已就绪了。到
渝的情形，兄大约已从别处此上诸友之中知之，兹不赘。
在途中行中，也写了一点，大概兄亦看到了。
文事已与宝[illegible]兄接洽过，空化去了。然此间新出版物甚
其实也不多，可分得至国外者尤其寥寥，只有作品以
转可看今后出去。又，此间文化界每无作者传给消息与
另方，故彼方有论列时，仅论其片面，此点已请同
文友，将[illegible]加以改善，而或者可于此事致力。文稿
检查极严，故出版界甚感困难。且检查官不仅代作者改
稿，居然像前清教官了，此事已成[illegible]见。余上即叩
日祉
弟 [illegible] 十二月廿四
嫂夫人及令郎想来都会随中国[illegible]了吧，请代候。
内人附此。

1940年12月24日茅盾致萧三信

妻儿，返回延安。一开始，他们一家子暂住在文化俱乐部萧三的宿舍兼办公室里。不久之后，为了生活和工作的方便，萧三用自己的稿费，在一个山坡上打了个新窑洞。在几乎一切都由组织安排的延安，有人为此还指责他搞特殊化。萧三当时不能理解，"也因此生了一肚子气"[①]。大概萧三还曾向茅盾表达过这种坏情绪，所以茅盾在信中一方面向他询问，另一方面也表示慰问。

与戈宝权接洽何事？结果如何？

"各事"云云，表明茅盾与戈宝权接洽的事情不止一件。

其中一件，从下文来看，是戈宝权打算把新出版的中国书籍译介到苏联去，不过对于此事，茅盾却有点消极。他说："可介绍至国外者尤其寥寥。"因为中国"新出版书籍，其实也不多"。茅盾把中国出版新书少的原因归咎于当局严苛的图书审查制度，即"文稿检查极严，故出版界甚感困难"。南京国民政府出于控制思想和言论的目的，制定并实施了严格的出版审查法令。到1934年出台原稿审查制度，由之前的出版后审查转变为出版前审查。全面抗战爆发之后，当局因为承受不了被指责消极抗战的声音，变本加厉。

1938年7月21日，国民党第五届中央常委会第86次会议通过了《战时图书杂志原稿审查办法》和《修正抗战期间图书杂志审查标准》。该《审查办法》的主要内容为：1. 抗战期间，"中央为适应战时需要，齐一国民思想起见，特组织中央图书杂志审查委员会（以下简称"中央审查机关"），采取原稿审查办法，处理一切关于

① 王政明：《萧三传》，四川文艺出版社，1992年版，第424—425页。

图书杂志之审查事宜”；2. 该审查委员会“由中央执行委员会宣传部、军事委员会政治部、行政院、内政部、教育部及中央社会部会同组织之，为全国最高之图书杂志审查机关”；3.“各大城市（或省会）之党、政、军、警机关，得在中央审查机关指导下，成立地方图书杂志审查委员会（以下简称地方审查机关），办理各该地方之图书杂志审查事宜”；4.“各地书店及出版机构印行图书杂志，除自然科学、应用科学之无关国防者及大中小学与民众学校教科书之应送教育部审查者外，均须一律呈送所在地审查机关审查许可后，方准发行”；5.“各地书店及出版机关呈送图书杂志请求审查时，须检送原稿一份或清样二份径呈地方机关审查”，“其言论完全谬误者，停止印行；一部分不妥者应遵照指示之点，修改或删削后方准出版”，“出版时，应先检送二份由该审查机关复核后，方准发行”；6.“凡未经审查机关许可出版之图书杂志，或审查机关不准发行，不遵照指示修改删削而擅自出版者，一律予以查禁处分。其言论反动者，亦得依照修正出版法处罚其编辑人、印刷人与发行人”；7.“图书杂志之审查标准，依照《修正抗战期间图书杂志审查标准》办理”。

按照这些规定，当局从中央到地方，从党政到军警，从出版到发行，织就了一张严密的文网。很多有价值的图书选题都胎死腹中。有些甚至经过国民党中宣部审查和内政部注册的，也不能幸免，被追加罪责。茅盾这样说，是有亲身教训的。比如，他当时所在的生活书店追求进步，且有胆魄，时不时发表一些批评当局政策的作品，惹怒了当局，以至于到1941年2月，除了重庆分店之外，生活书店在国统区内的五十余家分店被当局全部查封，所有职工都被遣散，甚至有被捕的。再如，1941年2月下旬，由于国民党当局制造白色恐怖的紧张局势，为了“躲避”戴笠手下的关注，在组织安排下，茅盾曾独自一个人隐藏在重庆郊区的南温泉疗养胜地。他在那里文思泉涌，写下了六篇经典散文，即《兰州杂碎》《风雪华家岭》《白杨礼赞》《西京插曲》《市场》和《“雾重庆”拾零》。这最后一篇表面上赞美南温泉景观，实际上暗讽权贵们的奢靡，如说：“南温泉为名胜之区，虎啸尤为幽雅。主席林森与院长孔祥熙别墅，对峙于两峰之巅，万绿丛中，红楼一角，自是‘不凡’。”他还“不吝笔墨刺了一下重庆图书杂志审查会的老爷们”。茅盾后来于1942年底把这篇文章编入《见闻杂记》一书，居然被审查恶棍们疯狂报复，“砍掉了三分之一，其中就包括给他们勾画脸谱的那一段”。总之，“不但审而查之而已焉，时时且为作家删改文章，其点窜之妙，能使鹿变为马，白转成黑，每每一篇放出，墨团盈纸（凡有删抹之处，例必浓墨涂抹，故曰墨团盈纸）。作家捧读，啼笑不得”。[①]看来，茅盾对“御用诗官”（鲁迅语）擅自“代作者改稿”这样的恶劣行径一直是耿耿于怀！

茅盾与戈宝权接洽的另一件事是拟出版汉译高尔基著作丛书。在给萧三此函发出整整一个月之后，茅盾于1941年1月23日去信曹靖华，谈及与戈宝权接洽的具体事情：“又关于高尔基著作集一事，宝权兄日前曾与弟谈过。”茅盾与戈宝权还曾谈过具体的事宜，如成立编委会，请曹靖华担任编委。他说：“原议编选委员会一举，一方因为号召计，一方亦正为郑重计，仍请吾兄鼎力相助。人选拟

① 茅盾：《我走过的道路》下册，第218页。

为兄、济之、萧三、仲实、宝权，再加沫若与弟，共为七人。”他还解释了确定这个名单的理由或用意：“兄与济之为介绍俄国文学的老前辈，萧三与宝权为少壮派，故必请赞助。”①

其中，萧三亦为编委人选，所以茅盾跟他说的“各事”中应该包括这套汉译高尔基著作丛书的出版计划。

茅盾在给曹靖华的信中还谈到了他们俩作为编委的具体工作安排。他说：“请兄担任编选委员，参与选译，对外可壮声势，对内亦赖擘画。且译来之稿，有须校勘者，兄为校勘一二，时间上不致占耗太多，而对于丛书之助力，已非浅鲜（译得太差之稿，根本不收，故校勘之稿亦不致费力太多）。”②他打算请曹靖华做的主要是两个方面的工作：选题和校译。当然，他说得很客气——曹靖华作为译介俄国文学的老前辈，其名头可壮丛书的声势。

至于茅盾自己和郭沫若出任编委，可能是由于他俩是文坛尤其是革命文学界的领袖，更可为这套丛书壮声威。不过，茅盾说得非常谦虚——“弟不懂俄文，于高尔基博大精深之勋业，实亦无甚研究，然因书店方面以为此事在事务方面，总须有人处理，俾便于接洽各方，故允滥竽其间。”③他说自己是滥竽充数，但他会负责做接洽各方等具体的编务工作。他说到了“书店方面”，但没有说是哪家书店（出版社）。笔者推测很可能是生活书店，因为茅盾当时所主编的《文艺阵地》就是由生活书店出版的，这家革命书店是茅盾

① 《茅盾全集》第36卷，人民文学出版社，1997年版，第196页。

② 《茅盾全集》第36卷，第197页。

③ 《茅盾全集》第36卷，第196页。

的东家。

无论是关于曹靖华还是茅盾自己作为编委的工作，都已经考虑得如此具体。那么，这套丛书选题后来成功出版了吗？

答案是没有。笔者之所以做出如此推断，理由如下。

第一，就笔者所见，除了这封信，在茅盾和其余六位拟定编委，包括最初动议的戈宝权所留下来的其他文字以及研究他们的资料中，都没有谈到这套丛书。比如，20世纪40年代，茅盾曾与戈宝权比较频繁地通信，从留下来的书信中，未见有关高尔基著作丛书的内容。再如，1946年6月，为纪念高尔基逝世十周年，茅盾发表了题为《高尔基与中国文学》的广播演讲，其结论说："高尔基对于中国文坛影响之大，只要举出一点就可以明白，外国作家的作品译成中文，其数量之多，且往往一书有两三种的译本，没有第二人是超过了高尔基的。"假如从1941年开始，由戈宝权和茅盾等人张罗的高尔基著作丛书有实质性运作，那么到1946年已经过去五年，应该有所成就，在这篇谈及高尔基著作译本的演讲中，他理应提到。但事实上，他只字不提，原因只能是这套丛书并没有实质性操作起来，更无成果可言。

第二，一般来说，一套并不太大的丛书，从计划到约稿到完稿到出版，差不多需要五年，最多拖到十年。我们来看看这几位编委自己从1941年到1949年翻译出版高尔基的作品情况吧。

郭沫若、茅盾、张仲实、萧三和曹靖华：一部都没有。

茅盾在给曹靖华的信中曾提到曹靖华不译高尔基作品的原因："闻兄现在翻译计划注重现代苏维埃文学，一时不及兼顾翻译高尔基著作；然第一期出版各书中暂无兄之译作亦无妨。”[1]“现代苏维埃文学”指的是20世纪40年代时间坐标上的苏联当代文学。后面这句话表达了茅盾冀望曹能翻译高尔基著作。茅盾的计划是这套高尔基著作丛书可以分期出版，第一期出版各书中可以没有曹的译作，但第二期中希望有。但曹并没有如茅盾期望的那样接下来翻译高尔基。1941年，曹也在重庆，任中苏文化协会常务理事，正在主编“苏联文学丛书”。正是因此，他在那之后的十年里翻译出版了许多苏联当代文学书籍，几乎平均每年一部。如：1941年的克里莫夫著长篇小说《油船“德宾特”号》，1942年的民间故事集《鲜红的花》和卡达耶夫等著短篇小说集《梦》，1943年的瓦西列夫斯卡著长篇小说《虹》、拉甫列涅夫等著短篇小说集《星花》（与尚佩秋合译）和李昂诺夫著剧本《侵略》，1944年的西蒙诺夫著剧本《望穿秋水》和阿·托尔斯泰著长篇小说《保卫察里津》，1946年的阿·托尔斯泰著论文集《致青年作家及其他》，1947年的斐定著长篇小说《城与年》和左琴科著《列宁故事》等。曹靖华一生只翻译过一部高尔基的作品，那就是《一月九日》，早在1931年就出版了。值得一提的是，这个中文译本是由苏联中央出版局出版的。后来，曹想在国内重印，还请鲁迅写了小引，但终因当局文网太密而未就。直到1972年，此书才由陕西人民出版社在国内首次推出。因此，在20世纪40年代，此书不可能列入高尔基著作丛书或任何丛书。

戈宝权倒是跟别人合译过一部高尔基著作，即1945年的《我怎样学习写作》。不过，此书上没有丛书类字样。

---

①《茅盾全集》第36卷，第196页。

顺便提一下，戈宝权曾与茅盾、葛一虹、郁文哉合译过苏联罗司金著的传记作品《高尔基》，1945年由北门出版社推出。但这不是高尔基本人的著作，纵然他们在操持高尔基著作丛书，恐怕也不宜列入。

耿济之与曹靖华一样，被茅盾称为“介绍俄国文学的老前辈”，从1941年到1949年，他倒是翻译出版了几部高尔基的作品。如1943年的《俄罗斯浪游散记》，1943年的《给青年作家》，1949年的《高尔基作品选》（合译）等。但没有一部冠以“高尔基选集”或“高尔基文集”或“高尔基著作集”等丛书性质的名称。

第三，一般来说，一套并不太大的丛书必然由一个而非两个以上出版社推出，但我们注意到：《我怎样学习写作》由读书生活出版社推出，《俄罗斯浪游散记》由开明书店推出，《给青年作家》由上海生活出版社推出，《高尔基作品选》则由名不见经传的惠民书店推出。这从反面证明，民国时期，在中国确实没有出版高尔基作品集这样的丛书。

顺便说一下，作为汉译丛书的高尔基作品集，要等到新中国成立后才开始陆续出版，那就是由上杂出版社（也称上海杂志公司，后来转入人民文学出版社）于1949年11月开始陆续推出的“高尔基选集”，一共包括十三部作品。其中第一部是《三天》。除了耿济之译的《家事》，其他六位编委没有一部译著入选。显然，这套丛书跟那个编委会即茅盾、戈宝权、萧三和曹靖华他们并无关系。

落款署名问题

茅盾在这封信中的落款署名为“玄”。他用这个署名不止这一处。比如，《茅盾全集》第36卷收入1936年茅盾写给他的内弟孔另境的二十三封信，其中只有两封的落款署名是“明甫”（茅盾的另一个笔名），其余落款署名都是“玄”。茅盾在别处的落款署名还有“珠”。这两个署名可能来自他早年用过的笔名“玄珠”。如，1929年由上海世界书局出版的“ABC丛书”中茅盾编著的《骑士文学ABC》《中国神话研究ABC》《小说研究ABC》等的署名都是“玄珠”。甚至1943年在日本推出的《中国神话研究ABC》的日译本《支那の神话》也署名为“玄珠著”。

茅盾为何要问“嫂夫人及令郎想来都会说中国话了罢”？

萧三的夫人叶华女士原是德国人，他俩是在苏联认识并结婚的。在苏联，他俩说的几乎都是俄语，即叶华基本上没有学过汉语。直到1940年10月8日，叶华才带着他们两岁的孩子由莫斯科来到兰州，然后被接到西安，与萧三重逢，进而一起到延安。延安好多人初次见到叶华时，都会问她是否懂汉语。如，叶华到延安不久之后，朱德到萧三家做客，就曾问叶华是否听得懂汉语，“叶华摇头笑笑，表示听不懂”[①]。再如，叶华曾教毛泽东跳交谊舞，两人语言不通，相互之间交流靠萧三的翻译。[②]

茅盾写此信时，离叶华及其孩子到中国才两个半月，所以茅盾才会问他们是否学会了说一点中国话。这是出于对萧三及其夫人孩子的关心。

① 王政明：《萧三传》，第427页。

② 王政明：《萧三传》，第428页。

画家与画商通信背后的时代细节

——丰子恺、傅抱石致张院西函札记

张 伟

关于书信的价值，鲁迅在《孔另境编〈当代文人尺牍钞〉序》中曾有过一段精辟的阐述：

> 远之，在钩稽文坛的故实，近之，在探索作者的生平。而后者似乎要居多数。因为一个人的言行，总有一部分愿意别人知道，或者不妨给别人知道，但有一部分却不然。然而一个人的脾气，又偏爱知道别人不肯给人知道的一部分，于是尺牍就有了出路。这并非等于窥探门缝，意在发人的阴私，实在是因为要知道这人的全貌，就是从不经意处，看出这人——社会的一分子的真实……所以从作家的日记或尺牍上，往往能得到比看他的作品更其明晰的意见，也就是他自己的简洁的注释。

由此可见，书札一体，内容最为繁杂，而保存的内容却极为丰富，可补正史之不足。文人书简，私人往来，故能坦诚相对，无所不谈，更见价值；且因多未公布，流传不易，利用更少，一旦公开，更显珍稀。要言之，文人书简虽为短章，和长篇宏论相比，其在展现历史细节、显露文人性情方面却尽有其独特优势，两者各有短长，未可偏废。

前几年，笔者曾经有缘过眼傅抱石、丰子恺分别致张院西的几十通信札，这些信札主要是画家与画商之间的交往记录，又因通信时间正好在抗战期间和战后之初，故而正好能从中窥见其时知识分子的坚守和窘境，以及彼此之间相互援手的日常片段。细细读来，信中略显琐细的絮絮而道，却正是彼时傅抱石、丰子恺们真实而艰难的生活实录，犹如古代诗和词的分野，文章和书信的功能在这里也都显得泾渭分明。

关于张院西其人，即使现今互联网如此发达，网上也几乎查不到任何有用的信息。笔者仅知：此人名张辐臣，字院西。关于其籍贯，一说为河北南皮人，一说为江苏崇明人，并无确切可靠的信息。其人早年曾开设过银号、典当行，出任经理，也曾在银行业担任过职务。抗战期间前往西南发展，负责供销社工作，在调配物资方面有着很大权力；另因为颇懂书画，他还曾兼任过朵云轩重庆分公司的经理一职。也许因为这些原因，一方面他和很多书画收藏家关系密切，来往频繁；另一方面，他在书画界也结交广泛，非常活跃，拥有深厚的人脉关系，和丰子恺、马一浮、傅抱石、徐悲鸿、陈之佛等很多著名书画家都有往来。在战时的西南，于书画方面能有如此上下游关系的张院西，自然颇受各方青睐。

对研究历史、欣赏艺术来说，一本书就是一个故事，一串铜钱便是一段记忆。从这个意义上来看，这些历经沧桑存留下来的一页页名人信札，不但是前贤们用他们的生命和智慧刻下的岁月深痕，更是那个年代珍贵的文化物态形式。而触碰这些名人真迹所带来的震撼及引发的联想绝非仅仅过目复制件可以比拟。我们读傅抱石、丰子恺致张院西的这近百通信札，除了目睹名人真迹而产生的震撼以外，更重要的是还能从这些信札中引发出丰富的联想，并可以衍生出很多有意义的话题。比如对特定阶层人际交往圈的探讨，在当下，无论是学术界还是普通民众，都是十分感兴趣的一个话题。而张院西因为他的特殊身份以及所掌握的丰富的人脉和物质资源，显得格外重要。他的上游活跃着一批有影响力的艺术家，如张大千、徐悲鸿、傅抱石、丰子恺、陈之佛等；而他的下游，则潜伏着无数艺术爱好者、投资客以及附庸风雅者，其中有学者、政客、士绅、企业家，甚至还有一些来华的外国人，他们渗透着社会的方方面面，掌握着社会的各种资源，在当时能量很大，影响不小。居于其中的张院西，正是这上下游之间的优质润滑剂，很关键地起着疏通渠道、促进上下游畅通的作用，同时还避免了上下游这不同群体之间直接洽谈价格的尴尬场面。画家与画商经纪人，他们之间的关系及如何具体往来？这类问题以往受到的关注并不多，除了意识理念以外，很关键的一点是第一手文献的缺乏。而这一次傅抱石、丰子恺致张院西近百通信札的发现及陆续完整公布，可以说除了书法审美价值以外，文献价值也尤为重要。我们完全能够想象，随着这批信札的公开披露，美术史领域会出现很多具有新观点、新视野、新发现的论文，这是可以期望的。这里，略举一例：

傅抱石和张院西结识于金刚坡时期。其时，傅氏拖儿带女一大家，工资微薄，度日艰辛，养家糊口，殊为不易，卖画收入已成为他很重要的一笔生活来源；而身为艺术经纪人，手中又拥有很多客户资源的张院西恰在此时出现，对傅抱石来说，自然是一位值得交往的朋友。朋友之间通信常因关系特殊而互通心声，倾吐肺腑，这就为人们最近距离地接触他们的思想和生活状态提供了可能。从他们来往的信件中可以知晓，张院西除了自己求画外，还利用自己手中的人脉关系，替傅抱石介绍了很多客户；为答谢张院西，傅抱石赠送给了他不少画，在交往的信中，语气也格外客气，甚至略显谦卑。张院西酷爱他篆刻的印章，希望在给他的画上多多钤印，傅抱石也尽量满足，并且将生徒代刀的“密辛”也透露给他，还特意亲自操刀为他刻了好几枚印。这三封写于1946年的信札就很有意思，对探讨画家与画商之间的友谊和微妙关系可谓提供了第一手资料。

1942年，傅抱石一家在重庆西郊金刚坡下

院西先生道右：

八、九两日手教均祇承一是。日来为先生写得山水、仕女尺叶各一，随陈雅鉴。属钤拙印，已就敝笥自用印钤得廿余枚，多名章，恐未足副大望也。弟于刻印曾迷恋二三十年，向在南昌、南京、东京诸地，均有不少金石因缘。民国二十一年，曾选拓成谱，钤百部售之，今手中亦无片楮也。入川后，非好友决不捉刀（外间所见，大约十之七八为生徒代刀，此事乞秘），然所作仍不下七八十事，惜散乱各处，不能指陈评赏，为可憾耳。至其中除数方略难辨识外，均为弟之名姓印（惟“踪迹大化”“糟粕山川”“上古衣冠”“虎头此记，自少生始得其解”“往往醉后”“苦瓜诗意”“抱石长年”“其命惟新”“抱石得心之作”诸印时有僻篆）。

敝校预定五、六月迁京，弟以老弱人多，拟缓期离川，大约暑假前不走。将来长住金陵。先生是否将迁上海，盼便见示为幸。

惠酬已寄陈先生，深谢深谢。先生如赏弟篆刻，请选石一二，当欣然刻奉纪念也。

匆此，即叩

道祉！

弟抱石顿首

四、十三（1946）

附画二件，印若干。

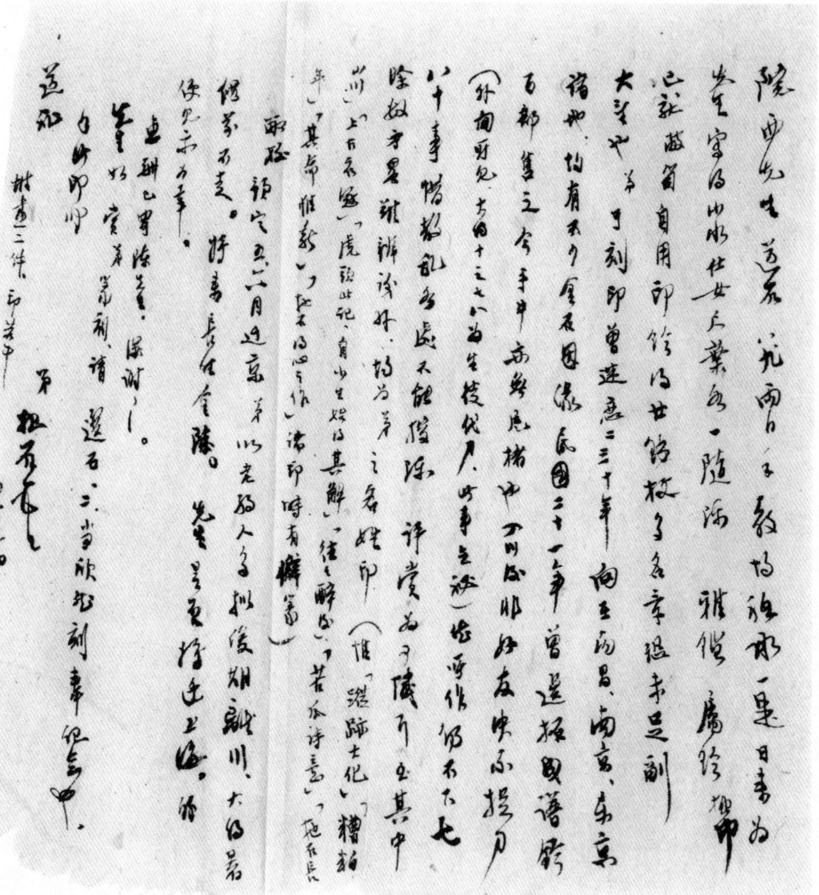

1946年4月13日傅抱石致张院西函

院西先生道席：

十三日手教奉到日适有事入城，前午返舍，又奉十六日大翰，敬悉一一。拙作辱荷购介，感拜不尽。诸收藏家均为先生友好，弟惟有竭力在作品求其精，而请酬求其廉，始足称雅意于万一也。兹遵属选陈九帧，随函奉上，敬请詧收。先生富收藏，精鉴赏，务恳不弃，惠予指政，至盼至幸。此九帧中，《西园雅集》为据米南宫《西园雅集记》而作，自宋至明，画家不少描绘者，清以后，因人物画衰替，遂成绝响。弟三十一年始试为之，大小写有数幅，武进薛迪功、宜兴徐悲鸿皆藏有一帧，今特选小幅陈教。又《高僧观棋》大幅，去岁为一学生借临，不慎略有水渍，故特贬其酬（凡拙作所定数目，必要时千乞先生不必拘之，再减无妨。既为先生友好，亦即弟之神交也）。

此事实渎烦清神，至深至□，拙衷铭刻，匪言可喻，何以为谢也，画款乞暂存尊处，待弟洽定代收处所时，再拜函请惠办。

大千先生处，日内当去函商谈，俟有端倪，即办理奉上。至凤子先生，闻已东下到达丹阳，弟返京后，极便罗致者也。日来此地大热，日间几不可坐卧，弟每晨偶尔涉笔，山中寂寥，借此消夏耳。

前嘱刻之二印，拟俟一场大雨后，精心刻之。如刻就，当先陈拓本，再寄原印。

匆匆，敬叩

夏安并致潭苐！

弟傅抱石顿首

七月廿五日（1946）

院西先生道右：

一日暨三日惠示，均雅承一一。隆情盛谊，感不可量。夫人雅锦，顷始友惠，因上内子谨奉拙作一帧，藉致忱悃，希赐哂存，为祷为幸。嘱刻之印，日前冒暑为之。收藏一方，仓卒不能得佳璞，乃将拙印“抱石入蜀后作”毁去，为贤伉俪刻之。此石绝不足论，惟此印钤画七八年，亦艺林因缘也。三印为两日所刻，久不捉刀，似别有意趣，堪供雅鉴，幸珍视之。弟日曾亲携邮局询寄，据云须用铁盒布包，当小包寄发，甚感麻烦，乃告弟可用纸卷成圆轴，作为信件，则甚便捷。因将拙作册页十七幅包裹，且顺便可邀审阅也。詧收时（与此信同时发出）乞注意开拆，最所企盼。此册页大部分为去夏所写，系应友人约携赴美国展览者，旋抗战胜利，迟迟未去。全部共六十帧，去冬拙展，陈列约半，售去二十余枚。兹奉上三组（每组四帧，反面右下角有符号）及另页五幅（成组者以每组出售），另附价目，聊供参考。凡拙作寄陈先生者，千万乞求勿予介意，极方便中，则一观之，弟返京后，当亲来奉晤携回也。至“仪九”先生属画，已写成，随此函附上。

此次厚荷高谊，为拙作广加嘘介，感极，感极。尘劳清神，无以复加，容随时图谢，以报万一。画款若赐收后，拟便乞饬役暂为向银行定存。因弟九月中旬以后，即须准备东下，届时自当详函奉闻动定也。承爱索奉拙照，遵附二枚，乞惠存是幸。酷暑，尚乞珍葆是祷。匆匆，即叩

俪安！

弟傅抱石顿首

八、七（1946）

再者，承教甚深，以后见示，千祈弗加尊称，拙衷至为歉惭，叩首叩首。弟又及。

丰子恺致张院西的信中也有类似情况。抗战时期，物质供应紧张，而张院西当时在西南执掌供销社，手中掌握有相当资源，他也因此拥有丰富的人脉关系。但即便如此，张院西毕竟只是一位居中层的实业家，并非豪富，也算不上是收藏家。他除了自己收藏一些字画以外，更多的是以中介人的身份出现在和画家的交往中。而当时的一些书画家也愿意通过更多的渠道来出售自己的作品，在物价腾升，物资匮乏的战时略有收益，弥补家用。这种特殊的关系古已有之，对彼此都是一种双赢。下面的两封信是很好的说明：

院西吾友：

示奉到。方君赠润，乞代致谢。去冬吾友惠款，迄未清偿，此款暂请收入，尚不足也。弘一法师像，稍凉后当写一帧奉赠。册页润格，普通照一方尺算（附润例，

此例九月起将改订，增为每方尺千元），但经吾弟介绍，可不拘例，请代为裁定可也。生活狂澜未已，为欲抵抗，我竟变了卖画人，常引为愧。秋凉盼能图晤，以后通信，乞寄沙坪坝庙弯丰宅，此乃自建节庐，收信较为妥速，且永久也。即颂

秋安！

小兄子恺叩

八月廿三日（1943）

院西吾友：

示欣奉到。佳作颇可入画，足见真情所发，自当为作长卷，他日乱平，可留永念。此画不谈润笔，盖非卖品可比也。弘一师像，因郑重故，不旨草率从事，故至今未奉。各方索者已达十余帧，不日当安排清净身意，一并写绘。贵同事中有魏敦夫者，乃仆小同乡，前周来此，谈及足下。仆近辞艺专，闲居在家，以读书作画为事，恢复抗战前十年来之生活，一时颇觉自由。足下公忙，请勿枉驾，仆入城时当迂道到化龙桥相晤也。前寄润例，有机会时代为宣传介绍，乞勿勉强可也。

顺祝

秋安！

子恺顿首

九月卅日（1943）

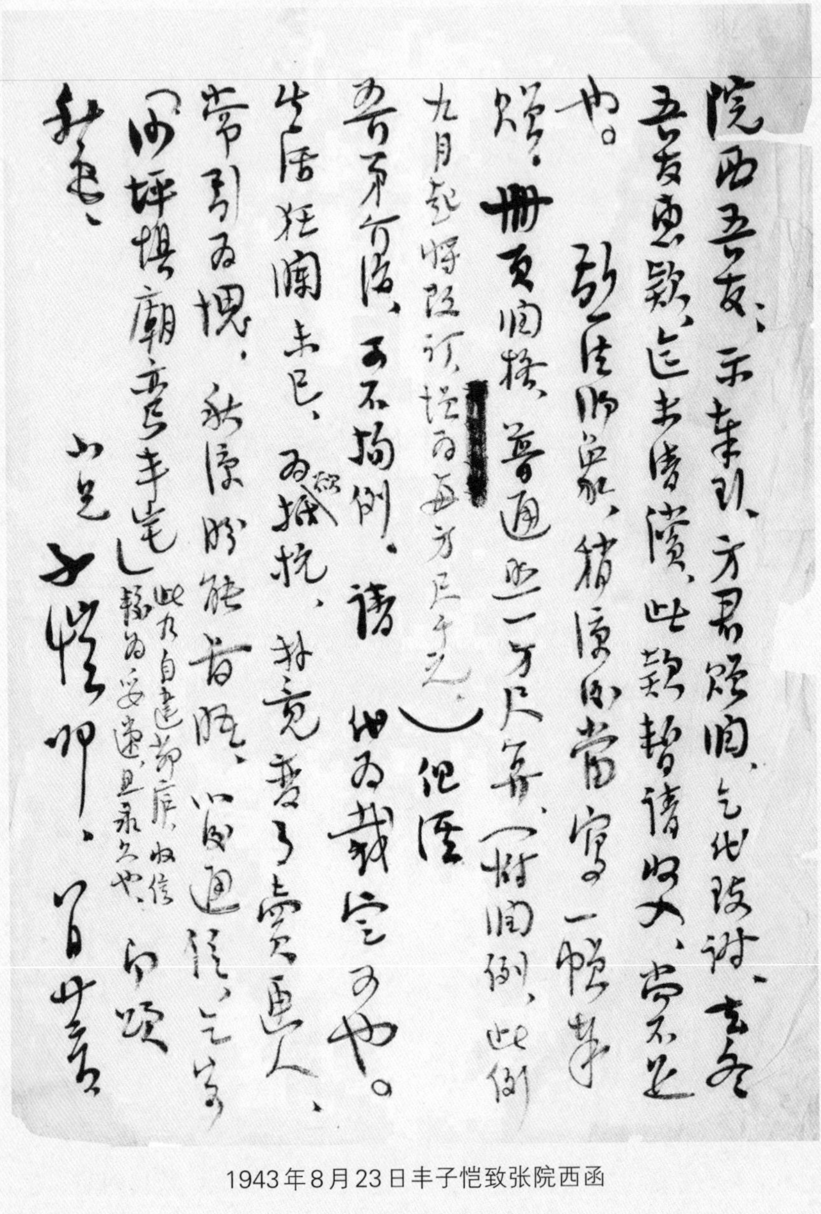

院西吾友：示悉，方君既阅，乞代致谢。去冬吾友惠款，已寄读，此款暂请收入，当不见却。彭君所画之扇，请便中当为一幅，专候。册页阅后，寄还兄一方尺者（将阅例，此例九月起将改订，按尺每方尺五千元之）[redacted] 但弟有所请，亦不拘例。请但为我留之也。生活狂澜未已，为抵抗，我竟卖字画人，常引为愧。钱价能否低，以便通信之实〔沙坪坝庙湾丰宅〕此九自遵义节后，收信较为妥速，且永久也。即颂

秋安。

小兄 子恺顿首 八月廿三

1943年8月23日丰子恺致张院西函

1943年夏，丰子恺在重庆沙坪坝正街以西租地，自建竹壁平屋，命名为“沙坪小屋”，正式地址为沙坪坝庙湾特5号。当年秋，他辞去国立艺术专科学校教务主任一职，在家潜心书画创作。据此，上述两信当都写于1943年无疑。弘一法师是1942年10月13日在泉州开元寺圆寂的，这对丰子恺影响很大，在接到开元寺性常法师电报后，他即静坐数十分钟，发愿为法师造像一百尊。当时，因仰慕弘一高僧大名，向丰子恺求画弘一像的人很多，张院西也是其中之一。而丰子恺将此视为郑重之事，并不愿轻率落笔，草草打发，上述两信就是丰氏此种心态的流露。

丰子恺曾在很多文化机构任职，有很体面的收入，向他约稿（包括书画和文章）的报刊也源源不断，应接不暇。故在战前，虽然子女众多，他也足以依靠自己的学识和一支笔养家糊口，并无后顾之忧。战争改变了这一切。抗战爆发后，丰氏拖家带口，疲于奔命，1942年抵达重庆，算是暂时安顿下来。当时，丰子恺已经离开了浙江大学，又辞去了国立艺专的教职，没有了稳定收入，卖画就成了摆在丰氏面前很实际的首选，况且喜欢他书画作品的人又是那样众多。到达沙坪坝的当月，丰子恺就在重庆夫子池举办了平生第一次画展。这也可以算是向公众的一次信息发布吧，虽然他心里其实并非情愿以卖画为生：“生活狂澜未已，为欲抵抗，我竟变了卖画人，常引为愧。”信中的这段话非常坦率，也表露得很清楚。既然要卖画，一定的渠道还是需要的，有人介绍，往往事半功倍。张院西恰在这时出现，而且在紧俏物资方面对丰氏还多有帮助，丰氏自然感恩，在言辞上非常客气，售画的条件也很优惠：“但经吾弟介绍，可不拘例，请代为裁定可也。”“前寄润例，有机会时代为宣

绘画中的丰子恺

传介绍，乞勿勉强可也。”等等皆是。

战时物资供应紧张，可以想象。丰氏一家人口众多，吃穿用度都倍于一般家庭，更觉困难。而且，丰子恺茹素，战前且吃净素，抗战后因应酬不便，始改吃“三净肉”（“三净肉”乃佛教名词，指：1. 不为己杀。2. 已死动物。3. 不得已故。如此则虽吃荤而不犯杀戒），即所谓“肉边菜”，心中常感不安。当时油属于战略物资，一律凭票供应，而且一般都是猪油，菜油少量限购，这让茹素的丰氏颇感不便。而张院西在供销社掌权，手中握有一定资源，正好在这方面解了丰氏燃眉之急：

院西仁弟：

示奉到，蒙设法购糖，至感。食油隔月供应，无妨，因舍下已于前日装置电灯，油可专供食用，隔月得廿斤，亦庶几不乏矣。下周内当遣仆来领白糖，并附璧不足之值。贵友索书，尽请将纸交仆人带下，万勿客气可也。即颂
时祺！

小兄子恺叩
四月十四日（1944）

院西学友：

近小患恙，久未报复为歉。今寄上画六件，乞转赠贵友，聊作纪念可耳。食油如可得，乞随时示知，以便派人来领。余后述。即颂
时安！

小兄子恺叩
五月十七日（1944）

院西仁弟：

昨日上歌乐山，回来始知受赠麻油八斤，僧烛十二支。仆前函原意，如油可代购，拟请代购耳。今受赠愧，甚不好意思。此间菜油每月每人限购四两（家有身份证六张，才得廿四两耳），今得八斤，可长期无忧矣，特此道谢。以后还有糖可得，更佳。但不可再赠，有时当由仆派工役到尊处领取并偿代价，是为至要。

足下喜仆小品，诚知音之言。拙作不宜大。而购书

画者必欲大，勉强以大字画应酬之，而以小品自藏。今选自藏曼殊诗二页、李后主画一页，随此函附赠，非以报油、烛，乃以答知音。即清代存，不题上款，如需要，他日可补写也。近患牙痛，昨上歌乐山乃为求医。今已渐愈，容后再谈。即颂

近安！

小兄子恺顿首

六月十九日（1944）

院西仁弟：

示奉到。白糖及麻油有办法，甚为欣慰。即请代购：白糖廿斤；麻油尽尊处限量，多多益善。买定后，乞示知数量、价值，当即派工人持器及货款，前来化龙桥领取，费神至感。仆明日赴遂宁，约十余日返沙坪，容面晤谈，即颂

近安

小兄子恺叩

六月廿七日（1945）

仆赴遂宁期间，来示有小儿华瞻代理，糖及麻油，彼自能派工人前来领取。

院西吾友：

昨自遂宁返，途逢汽车抛锚，非常劳顿，幸未致疾。承代办糖、油，复承厚贶肥皂、药皂，感谢殊深，只得

另图后报。先此致谢。疲倦，暂不多书。即颂

暑祺！

小兄子恺叩

七月廿一日（1945）

丰子恺绘赠张院西《群童图》

食油、白糖、肥皂之类都是普通的生活用品，在承平时期即如灶头烧火小婢，自然不致引人注意，而一到战时，万物短缺，处处不便，这类生活中须臾不可少，家家不可缺的日常之物，马上成为紧俏物资，顿显尊贵，需要凭票限量供应。张院西在这方面的经常接济，对丰子恺一家而言，确实可称是鼎力相助。故丰氏不惜卑辞相谢，并且尽量满足他的求画要求，甚至时常无偿相赠，演绎了一段抗战时期画家与画商之间的佳话。

阿英集外佚信四封

桑农

阿英现存书信的搜集与整理算是较为完备的了。《阿英全集》收录108封，《阿英全集（附卷）》增补14封，最近出版的《阿英与友朋书信辑录》又有添加，合计163封。然而，集外遗珠尚有一些。笔者日前翻阅旧书，偶见几封佚信，内容涉及一些文坛旧事，颇具史料价值，特此抄出，并略加说明，以便查阅。

一、阿英致郭沫若信（1961年×月25日）

郭老：

①《客途秋恨》并《粤讴》《再粤讴》三册带回，请收。 ②抄得1916笔记一则，附上。 ③几乎每天都在找陈端生材料，无所得。昨又托北大同志查图书馆内不出借内部卡片，希望能发现《绘影阁集》及《蘋南遗草》。有所得，当即送来。匆匆

布礼

阿英　二十五日

按：此信录自《郭沫若与〈再生缘〉研究》，南京师范学院学报编辑部及中文系资料室1980年5月编印，“文教资料简报”丛书之四。该书为内部资料，目录与正文之间有插页四面，最后一面即为此信影印件，并附释文。释文中将《再粤讴》误为《闵粤讴》，现据手迹改正。

《客途秋恨》和《粤讴》《再粤讴》均系清代广东地区的南音唱本。阿英一直热衷收藏民间说唱文学，而郭沫若当时常去南方旅行疗养，也关注到此类藏书。“1916笔记”为何？不详。《绘影阁集》是《再生缘》作者陈端生的诗集。陈寅恪惜其“无一字遗传”，郭沫若则托人四处寻觅，也未见。《蘋南遗草》系清代闺秀戴佩荃的诗集。郭沫若1961年5月31日致阿英函有云：“戴佩荃（蘋南）的《蘋南遗草》，您处有否？急望一阅。”可见，阿英此信当写于该年5月之后，具体月份待考。

二、阿英致黄裳（1961年12月16日）

很久想写信给你，却拖了下来。

大样转给郭老（他在外地休养）后，昨接他回信，说：“勉仲一文很好，□□一文，尚值得商榷。焦理堂《云贞行》是否作于乾隆五六至五七年，未见原稿本，不敢肯定。稿本不知是否焦之亲笔。如为别人所抄，则纪年未必可信，不然，何以刻本《雕菰集》却无纪年耶。”另一名字我看不清，故以□□代。不知你能代查讯一下否？

《绘声阁正续集》（我有正集）、《碧城仙馆集》（他已看过，但没有见到原刻），已转寄郭老，并请其翻阅时小心。他带回后，当即日寄回给你。

…………

近来工作情况如何，极念。何时还有机会偕尊夫人北来一游否？

数年来一直在病中，近已能开始工作。买书癖日甚，数年来，已聚鸦片后清人集五千余种。戏曲可说无所得。弹词近又续收乾嘉本及旧抄本，但来源似甚枯竭。不知沪上情况如何？如时逛书店，不知能否代注意一下。

我的地址你可能记不得了。是北京交道口南棉花胡同甲二十四号。

匆匆，即请

双安

英　十六日

按：此信录自黄裳《阿英的一封信》一文，见其著《榆下说书》（北京三联书店，1982年2月版）。黄裳删节了信中部分文字，以省略号替代。另，阿英转录郭沫若信最后一字“耶”，黄裳文中作“的”，现据手迹改正。

“大样”指《文汇报》清样。该报1961年12月16日刊载勉仲（黄裳）《关于陈端生二三事》和敬堂（卞孝萱）《陈端生是“陈”云贞吗?》两文。“□□”即“敬堂”。《绘声阁正续集》是陈端生的妹妹陈长生的诗集，《碧城仙馆集》是清代文人陈文述的著作，均系黄裳私人藏书。因这几种书关涉陈端生的生平事迹，阿英遂代为转寄郭沫若，供其参考。不久，郭沫若便撰写发表《读了〈绘声阁续稿〉和〈雕菰楼集〉》一文。

三、阿英致黄裳（1954年11月25日）

《猎人日记》收到，深谢。

以为还有机会和你们夫妇同游碧云寺，没想到你们竟未曾留，殊以为憾。

不知最近仍有机缘来京否？

其实最近几天，我倒逐渐闲了。

有两个问题想和你谈一谈。

你们编的版画究竟是否出版并出下去？我主张最好能印出。前嘱作序，我早告惜华同志力不胜，他说供给全部材料，我答应代为整写。后来问他要材料，他又说没有，我就无从下笔了。也许我当时听错。我意只要有一个简单例言，也就可以了。若决定不出，我认为与出版家也应结束一下。不知以为何如？

尊藏女性词集，不知是否将罕见者开示一目，李一氓同志很想看看。

兄常跑书店，我很想找几部光绪同文印本的小说，如《水浒》《红楼》之类（有石印图的），因为想搜集一点石印插图材料。我现只有《聊斋》一种。光绪其他有好插图的石印书也想选存一点。望你为留意。同文《三国》也要。北方很难找。如有，望将书价示知，当即寄来。本子，至少图页要干净一些的。此事不必急急。

最近有何著译？精本小说、传奇，有所得否？

请代问你爱人好。匆请

俪安

阿英

十一月二十五日

按：此信录自黄裳《〈版画丛刊〉及其他》一文，同样见《榆下说书》。

《猎人日记》是黄裳翻译的屠格涅夫成名作，上海平明出版社于1954年4月出版。“你们编的版画”即所谓《版画丛刊》。黄裳在戏曲及俗文学研究专家、藏书家傅惜华处见到许多精美的插图本，都是郑振铎《中国版画史图录》未收者，便建议编印刊行，请阿英作序。此书微缩照片已准备就绪，后来却未能出版，书稿退还傅惜华，后不知所终。

四、阿英致黄裳（1953年8月13日）

《西厢记与白蛇传》收到，谢谢。前寄金石书一帙，亦收到，迄此补谢。

《曲品》原稿，前在文物局见到。兄将此记发表，真是功德无量，惜论断评介未能全部发表。不知你曾否录有副本，如有，甚盼能一借钞也。（如有并可以，请交慧珠同志，她今日返沪，二十后来。到后一周，即可寄回。）

前托之方所觅，系嘉业堂本《武梁祠画像考》，后又托人在苏寻觅，亦未找到。拟托兄代为留意买一部，需款请随时示知即寄上。

不知你何时能再北来了。

一年来写了一部反官僚主义的话剧——《模范段》，除此发表了几篇研究性的东西。最近写了一部《中国年画发展史》（人民美术出版社）。下月，拟从事第二话剧写作。此外别无可告。

姬老想常晤见，看通讯，你要去体验生活，不知何时离沪？

匆此

敬礼

弟　阿英

八月十三日

按：此信录自黄裳《往事回忆》一文，同样见《榆下说书》。《西厢记与白蛇传》是黄裳的一册戏曲杂文集，上海平明出版社于1953年7月出版。该书后有一篇附录，即《跋祁彪佳〈曲品〉残稿》。黄裳当年购得《曲品》手稿，摘要发表后，便将原书赠予北京图书馆。阿英在文物局局长郑振铎处见到，也十分感兴趣，希望能借黄裳所录副本抄存。阿英当年撰写的话剧《模范段》未见刊布，原稿想必遗失；他拟写的“第二话剧”，似乎没有动笔。至于信中提到的“《中国年画发展史》（人民美术出版社）”，于1954年6月由人民美术出版社附属的朝华美术出版社正式出版，书名调整为《中国年画发展史略》。

袁可嘉信札二通考释

王孙荣

光阴似水，潺湲不息，袁可嘉去世已经十年有余。老先生晚年客居美国纽约，编辑整理了六卷本的《袁可嘉文集》，生前亟求出版，未成。后来，据说列入了“十二五”出版规划，但迄今未见问世。有时候想想，要做成一件事确实很不容易。袁可嘉是著名诗人、翻译家，曾任中国社会科学院外国文学研究所研究员、外文所学术委员、社科院研究生院外国文学系教授。他生前念兹在兹，惓惓于此，曾通过越洋电话含混而焦急地喃喃：“我的文集要出版，要出版；大家要帮忙，要帮忙。”只可惜盖棺有期，出版无期。很快十多年过去了，出版进程到底如何，不得而知，也不知道这样的遗憾还将持续多久？

作为同乡晚学，多年来我收集了二十多种袁可嘉著作，也一直关注着全集的出版，以及各种与袁可嘉相关的史料文献。2018年1月1日至8日，孔夫子旧书网的华夏天禧墨笺楼举办了“文坛忆旧——周而复、施蛰存、陈白尘、赵家璧、萧乾、吴祖光等名家信札专场”拍卖，其中就有袁可嘉写给《新文学史料》编辑的书信一封，并附转给人民文学出版社编辑的书信一件。信用蓝圆珠笔写在蓝色横栏纸上，一封，两件，各一页，主要与两位编辑交待“自传”和“著译目录”附录于《半个世纪的脚印——袁可嘉诗文选》（以下简称《袁可嘉诗文选》）的相关事宜。

数字时代，笔墨纸砚逐渐淡出生活，手书信札早已成为稀罕之物。看着渐趋隐淡的邮戳，漫漶氤氲的笔迹，星斑泛黄的纸张，令人顿生无限沧桑之感……隔着视屏遥遥相望，字里行间透着学者的严谨。这两件信札格式规整，字迹工谨，端雅秀逸，风致澹然，其字虽不称名家而自有清远之气。不知老先生当时是否留有底稿，这样的文献吉光片羽弥足珍贵，可以近距离见到专家学者的烟火日常，见到作者与编辑的往来，在各种事务之间的周旋，以及与普通人一样的生活，一样的冗繁，一样的苦乐与艰辛。为有助于研究者走进历史现场、感受历史氛围，从而更全面深入地了解袁可嘉及其著作，兹将两件书信照录如下。

启伦同志：

你好！

四月三日我和你见面时，你曾说已将我的自传和著译目录的复制件挂号寄我家里。四月九日我离京时尚未收到。据我女儿袁琳5月26日自京来信，迄今该件仍未收到，不知何故？目前，人民文学出版社二编室正需此稿作为拙著《袁可嘉诗文选》的附录，因此请你费神找一下，并设法补救：

1. 如原稿仍在你处，请再复制一份送交人民文学出版社二编室的王清平（或莫文征）同志；

2. 如原稿已送厂，而印出时间不影响人文发稿，请你在出刊后送一本给王清平同志；

3. 如原稿已发厂，而印出时间推迟，将影响人文发稿，请你与印厂联系，将该稿复制一份交王清平同志。

此事至关重要，要你费心了。我远在海外，只好等我回来面谢了。希复我一信，我在纽约的地址如下：

Yuan Kejia

300 W. 108th ST. Apt. 12-B

New York，N.Y. 10025. U.S.A.

给王清平的信请便中转交，谢谢。牛汉同志均此问候。

匆此，颂

编安！

袁可嘉

6月2日

王清平同志：

你好！

我来纽约已近两月，一切都好。拙作《半个世纪的脚印——袁可嘉诗文选》承你出任责任编辑，我非常高兴。不知此稿已开始编发否？遇到了什么问题或困难否？该稿的附录“自传”和“著译目录”原已交给《新文学史料》李启伦同志刊用，我离京前他曾答应复制一份寄我，但迄今未收到。我怕影响你们审读，已写信给他，请他再复制一份送到你或莫文征同志处。如原稿已发厂，而印出时间不影响你们发稿，则请他在出刊后送一本给你备用；如印出时间推迟，将影响你们发稿，则请启伦同志转嘱印刷厂复制一份寄你。这事本来很简单，却要你费心了，容我回来面谢。如有空，盼复我一信，函寄：

Yuan Kejia

300 W. 108th ST.

Apt. 12-B

New York. N.Y. 10025

U.S.A.

我们是第一次合作，相信能合作得好！

代问文征同志安好！

匆此，祝

编安！

袁可嘉

6月2日

据信封邮戳可知，这封信于1993年6月2日发自美国纽约，收信人为《新文学史料》编辑部李启伦。李启伦（1935—2015），江苏无锡人，副编审，1951年11月考入上海中国图书发行公司做练习生、办事员，1953年6月入人民文学出版社，任办事员、科员、校对科科长、编辑，历任《新文学史料》编辑室主任、副主编。

《新文学史料》是人民文学出版社的社办刊物，1978年由楼适夷、韦君宜、牛汉等创办，以收集和保存“五四”以来的文学史料为宗旨，刊发了众多知名作家的回忆录、自传、日记、书信。袁可嘉《自传：七十年来的脚印》即于1993年8月刊发在当年第3期，同时附录《袁可嘉译著目录（1941—1991）》。

据《新文学史料》主编郭娟在《致敬前辈——在〈新文学史料〉创刊40年之际》中回忆：“李老师高度近视，看稿子贴得很近，像是‘闻’稿子。牛汉评李启伦：非常认真，踏实可靠。”但是，从4月3日到5月26日，将近两个月时间，北京同城挂号件竟然一直没有收到，难怪袁可嘉要写信飞越太平洋询问“不知何故”了。因为那边人民文学出版社二编室正需此稿作为《袁可嘉诗文选》的附录呢。

当时《袁可嘉诗文选》的责任编辑是著名诗人王清平，即请李启伦转交的第二件信的收信人。王清平生于1962年，苏州人，北京大学中文系八三级学生，毕业后到人民文学出版社工作，上世纪80年代开始诗歌写作，1996年获刘丽安诗歌奖。曾任《海子诗选》《食指诗选》《红色诗抄》责任编辑。袁可嘉给王清平的信中提到的莫文征，也是人民文学出版社编辑，广西临桂人，1959年毕业于中山大学中文系。历任人民文学出版社诗歌编辑、诗歌散文组组长、现代文学编辑室副主任，同时还是中国诗歌学会理事，著有诗集、评论集、历史小说等多种。不知何故，这件信最终还是与致李启伦的信连同航空信封保存在一起，并在李启伦去世后流散出来。或许，根本就没有到过王清平的手上。

袁可嘉在信中说：“我们是第一次合作，相信能合作得好！”不知何故，到了第二年，1994年6月《袁可嘉诗文选》正式出版的时候，版权页上的责任编辑已经换成了刘兰芳。

因为史料缺失，留下了太多的“不知何故”。可以确认的是，《袁可嘉诗文选》系袁可嘉自费出版。因为老先生在1994年4月17日给童银舫的信中写道：“自费出版《半个世纪的脚印——袁可嘉诗文选》，由人民文学出版社印行，据说七月份争取出书。”该书为小32开平装，611页，印数3000册，定价10.10元。卷首有“作者像”“作者在美国”“作者与夫人”三帧黑白照，基于当时的印刷技术，只能看个大致。全书42.6万字，诗选部分分两辑，第一辑收录1946—1948年间诗歌21首，第二辑收录1958—1988年间诗歌10首；文选部分同样也分两辑，第一辑收录1946—1948年间文章10篇，第二辑收录1957—1991年间文章27篇；此外，附录《袁可嘉自传》以及《袁可嘉著译目录》。

出一本书，真的很不容易，尤其是远隔重洋的自费出书。各种想象不到的细节，因为海天阻隔、重洋迢递而根本无法把控，即便国际航空信件一一罗列开示，又能如何？以上这一封两件信札，无疑给我们揭示了出书背后的种种艰辛和无奈。

片简零鸿

《学生杂志》上的一封茅盾佚简

金传胜

1923年8月5日的上海《学生杂志》第10卷第8号“通讯”栏内以《自修日程和文学名词》为题刊出读者陈乐德的来信和署名“雁冰”的复信。《学生杂志》创办于1914年，终刊于1947年，是一本“专供全国中等学生阅读的月刊”。

1917年，时为商务印书馆职员的茅盾作为《学生杂志》主编朱元善（天民）的助手，帮忙审阅自由投稿，并为之撰写了《学生与社会》《尼采的学说》等文章。据李标晶、王嘉良主编《简明茅盾词典》（甘肃教育出版社，1998年第2版）统计，1917年至1921年茅盾以各种署名在该刊发表作品共计35篇。

1921年，为顺应五四新文化运动的潮流，杨贤江受聘出任该刊编辑。虽版权页编辑仍署“海盐朱元善”，但杨贤江成为实际的主编和台柱。他到任后对杂志进行了一系列革新，新辟“书报介绍”“通讯”“问答”“编辑余谈”等专栏，不定期地推出专号，宣传新思想、新文化。茅盾依然不时为杂志供稿，支持杨贤江的改革之举。如1924年第11卷第1号上的《青年与恋爱》、1925年第12卷第

7号上的《告有志研究文学者》，均署“沈雁冰”（茅盾原名沈德鸿，字雁冰）。杨贤江不曾用过“雁冰”这个笔名。因而，1923年《学生杂志》上这位回复读者的“雁冰”的真实身份应该就是茅盾。

笔者注意到，河南教育出版社1995年出版的《杨贤江全集》第四卷收录了这封书信。这显然是没有注意到落款而造成了误收。兹将两封书信一并抄录如下：

记者先生：

我有几件要问的事，久已蕴蓄胸中。但是不敢直接的问，不知合否通信范围。今阅《学生》十卷三号，记者答永福君的话说：“通讯材料我们很想设法增多，我们只望读者多多提出问题，常常发表意见才好。”于是就大胆的将我的问题写了出来：

1.“通信”一栏，是否关于学生问题，都可提出来？或是另有别的界限范围？

2. 学生课外课程，我可权且分作四类：①温习课本。②看有价值的书。③看杂志（小说等法在内）。④看日报。但是应当如何分配的呢？

3. 小说、童话、故事，有否分别？是如何分别的呢？顺祝先生身体康健。

山东聊城第二中学校　陈乐德

六月二十八日

乐德先生：

（1）“通信”一栏，凡是关于青年学生的，都可提出。但略以中等学生为范围。

（2）课外自修的分配，看学校生活情形而定。可惜我不能为你悬空设想。若只论大概，可以这样：早晨至少可有一小时的自修时间，这时宜于诵读需记忆和理解的书籍。从第一课到下午最后一课（大概是四点钟的时候）的中间，或有一二小时的空班（不上课），那时可以作为复习，或预习的用。四点钟以后，应该游戏运动，或从事别的娱乐。晚间通常有两小时的自修时间，可以看杂志或温习课本。但我的话总不免“隔靴搔痒”。最好请你以学校所定时间表为根据，再配以自修日程，较为合用。

（3）小说是一种散文的文艺作品，以表现人生为目的，情节复杂，人物众多。至近代，短篇小说发展，亦有描写一瞬间之印象的短篇小说。

童话是短篇的散文的文艺作品，多为古代传说、神话、故事、寓言等等。在欧洲，此种古代传说、神话、故事、寓言等等，总称曰Fairy tales（可谓为神仙小说，或竟谓为神话）；我们中国译做“童话”，大概因为此种神仙小说，在西洋多为儿童课外读物之故，而实则离原意太远（原意是神仙小说），且此种作品亦非专为供儿童读的。

小说与“童话”的区别：（一）为体裁之不同。小说多言人事，以现实人生为材料；而童话则多纪荒唐怪诞之事，其人物为神仙鬼魅草木鸟兽。（二）为思想之不同。小说内所表见之思想大都乃现代社会内所流行，而童话所表见者则为原始民族之思想。

故事（Logos）纪世间名人之行业者，谓之故事，其性质乃传说的，而非历史的。盖与神话、传说同时兴起，远在小说之前。

祝你康健！

记者 雁冰

查1923年3月5日《学生杂志》第10卷第3号“通讯”栏，确有读者张永福给本刊记者的来信，信中写道：“《学生》的读者大概是中等学生多；我想中等学生的问题很多，终不见《学生》通信栏中有多么兴盛，且每期连一封通信也几乎没有；那不能不算是一个大大的缺点。我很望以后在这点上注些意。”（《致记者先生》）记者给予答复曰：“通讯材料我们很想设法增多，我们只望读者多多提出问题，常常发表意见才好。”早在同年1月5日的第10卷第1号上，曾刊登诸家对杂志的意见，其中高尔松、高尔柏昆仲提议：“为便利读者自由讨论，并交换编者与读者间的意见起见，希望《学生》设一通讯栏。”（《我们对于〈学生杂志〉的贡献》）随后2月5日第10卷第2号中，读者陆秉乾也提出“添设通信栏”的希望：“我们要求一种学术真理的透澈，非经多次反复的研究不可。添设通信一栏，可与读者和作者互相讨论或研究的机会。”（《对于本志将来的希望》）

同在第10卷第3号中，陆仁寿就通信栏提出建议：“通信一栏，最好期期要有些稿子。因为做一二篇文章在杂志里发表，固然是切

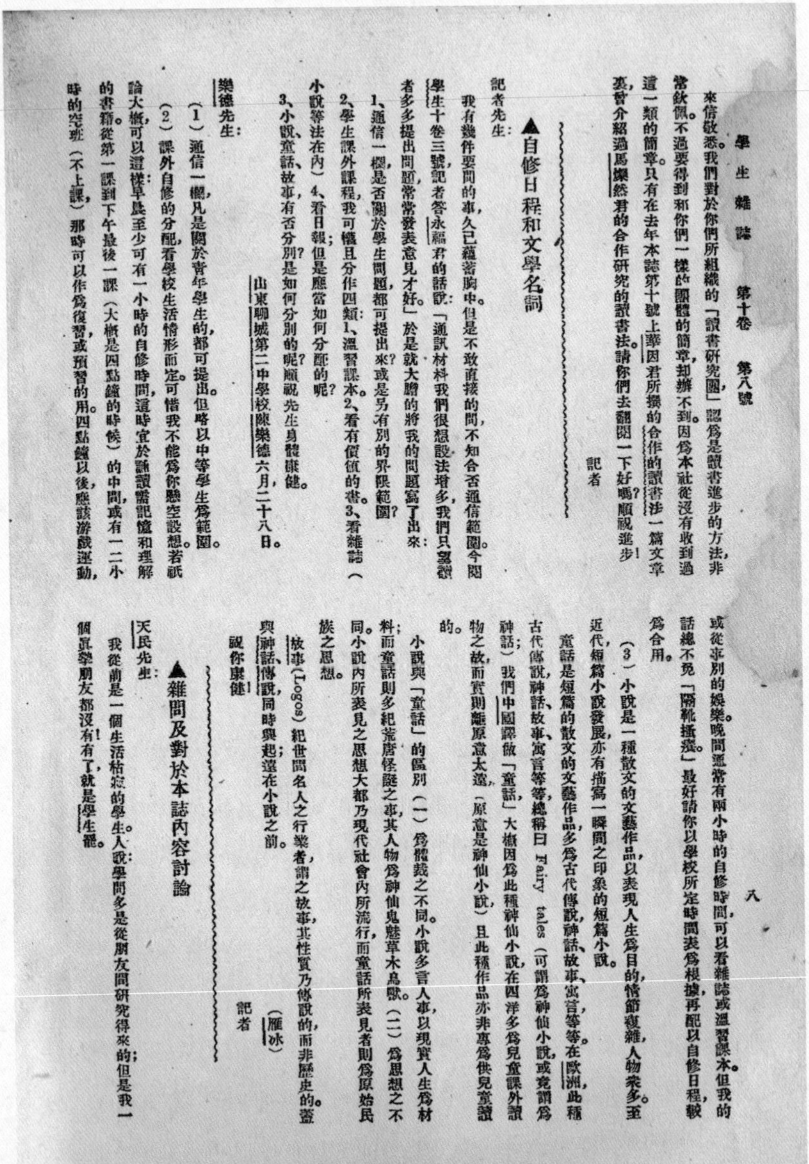

學生雜誌　第十卷　第八號　　八

來信敬悉。我們對於你們所組織的「讀書研究團」認爲是讀書進步的方法，非常欽佩。不過要得到和你們一樣的團體的簡章，却辦不到。因爲本社從沒有收到過這一類的簡章。只有在去年本誌第十號上華因君所撰的合作的讀書涉一篇文章裏，曾介紹過馬燦然君的合作研究的讀書法。請你們去翻閱一下好嗎？順祝進步！

記者

▲自修日程和文學名詞

記者先生：

我有幾件要問的事，久已蘊蓄胸中。但是不致直接的問，不知合否通信範圍。今閱學生十卷三號，記者答永福君的話說：「通訊材料我們很想設法增多，我們只望讀者多多提出問題，常常發表意見才好。」於是就大膽的將我的問題寫了出來：

1、通信一欄是否關於學生問題，都可提出來？或是另有別的界限範圍？

2、學生課外課程，我可懺且分作四類：1、溫習課本。2、看有價值的書。3、看雜誌（小說等法在內）4、看日報；但是應當如何分配的呢？

3、小說、童話、故事，有否分別？是如何分別的呢？順祝先生身體康健。

山東聊城第二中學校陳樂德六月，二十八日。

樂德先生：

（1）通信一欄，凡是關於青年學生的，都可提出。但略以中等學生爲範圍。

（2）課外自修的分配，看學校生活情形而定。可惜我不能爲你懸空設想。若祇論大概，可以這樣：早晨至少可有一小時的自修時間，這時宜於誦讀需記憶和理解的書籍。從第一課到下午最後一課（大槪是四點鐘的時候）的中間，或有一二小時的空班（不上課），那時可以作爲復習或預習的用。四點鐘以後，應該游戲運動，或從事別的娛樂。晚間通常有兩小時的自修時間，可以看雜誌或溫習課本。但我的話總不免「隔靴搔癢。」最好請你以學校所定時間表爲根據，再配以自修日程，較爲合用。

（3）小說是一種散文的文藝作品，以表現人生爲目的，情節複雜，人物衆多。至近代，短篇小說發展，亦有描寫一瞬間之印象的短篇小說。

童話是短篇的散文的文藝作品，多爲古代傳說，神話、故事、寓言等等。在歐洲，此種古代傳說，神話、故事、寓言等等總稱曰 Fairy tales（可譯爲神仙小說，或竟譯爲神話；）我們中國譯做「童話，」大槪因爲此種神仙小說，在西洋多爲兒童課外讀物之故，而實則離原意太遠，（原意是神仙小說，）且此種作品亦非專爲供兒童讀的。

小說與「童話」的區別（一）爲體裁之不同。小說多言人事，以現實人生爲材料；而童話則多紀荒唐怪誕之事，其人物爲神仙鬼魅草木鳥獸。（二）爲思想之不同。小說內所表見之思想大都乃現代社會內所流行，而童話所表見者則爲原始民族之思想。

故事（Logos）紀世間名人之行業者，謂之故事，其性質乃傳說的，而非歷史的。蓋與神話、傳說，同時興起；還在小說之前。

祝你康健！

（雁冰）

記者

▲雜問及對於本誌內容討論

天民先生：

我從前是一個生活枯寂的學生。人說：學問多是從朋友間研究得來的；但是我一個眞學朋友都沒有！有了，就是學生罷。

《学生杂志》第10卷第8号书影

磋学问；但终不如直接的通信讨论，更有兴味。并且既以讨论学问为前提，那无理取闹满篇谩骂的东西，当然是可以不登载的。”（《对于本志的希望和批评》）实际上，该刊之前已有“通讯”（如第9卷第11号、第12号），只是并非固定栏目，且往往只刊出一两封通信，故张永福等青年读者才会提出批评与意见。正是从第10卷第3号开始，“通讯”栏内容大大扩充，每期所刊通信多达数十封。主要刊布读者的来信和编者的回复，让编者或特约专家解答读者信中提出的各种问题，涉及读书、择偶、恋爱、思想、政治、生活及工作等各个方面，实现了编者、作者和读者之间的互动。杨贤江包揽了大部分的答复工作，主编朱天民偶而也会出面，但毕竟工作量太大，加之学生所提问题往往涉及领域广泛，因此专门邀请周建人、胡愈之、王庚等人回复部分信件。如若读者针对具体的文章发问，主编则将信转给作者，让作者、读者直接交流。编者邀请茅盾回答陈乐德，显然因为陈氏在来信中询问的问题关涉文学，而茅盾正是答复的绝佳人选。针对陈乐德的问题，茅盾区分了小说与童话、故事的不同。他界定的“故事”似指传奇故事，所注的英文Logos疑为Legend之误。茅盾书信的写作时间应在陈乐德写信日期与发表日期之间，即6月28日至8月5日间，具体日期待考。

这封书信不仅是茅盾与杨贤江多年友谊的一个注脚，而且也为茅盾与《学生杂志》的关系提供了新材料。正如前文所述，茅盾与《学生杂志》渊源颇深，他所译述的第一篇科学幻想小说《三百年后孵化之卵》、所撰写的第一篇论文《学生与社会》都发表于此。茅盾答复一位并不相识的中学生读者，既是出于对好友杨贤江编辑工作的支持，又缘于他关怀青年、心系读者的一贯态度。

理尽九回肠，漫写瑶笺寄远方

——顾随在京信札一通赏读

刘 磊

2019年12月初的一天中午，笔者收到北京墨笺楼寄来的2020年台历一份。当晚，笔者随手翻阅，发现台历6月份的当页图片居然选择了一通落款为著名学者顾随的信札。笔者观察信札中文字，以毛笔中锋出笔、行草兼济，醇厚洒脱，有顾随的老师沈尹默书法风格的影子。再比对顾随写给好友台静农等人的手札笔迹，用笔风格颇多类似，至此基本可以断定为真迹。

笔者反复辨认手札文字，基本弄清了其中内容，应是一封家信，释文如下。

锡三六兄如晤：

前奉一函，谅达。谦弟以病休学，在平闲住无聊，有意返里一行，当为兄带去两幅画。弟今日为张姑爷写得一付对联，但字迹太坏，日内仍当再写几张，挑其看得过者，命谦弟奉上。

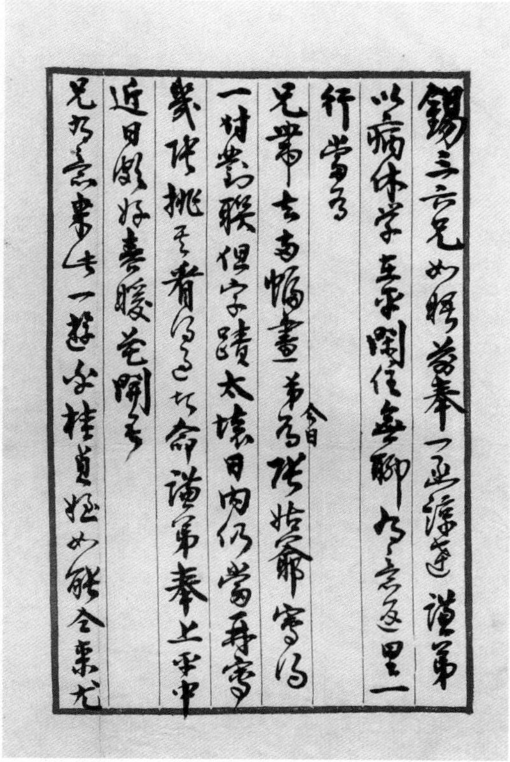

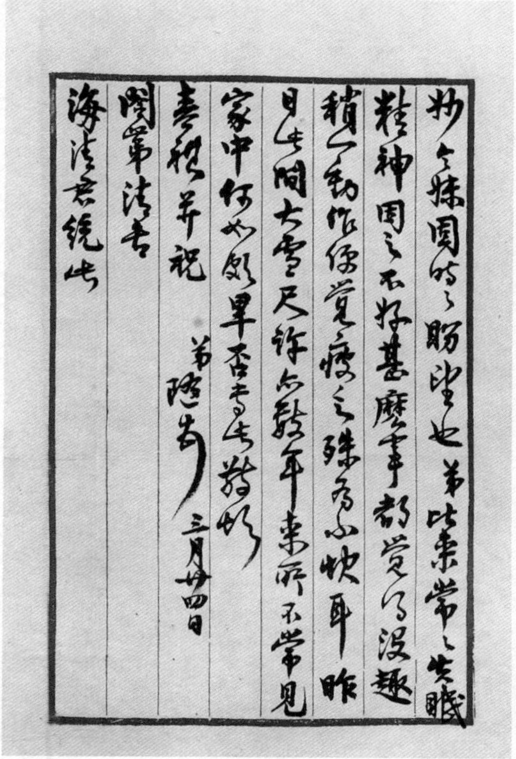

顾随致徐锡三手札

平中近日颇好，春暖花开，吾兄有意来此一游乎？桂贞侄如能仝来尤妙，令妹固时时盼望也。弟比来常常失眠，精神因之不好，甚么事都觉得没趣，稍一动作便觉疲乏，殊为不快耳。

昨日此间大雪尺许，亦数年来所不常见。家中何如，颇旱否？专此，敬颂

春祺，并祝

合第清吉

弟随顿首

三月廿四日

海清君统此。

后经查阅，此信释文亦见于马玉娟、赵林涛所编《长者顾随》（河北大学出版社，2017年4月第1版）中，考虑到北京墨笺楼以常年征集名家手札拍卖为业，想来此通手札当是其征集而来的顾随手札之一种，吉光片羽，洵为珍贵。

信中除顾随外，言及人物称谓有六：锡三六兄、谦弟、张姑爷、桂贞侄、令妹、海清君。据《顾随全集》以及《长者顾随》可知：锡三六兄是顾随的内兄徐锡三；谦弟为顾随的胞弟顾谦（又名顾宝谦）；张姑爷的姓名为张海青，当是徐锡三之婿；桂贞侄指徐锡三的女儿徐桂贞；令妹即指徐锡三的胞妹、顾随第二任夫人徐荫庭；海清君亦指张海青。因张姑爷与海清君为一人，故实际提到的是五人。

《长者顾随》中将此信写作时间定于1939年或1940年，大致

不差。笔者根据《顾随全集》中顾随与周作人、顾随与女儿们的通信推测，其弟顾谦当生于1914年，30年代后期应该就读于辅仁大学美术系。顾谦毕业后在济南的中学任国文教员，欧阳中石先生回忆自己1942年在济南一中读书时曾就学于顾谦，恰可证明。

从信中可知，顾谦读大学时因病休学，顾随便让他顺道带字画回乡，送与徐锡三及张海青（从张海青与顾随的通信中可知，张喜欢字画收藏，多次向顾随讨要字画）。

当时北平正值春暖花开之际，故而顾随于信中又邀请徐锡三及徐桂贞等人前来游玩，言语殷殷，亲情暖暖。信中还言及自己的身体状况，顾随身体一向不佳，日记及信札中屡有涉及，此亦亲人信札中常言之事。信中再及北平“桃花雪”现象——“昨日大雪尺许，亦数年来所不常见”，足见此次春雪之大之奇。转念又想到故乡春旱，桑梓之情深焉。

此信写作的1939年或1940年是日本侵华占领北平时期。顾随虽困居北平，但拒绝在日本人控制的学校教书，因而只能在燕京大学、辅仁大学、北京师范大学、北平大学、女子文理学院、中法大学及中国大学里任教或者兼课，辗转辛苦，可谓是在“夹缝中生存”。然而笔者读此札中“平中近日颇好，春暖花开”“昨日此间大雪尺许，亦数年来所不常见”等语，却不由地为他那不朽的诗心而感动，想到伊斯兰教创始人穆罕默德的名言：“假如你有两块面包，请你用一块换一朵水仙花。”

的确，我们读此信，正如顾随幼女顾之京教授所言，能够感受到“他对生命和生活的热爱，对于人性的理解和关怀”（顾之京《在整理中跟着学习》）。据笔者所知，墨笺楼还存藏有顾随致徐锡

1941年，顾随与中文系教师及研究生在辅仁大学司铎书院合影（前排左顾随、右余嘉锡，后排左二周祖谟、右一郭预衡、右四启功）

三的信札两通、顾随致徐仲三的信札一通等。如1932年顾随致徐锡三的信札中有云：“爬山虎都已栽活，殊可喜。”“像片与裤子一条都托振武带去。”1934年顾随致徐锡三的信札中云：“此间连日亦下雨，但不甚大耳。”顾随致徐仲三的信札中云：“寄来枣一袋，袜一双，线及瓜干各一包，均如数收到。”如是文字，我们细细品来，都能够感觉到其中充满了浓郁的生活气息。

“做学问，做事业，在人生中都只能算是第二桩事，人生第一桩事是生活。”朱光潜先生曾这样对待生活。无独有偶，顾随也“以无生之觉悟为有生之事业，以悲观之心情过乐观之生活”的态度对待着自己的人生。今冬至幸，笔者能读到这吉光片羽般的书札，读到顾随昔年生活中的生命诗意，读到他灵魂深处的人生禅心。

文中有画　别具一格

——谭建丞致吴寿谷信函释读

朱绍平

我有一封谭建丞致吴寿谷先生的信，文中有画，别具一格。

黄色牛皮纸信封上印有“湖州书画院”红色字样，收信人写“上海：延安东路873号75号吴寿谷老师收”，寄信人写“潮音新村谭寄”。信封背面，贴一张八分邮票，为青年毛泽东的正面头像，是1983年发行的“毛泽东同志诞辰九十周年”纪念票四枚中的一枚。从收件戳看，有“浙江1984.7”的字样，具体是哪一天，则看不出来了。落地戳日期是“上海1984.7.15”，一目了然。旁边，还有一枚红色长方形小戳“投递员闻鲁萍”。

信分两页，先说第一页的内容。

寿谷我哥好：

天大热，人穷忙，光是每天十余封信，已觉筋疲力尽了。故今夏决不出门。明天一早又必去住市一招（即前地招），政常委会四天，还得陪一位为英士坟复建人，看来将住该处旬日，膳宿于该处了。来去必待专车，带行李太远。

尊画幸今天到，如迟一天，弟又要隔阂了。满意书画院停，身子可轻轻，依然冷不落，几位领导先把拉杂出清，重整旗鼓这是对的。我们书画界人杂类江湖，真容不得名誉扫地、招摇撞骗之徒，一与为伍则身份扫地矣。如果能垃圾出清，弟仍持原议，请阁下为主，弟则佐之而已。

双林画苑稳扎稳打，虚伪者例不招呼，尊开价，道照办，兄自己人决不低于是，惟快不出耳。客又来了，余由妥述。尊叫我写对，稍缓为荷。车到即行。

弟建丞

第二页是一幅钢笔简笔画，以白描笔触勾出画轴折损细节，并有说明文字：

据局负责人告，包装不善而超长。于邮袋中颠簸突出，必折其轴之头云。

邮包不送来，而通知派人去取。于是派可靠者去，原来画轴折断其头，邮局拿出规章，说明不能赔损之故。拿到家，先将外面情况写图如上。乃看里面，夹有未裱者两帧，一共三虎，均无稍损，可请放心。其折断之轴当送交双林画苑修整是了。这三幅皆极精之品。公何如是急，湖申常有人来往，可带的。

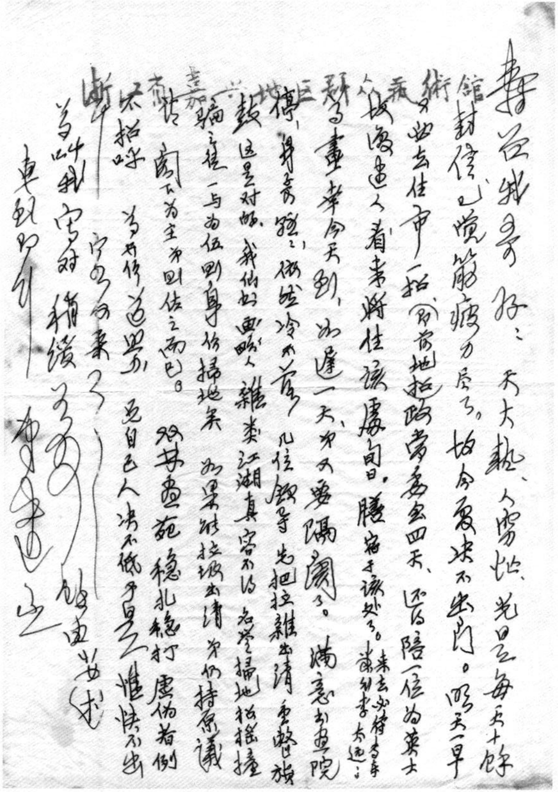

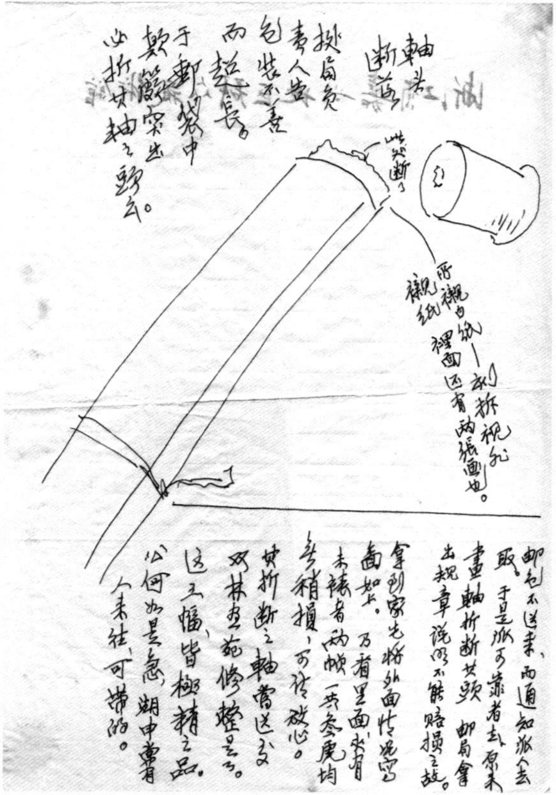

谭建丞致吴寿谷信（1984年7月）

谭建丞（1898—1995），原名钧，别署澂园，浙江湖州人，生前为浙江省文史馆名誉馆员、西泠印社社员、浙江省书法家协会荣誉理事、浙江省美术家协会顾问、湖州书画院院长等。

谭老早年受教于吴昌硕，毕业于东南大学，获文学士学位，后东渡扶桑，入东京美专学校读研究生。回国后，又进上海法政大学攻读法学，获法学士学位。他博采众长，进取不辍，孜孜于书画艺术之创作与研究，以诗书画印皆精名重吴越，被李苦禅先生誉为“江南书画第一擘”，有《澂园诗集》《谭建丞书法集》《澂园印存》《谭建丞山水册页精品集》等印行于世。

谭老不仅为后人留下了大量宝贵的文化遗产，他还热爱祖国，热爱家乡，热心公益事业。他十分重视对下一代书画人才的培养，传艺育才，提掖后学。特别值得一提的是，谭老在九十岁高龄，积极申请加入中国共产党，由一个爱国知识分子进而成为一名共产主义战士。

直至生命的最后一息，谭老仍再三叮嘱子女：后事一切从简，不要麻烦领导，不要国家出钱，不要送花圈，不要惊动亲友、邻居，不保留骨灰；把他的书画作品和多年节省下来的几万元钱分捐给省、市有关文化艺术团体；将三千元作为最后一次党费交给党组织，充分表现了一位党员艺术家博大的胸怀和旷达的气度。

旅沪画家吴寿谷（1912—2008），浙江湖州人，幼时随金梦石、徐朗西习画，上溯宋元工笔重彩画法，而后又广泛汲取元、明、清诸大家技法，融古出新，笔下山水、花鸟、人物、禽兽无一不绚丽明快，生机盎然，形成了独具风格的艺术面貌。上世纪50年代，他接受傅抱石建议，专攻虎画而名扬于世。

吴寿谷开创了写意虎画技法的艺术新境界。在画虎上，无论是布景还是虎的造型，都属当代绘画上乘。尤其是他画虎皮的着色手法，更是独具特色。吴寿谷以重彩画法，经过大胆创新，给老虎赋予近似真实本色的色彩，形成了独具一格的吴氏虎画特色。

谢稚柳曾盛赞吴寿谷的虎画，说他“眼前有虎，胸中有虎，笔下有虎”。1981年夏，巴金在莫干山休养，吴寿谷有幸在山中与巴老朝夕晤教，画了一幅《猛虎出山图》以赠，并祝巴老健康长寿。1998年2月12日凌晨，农历寅年寅月寅日寅时，吴寿谷作《四寅虎图》，四寅相逢，戊寅贺岁，一时成为艺苑美谈。

从谭建丞致吴寿谷的信中，我们可以读出一些信息。当时正值酷暑，事务烦杂，疲于应酬，令谭老心生烦闷。而恰好吴寿谷通过邮局，寄来三幅虎画，其中一幅是装裱好的，还有两幅是未装裱的。邮局在运输途中，不慎将画轴一头损坏。通常，邮品是由投递员直接送达收件人的，因为邮件包裹有损伤，邮局让谭老亲自前去邮局取画，始知邮件折损之事。画轴取回到家里，“先将外面情况写图如上”，画了一张白描简笔画，表明画轴损坏之细节。由此可见，谭老为人之正直和办事之认真。通过这封信件，多少也可以让人们还原一些上世纪80年代邮政局的行事风格。

谭建丞致吴寿谷的信函，最大的特点就是“文中有画，画中有文”。我虽然不是信札收藏爱好者，却是一位纸质品收藏爱好者，平时接触珂罗版画册、清末民初明信片和老照片时，也会搂草打兔子，捎带着收一些名人手札。但碰到信函中“文中有画，画中有文”的式样，却是绝无仅有的一次。

说来，能收到这通信札，我还得感谢谭建丞的弟子、湖州的青年才俊刘丹青。去年12月5日，在杭州国画院参加“华川墨韵”的第一次活动，有幸与之结识。活动结束时，还收到他赠送的两本大画册，一是他自己的书画集，一是《谭建丞山水册页精品集》。

回家以后，我仔细翻阅了这两本画册。前者既有名帖壮碑的摹写，也有山水自然的创作；既有《春风岭上淮南村》这样气势磅礴的大尺幅作品，也有精致的小品、手卷，让我感叹刘丹青不愧为谭建丞和金鉴才先生的高足。后者《谭建丞山水册页精品集》，采用“品图印艺”技术印刷，金色绸缎装帧，大气端庄，出手不凡。谭建丞的书画以前看得并不是很多，这次算是最集中的一次。

据刘丹青在《谭建丞山水册页精品集》后记中说，这套册页是谭建丞先生生平第一杰作，创作于1968年到1972年期间，既是写景，也是抒情，既有回忆人生屐痕的记录，更有讴歌祖国大好河山的殷殷深情。那天晚上，我就通览一遍，并写下了一些读画心得。后来闲来得暇，又翻过多遍。这本画册给我印象最深的，有这么几个特点：一是尺幅不大，山水为主；二是真山真水，挥毫生辉；三是长跋题画，书画兼美；四是纪实抒怀，童心常在。我平时画点小品，也喜欢在小画上面写点题跋，以抒发内心的真情实感。谭老这套册页的风格甚合吾意，所以平时一俟有空，总喜欢翻翻，上面的题跋是一篇篇短小精美的散文，给人以一种春风拂面、宁静恬淡的享受。

说来也巧，也就是在那几天，我偶然在孔夫子旧书网上发现这封信，因为出于对《谭建丞山水册页精品集》的喜爱，我很快就点单付款。不出几天，信函原件就到了我的手里。或许，这也是一种爱屋及乌的表现吧！

臧克家佚简一封辑释（外一则）

董运生

读名人书信，给人以和名人近距离接触的感觉。发现佚信的喜悦，不亚于沙海中捡拾到贝壳；书信考辨推敲中，又有追寻探秘的兴奋和执着。

诗人臧克家为人颇重友情，朋友间往来书信数量巨大，但由于不留底稿，且不少书信年代久远，而《臧克家全集》书信卷所收臧克家致亲友书信718封，又是以征集为主要渠道获取的，其中绝大部分写于新中国成立之后，新中国成立以前的书信仅有臧克家致杨晦、洪深、黎丁、叶以群、彭桂蕊、沙汀、范泉等人的寥寥几封，故难免留下遗珠之憾。

近年翻检旧刊时，发现了一封1935年3月31日天津《益世报》副刊《语林》刊载的臧克家致日本诗人矢原礼三郎的《答外国的同好》，该信既未收入《臧克家全集》，亦未被《臧克家研究资料》《臧克家评传》《世纪诗星：臧克家传》等文献著作所提及，当为佚信无疑，兹录全文于下。

矢原礼三郎先生：

意外接到你投来的信和一册《面包》，我欢喜得心跳了。年来计不清的一些青年朋友从天涯投陌生的信来，他们都说欢喜我，说是我的诗给予了他们生活的力量，他们都是热着新诗，同时感到寻不着途径的痛苦，话语间充溢着热情和天真，在鉴赏方面限于功力或许差一点，然而对于实质所要求的确是准确！他们一致迫切的呼喊着要有力的诗篇，他们都说厌倦了一些拨弄虚伪小诗了！先生，对贵国诗坛我有点不大清楚，就中国目下诗的情况说，如果一些想为诗而努力的人们再不下决心创造一点比较像样的东西出来，新诗的前途，是会沉入黯淡的境地。

先生是二十一家的青年诗人，在北平借住了一年，中文的成绩，就这么可观，努力的程度是多么可惊！你说最近要到上海去看看中国各方面的情形，这是应该的，上海这都市是地狱又是天堂，凭着先生锐敏的眼光一定可以看出些不平常的现象来，可不要看了一些高等华人所作出的一些罪恶来，便为我们中华民族叹气，要知道中华民族光荣的创造者，现在是处于看不见的地狱中呵！

你说还要到各国游历去，这是令人羡慕的事，一双眼睛去看遍世界，用自己的心给它个评价，比从贵国公报上所得到的一定比较可靠些。

《面包》我早听见一位留日的友人谈过，可惜在大学里作为第二外国语学的日文，于今竟可怜的连字母也不认得了！不然能直接读你的诗，叫异国的两个心共鸣起来，那该是多有意味！艺术是无国界的，诗，把我们连在一起了。

你说我的诗是伟大思想和伟大生活的反映，我真红脸了！伟大的影子一时晃不到我的眼前，许多的限制把我圈起来了。不过我决不放松自己，我还年青，在多数人的希望中，我向前迈步，希望你也放出歌喉为正义而歌！祝

健笔

臧克家上

三月二十日

书信落款时间为“三月二十日”，虽未注明具体年份，但依据信中内容不难进行相对合理的推测。从大量陌生青年给臧克家投信可以看出，此时臧克家在诗坛已经具有了一定的名气和影响力。臧克家虽于《烙印》问世之前已发表了一些诗作，但产生全国性的影响还要从1933年7月诗集《烙印》出版说起。《烙印》是臧克家的“一双宠爱”之一，也是他进入中国现代文学史的奠基之作。闻一多为该诗集作序，梁实秋、季羡林、茅盾、老舍、李长之、韩侍桁、穆木天等纷纷撰文评价，一时影响甚大。这一情况在臧克家1933年11月写的《〈烙印〉再版后志》中亦有提及：“这本书出世后的影响，是我意想所不及的。”由此推断，该信当写作于《烙印》出版之后。结合《烙印》初版时间1933年7月、该信发表时间1935年3月31日，及信中所使用的“年来”一词，基本可以断定该信写

于1935年3月20日。

据小田隆一发表于《久留米大学文学部纪要·国际文化学科编》第27号的《“海河流尸”事件与日本诗人矢原礼三郎》一文介绍，矢原礼三郎为“在旅顺经营盐业的‘矢原商会’的矢原重吉之第三子”。作为诗人和电影评论者，矢原礼三郎用汉语和日语进行诗歌创作，并为中国新诗和电影的对日译介作出了一定贡献。矢原礼三郎在《面包》《鹊》《满洲浪曼》《诗领土》《海风》《文学导报》等刊物发表了不少诗作，其中较多涉及中国的人情风物，一些诗作中还透露出了较为进步的思想。如发表于《文学导报》1936年第1卷第2期的《初春》一诗中，矢原礼三郎对在北平城外看到的难民和死尸写下了这样的诗句：“遥遥地眺望着塞北／我寄托了无言的哀思。”在1937年发表于《海风》杂志5、6期合刊的《夜之记录》一诗中，矢原礼三郎借“听说北方的暗云越发深刻／今夜我因思维民族的末路／而彻夜不能安睡”对当时的局势进行了严肃的思考。诗歌创作而外，矢原礼三郎还在《面包》杂志上翻译介绍了卞之琳、臧克家、胡适、邵冠祥、江岳浪、叶灵凤等中国作家的一些诗文，对推进现代中日文学交流作出了一定的贡献。

在给矢原礼三郎的回信中，臧克家对中国新诗的现状与前途表示了关切，坦言自己诗歌创作还有不足之处，他所表达出的决不放松对自己诗歌创作的要求及希望矢原礼三郎也为正义而歌的心声，既是特殊时代背景下诗人之间的共勉，也体现了臧克家一贯坚持的认真生活、创作的态度。此外，臧克家在信中对于人民群众苦难处境及其伟大创造力量的认识，和他的诗歌《炭鬼》《天火》等形成了印证，对于了解他这一时期的思想状况，全面把握其早期诗歌创作具有重要的参考价值。

《答外国的同好》的发现，有助于丰富臧克家早期书信类文献，也填补了《臧克家全集》书信卷无与外国文人书信往来的空白，对于全面把握臧克家当时的思想、创作状况乃至丰富20世纪早期中日文学交流文献都具有较为重要的价值和意义。

臧克家致齐民书信辨伪

2020年第7期《绵阳师范学院学报》上，刊登了一篇题为《臧克家佚简四通释读》的文章，其中提到了一封臧克家致武汉大学时任校长齐民友的信。该文作者谈到，这封信是其在某拍卖网站所见，笔者循迹于某文玩卖家处找到了与此信内容一致的电子照片。多番审视之下，觉得此信疑点颇多，值得深入推敲。兹先将信件内容摘录如下：

齐民同志：

大函早已拜读，天热事繁，迟复为歉！《写作》杂志，创刊八年，收到了很好的成绩，这与武大党委的关心与支持是分不开的，我代表学会向武大表示感谢！

我，已八十有四，学会的事，实难兼顾；去年南京会议再度选我为会长、《写作》主编，盛情难却，只好挂个名字。许多工作，都委托贵校周姬昌同志代劳，他也是学会选出来的常务副主席，有他担任终审工作，我就放心了。这些年来，《写作》未出过政治偏差，主要由姬昌同志在武大党委领导下，能把好关。希望武大领导今

后继续支持他的工作，把杂志办得更好。此致

敬礼！

臧克家

1989.7.25

据《臧克家年谱》等文献记载，臧克家于1983年8月当选为中国写作学会会长，并兼任《写作》杂志主编。在《臧克家全集》书信卷中，收有他1988年4月22日致中国写作学会第三届理事会、1997年12月20日致中国写作学会第五届理事会暨第九届学术年会两封信。上述臧克家致齐民信，就其落款时间来看，写于致中国写作学会第三届理事会信与致中国写作学会第五届理事会暨第九届学术年会信之间，内容上也与这两封信有一定的关联，然细读之下，却不难发现其中存在一些或隐或显的问题，值得做进一步的推敲与考辨。

首先，收信人姓名错误及此信写给武大校长是否合适值得注意。结合信件内容来看，该信收信人似为武大时任校长齐民友，然而称谓中却写作“齐民”，这一点甚为蹊跷。了解臧克家的人都知道，他在写作中一直秉承严谨的精神，如他在《〈烙印〉再版后志》中所说，“我写诗和我为人一样，是认真的。我不大乱写。”书信写作尤需严谨，在中国文化中，写错收信人的名字是一件极不礼貌的事情。作为具有相当文化修养的人，臧克家当不至犯下如此明显的错误，何况收信人还是国内知名大学的时任校长。另外，新中国成立后，臧克家曾担任过中国作家协会书记处书记等领导职务，对于政治活动及其特点较为熟悉。在致齐民信中前后两次提到武汉

大学党委的关心、支持、领导，就此来说，此信写给武汉大学党委或武汉大学时任党委书记当更为恰当。

其二，此信表述上存在不妥、失实、龃龉之处。遍翻《臧克家全集》书信卷所收几百封书信，无论是致毛泽东、胡耀邦等党和国家领导人，还是写给郭沫若、茅盾等文坛前辈，乃至与同辈、晚辈之间的往来信函，均未发现“大函早已拜读”或类似表达。臧克家为文颇重文字的锤炼功夫，“大函早已拜读”中的“早”字看似寻常，然内里却不难读出无礼与傲慢。其次，在这封不长的信中，前边刚提到“会议再度选我为会长”，后边提到周姬昌时却说周“也是学会选出来的常务副主席”，称谓上前后龃龉。另据林可夫《现代写作学：开拓与耕耘》一书记载，在1988年4月于南京召开的中国写作学会第三届理事会上，“裴显生教授当选新设的常务副会长”。臧克家虽未出席第三届理事会，对此也应是十分清楚的，不至于张冠李戴。再次，在这封信中，“这些年来，《写作》未出过政治偏差，主要由姬昌同志在武大党委领导下，能把好关”几句是对《写作》办刊方向及取得成绩的肯定，然对照《臧克家全集》书信卷中刊出的臧克家于1989年10月25日写给张厚明的信来看，实际情况并非完全如此：“在大反自由化（长期的）形势下，望好好掌握刊物，多强调点时代意义强、生活深厚的作品。离政治太远、太淡的甚至完全无视的东西，少用！**只强调艺术性**，**不行**！这是几年来文艺一病。《写作》这几年来所举的例子，所重视的人物（少数）及作品，分寸掌握得不甚妥当。”臧克家为人正直，敢于直言现实中存在的问题。在1983年写的《作家的自白》中就谈到，“真挚、坦率、热情、平等待人”为其“最珍重的品德”，“真实、热情、容易激动”为其主要特点。写给张厚明的信和致齐民书信时间很近，但对于《写作》杂志的态度却前后差异很大，这不得不引人质疑。

其三，该信笔体上存在一定破绽。此信过于柔婉拘束的笔体与臧克家手迹相去甚远，笔者为此曾将信件照片发臧老女儿郑苏伊女士帮忙辨认，郑女士亦认为非出自臧老手笔。

综合以上几点可以推断，臧克家致齐民书信当属伪作。作伪者可能注意到了致中国写作学会第三届理事会、致中国写作学会第五届理事会暨第九届学术年会两封信，因此信中所写“这与武大党委的关心与支持是分不开的”“我，已八十有四”“只好挂个空名”等内容及语调与这两封信有一定的关联和相似。然而，作伪者对臧克家的品格和文风却不甚了解，对其笔体更是难以模仿，故而出现了诸多或隐或显的破绽。

如何写请教信

——读周祖谟致程千帆信札

宋一石

南京大学正在举办名人书画手迹展，展出书法、绘画、信札等三百余件，尤以信札为多。这批信札，不但兼具史料价值和艺术价值，还给我们提供了书信这一应用文写作的许多范本。虽然今天已很少有人写纸质信，但写电子邮件、发短信、发微信，也不可随意。尤其是长辈或同辈之间的请教、求助，如果真想把事情办好，不注意措辞，恐怕是不行的。

在手迹展上，我读到一通周祖谟致程千帆的请教信。问题很具体，如果今天通过微信提问，可能一句话就可以了："程先生，您好！请问……？"但周祖谟并未如此。他写的信，可以说是这一类书信的最佳范本。

信写于1990年末，这一年，周祖谟77岁，程千帆78岁。信是这样写的：

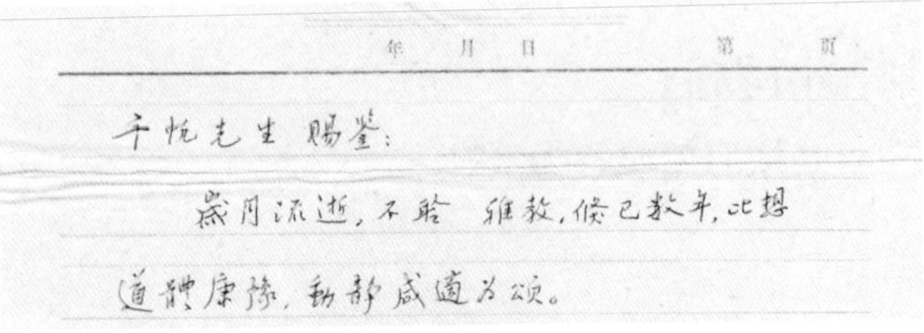
年 月 日 第 页

千帆先生 赐鉴：

岁月流逝，不聆 雅教，倏已数年，比想

道體康豫，動靜咸適為頌。

千帆先生赐鉴：

岁月流逝，不聆雅教，倏已数年，比想道体康豫，动静咸适为颂。

按，上款必须顶格，以后提到对方，或换行顶格，或空一格，皆可，这是书信的基本礼仪。老先生自是严格遵守。正文开篇先问好，一般要回溯上一次交往，或是通信，或是见面，以拉近关系。如长时间不联系，还要说一些彼此想念、私下祝福的话。

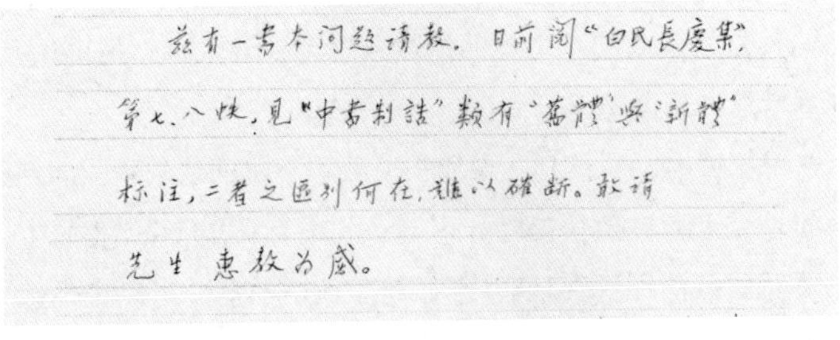
兹有一书本问题请教。日前阅“白氏長慶集”

第七、八帙，见“中书制诰”類有“舊體”與“新體”

标注，二者之區别何在，難以確断。敢請

先生 惠教为感。

兹有一书本问题请教。日前阅《白氏长庆集》，第七、八帙，见“中书制诰”类有“旧体”与“新体”标注，二者之区别何在，难以确断。敢请先生惠教为感。

切入正题，以很简洁的话提问。

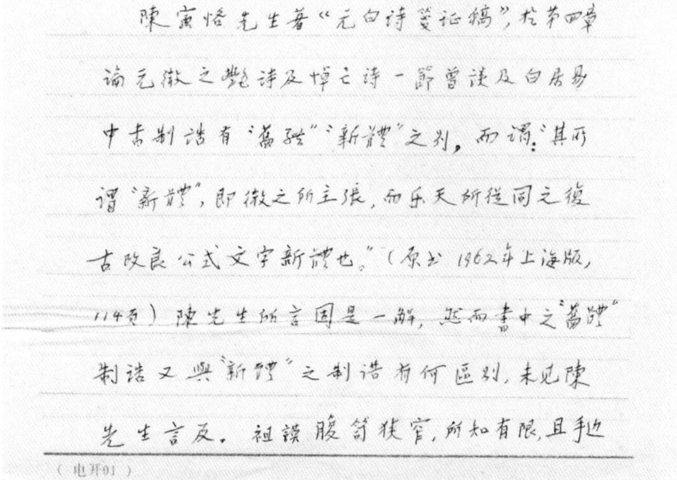
陳寅恪先生著"元白诗箋证稿"，於第四章论元微之艷诗及悼亡诗一節曾談及白居易中書制誥有"舊體""新體"之别，而謂："其所谓'新體'，即微之所主張，而乐天所従同之復古改良公式文字新體也。"（原书1962年上海版，114页）陳先生所言固是一解，然而書中之"舊體"制誥又與"新體"之制诰有何區别，未见陳先生言及。祖謨腹笥狭窄，所知有限，且手边

（电开01）

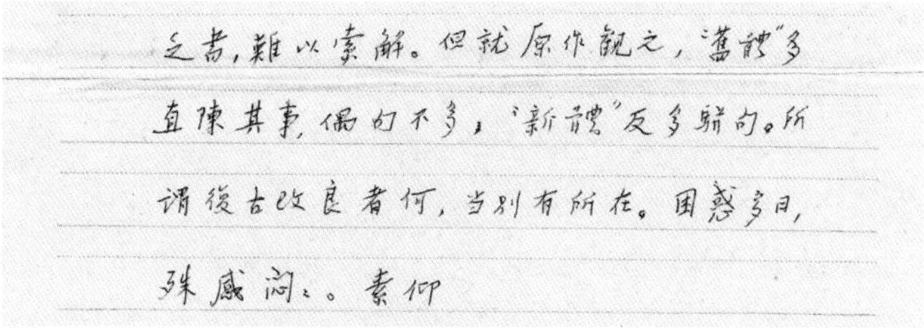
乏書，難以索解。但就原作觀之，"舊體"多直陳其事，偶句不多，"新體"反多骈句。所謂復古改良者何，当别有所在。困惑多日，殊感悶悶。素仰

陈寅恪先生著《元白诗笺证稿》，于第四章论元微之艳诗及悼亡诗一节曾谈及白居易中书制诰有“旧体”“新体”之别，而谓：“其所谓‘新体’，即微之所主张，而乐天所从同之复古改良公式文字新体也。”（原书1962年上海版，114页）陈先生所言固是一解，然而书中之“旧体”制诰又与“新体”之制诰有何区别，未见陈先生言及。祖谟腹笥狭窄，所知有限，且手边乏书，难以索解。但就原作观之，“旧体”多直陈其事，偶句不多，“新体”

反多骈句。所谓复古改良者何，当别有所在。困惑多日，殊感闷闷。

这一段提出自己的见解，即说明自己对这个问题是经过考虑的，是看了哪些书，有哪些想法，不能确定，才来请教的，而不是对此一无所知，上来就问。这一点，今人往往忽视。比如有的学生经常向老师提出一些很简单、很幼稚的问题，甚至翻翻字典就知道的问题，搞得老师很无奈。周祖谟与程千帆谊属同辈，尚且如此。今日之学子，能不愧乎？

此外，提问时姿态一定要低。要知道，当年陈寅恪在清华大学入学考试中出了一道对联题“孙行者”，只有一个学生以“胡适之”对上了，这个学生就是周祖谟。其才气于此可见一斑。此时77岁的他，已是宗师级别的名教授了，当然不会“腹笥狭窄，所知有限”，不过自谦罢了。而且还要把自己的名字写得小小的，这也是过去的书信礼仪。

还要提到一点，就是周祖谟在引用陈寅恪文字时，注明了出处，甚至标明页码，这种治学该有的严谨，在写私信时也能恪守不渝，是值得我们学习的。

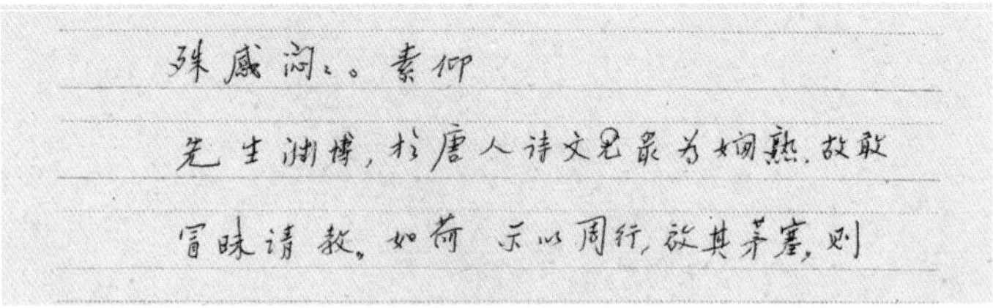
殊感闷闷。素仰
先生渊博，於唐人诗文最为娴熟，故敢
冒昧请教，如荷 示以周行，啟其茅塞，则

素仰先生渊博，于唐人诗文最为娴熟，故敢冒昧请教。

贬低自己的同时，还需恭维一下对方。用通俗的话来说，就是给对方“戴高帽”，以让对方能开心地帮你解决问题。

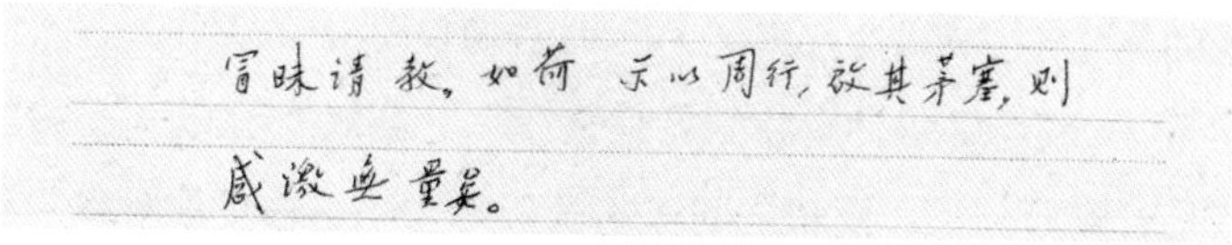
冒昧请教，如荷 示以周行，启其茅塞，则感激无量矣。

如荷示以周行，启其茅塞，则感激无量矣。

最后必不可少的，就是致谢，不管问题最终能否解决，都得要先行致谢。

肃此，敬颂

道安

肃此，敬颂

道安

最后格式化的问候语。

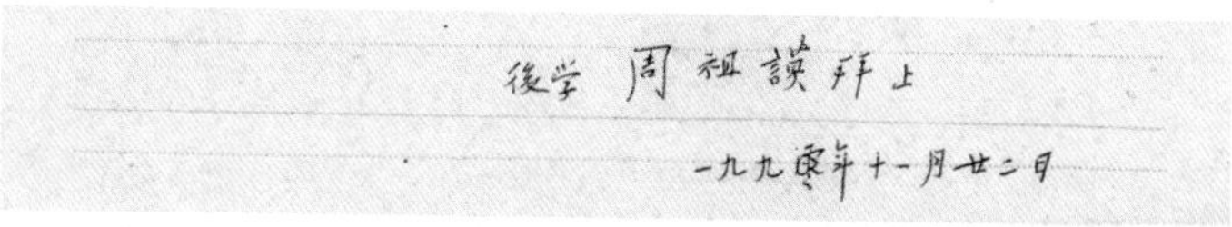
後学 周祖謨 拜上

一九九零年十一月廿二日

后学 周祖谟 拜上

一九九零年十一月廿二日

落款。前文提到，周祖谟与程千帆谊属同辈，二人都是1936

年大学毕业，这里称“后学”，亦是自谦。在书信的称谓上，写信人往往需要自降一辈，甚至两辈。如老师给学生写信，称对方“弟”，可以理解“弟子”，也可理解为自降一辈，视对方为兄。也有老师称学生“兄”，自称“弟”的，如鲁迅致许广平，上款“广平兄”；陈垣致启功，上款“元伯先生”，落款“弟陈垣”，那就很显然是自降辈分了。同辈之间，不管年龄大小，往往称对方“兄”，自称“弟”，如周祖谟这样自称“后学”的，也是降辈了。这次手迹展还见到一通吴健雄写给冯端的信，落款“后学吴健雄谨上”。我们只要查一查便可知道，吴健雄生于1912年，冯端生于1923年，吴健雄年长冯端11岁，当吴健雄1934年从中央大学物理系毕业的时候，冯端才进入江苏省立苏州中学读初中。说吴健雄稍长一辈也

鲁国尧、周祖谟、鲍明炜、程千帆（由左至右）于南京合影

不为过。这里的“后学”两字，足可见吴健雄之风度。大学者不斤斤于名利，往往更“舍得”自谦。

夫子云：“不学礼，无以立。”书信的礼仪固然很多，但只要掌握一个核心，是可以“一招鲜，吃遍天”的。这个核心就是自谦。无论称谓、上款、落款、顶格、空格，都跟自谦有关。《礼记·曲礼》中说：“夫礼者，自卑而尊人。”可见，自卑自谦，本是“礼”的字中应有之义。此外，它与是否文言写作并无关系。如果掌握了书信礼仪，用现代汉语写出来，效果也是一样的。

学习别人怎样写信，不仅是为了写信，也是为了读信。今人由于不重视书信写作，在治学的过程中，遇到书信史料，往往不能卒读，甚至不会断句，在人物生平考订上，也容易出错，都是吃了对书信礼仪、格式不了解的亏。另一方面，则是对书法的无知。从这个角度来说，南京大学举办手迹展，对今天的学生，是很有现实意义的。希望大家有机会，都能前去欣赏、学习。

流沙河的一封“信札”

龚明德

上海东方出版中心2013年1月出版《流淌的人文情怀——近现代名人墨记（续）》一书，其中收有流沙河致李井屏手札一封，凡两页，并附说明文字一篇。

由于工作关系，流沙河的手稿我并不少见，但这封手札却与我熟悉的字迹不尽相同。这本书于同年11月再版，可见还有不少读者购存，也正因此，对其中的疑点就要及时指出。

原件释文如下：

李井屏同志：

对不起，你的一叠译稿，介绍意象派的，昨日才从来稿堆中翻检出来。我刊日稿近两百，人手只五双，忙不过来，遂至稿积盈橱，目前还在看三月份的来稿，没奈何。

谢谢你对本刊的热情支持。我们觉得意象派可以介绍，只是不拟从诗歌研究角度出发，而是从开拓读者眼界出发。准此，我想尊稿可否由我们压缩后再刊出？五月号已发稿了。如果无阻，可刊于六月号。

来信请直接寄给我本人，以免压在橱中误了时间。

握手！

流沙河

四月十一日

书中说明文字，只有两小段，也照录如下。

流沙河的这通信札用硬笔写在2页红栏格纸上，从左上角印着的“最高批示：要斗私，批修”的字样上判断，此信写于“文革”结束，1979年流沙河重回《星星》诗刊任编辑后写的。其文字平实，语言亲切。

20世纪80年代的《星星》发行20万份，仅次于《诗刊》，流沙河曾在《昔日我读余光中》一文中载：“《星星》每日来稿二筐。”流沙河从众多的稿件中细读李井屏的译稿并回信给他，折射出了在服了二十多年苦役后重返岗位的流沙河的快活和敬业。

这样的介绍，恐怕完全不能满足该书预设的阅读意愿指向。诸如收信人李井屏的基本情况、书信的写作年份、李井屏的译稿在“压缩后”是否发表等基本的问题，都未曾涉及。自然，把以上几个问题查证清楚，是要费不少时间、精力的，远不如随意来这么一两百字轻松。

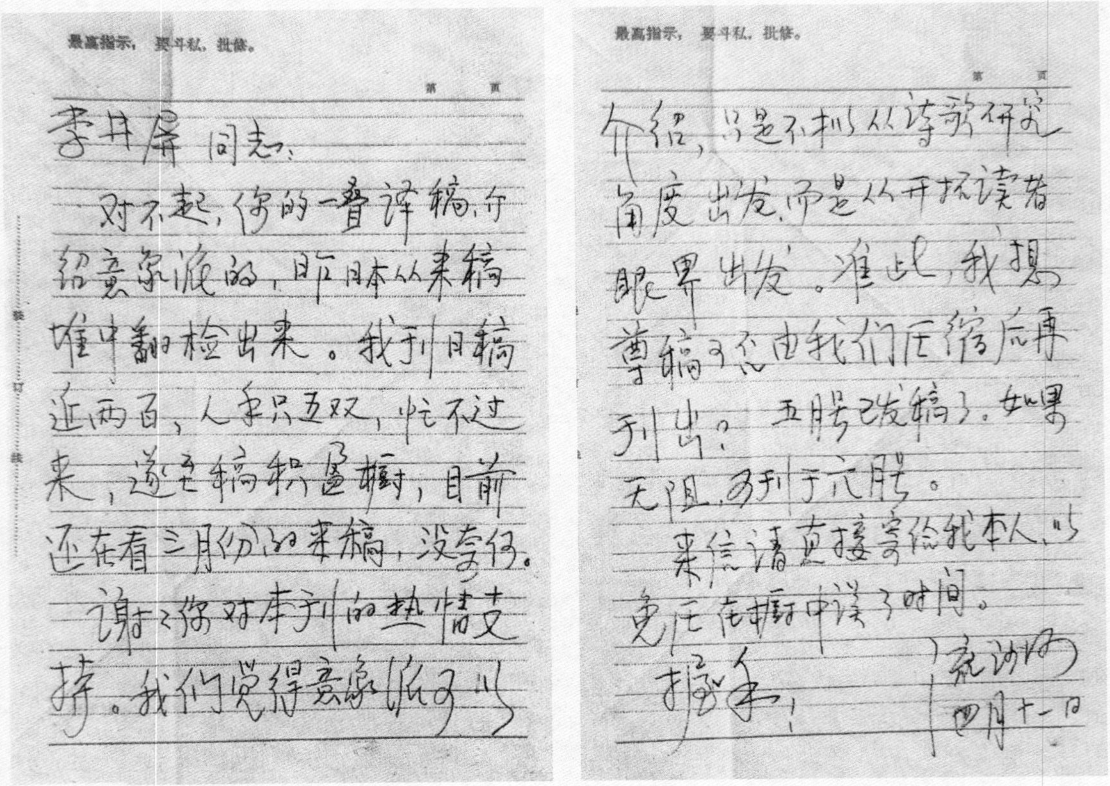

最高指示：要斗私，批修。

第　页

李丹屏同志：

对不起，你的一首诗稿，介绍意象派的，昨日才从来稿堆中翻检出来。我刊日稿近两百，人手只五双，忙不过来，遂至稿积盈橱，目前还在看三月份的来稿，没办法。

谢谢你对本刊的热情支持。我们觉得意象派可以介绍，只是不打算从诗歌研究角度出发，而是从开拓读者眼界出发。准此，我想尊稿可否由我们压缩后再刊出？五月号已发稿了。如果无阻，可刊于六月号。

来信请直接寄给我本人，以免压在橱中误了时间。

握手！

流沙河

四月十一日

《流淌的人文情怀——近现代名人墨记（续）》所附信笺图版

2014年10月17日上午，我刚巧有事拜访流沙河先生，就顺便带上书和“信札”的彩色打印件，向他请教。流沙河仔细过目了这封被认定为其亲笔的“信札”，用黑色签字笔在“信札”中“日稿近两百，人手只五双”“遂至”和“准此”三处标了下划线，对我说：“这些词句是我常用的，内容是我的。”又在图版右侧空白处写了“《星星》提前一月十日发排”一行字，表示信中说“五月号已发稿了”，落款为“四月十一日”，也是合乎事实的。

对于内容，流沙河反复说了几遍“这信是我写的”。但他说：“这个信笺纸我从来没有使用过，而且这个字写得太差，不是我写的字。比如我写‘握手’就不是这样写的。”流沙河在图版的下方写了一个“握手”，又在文章题目的大块空白处写了“李井屏先生”“流沙河”八个大些的字，才把书还给我。接着，他又主动地说：“你把这封信的复印件拿给我，我写几句话，供你参考。”

流沙河转身进书房，几分钟后，他把这封“信札”的复印件还给我，在右侧空白处，他写了一段没有标点符号的批语，写上年月日并签名，还郑重地盖了一个私章。看来，这不是一件小事，遂补加标点符号，把流沙河的批语过录于下：

看文章理路是我的，
看话语口气是我的，
确实写过这封信，
但是字绝不是我写的。
当时八十年代初，
我在《星星》做编辑，

从未用过这种信笺，
甚至未见过。
此件字太差，
不是我写的。

2014.10.17
流沙河 识
交明德先生

至于收信人李井屏是谁，我问流沙河，他说：“记不起来了。”

没有查到流沙河本人撰写这封工作书信的私人记录。如果确有其事，那信应该写于1980年至1982年间。那时流沙河在《星星》编辑部虽然只是个普通编辑，但负责人白航很器重他，他的审稿任务很重，为了稿件，给很多作者写过信。当年，流沙河才五十岁出头，加之脱离文学工作二十余年，终于重操旧业，此刻正是大显身手的岁月。

可惜我认真翻找查阅了《星星》月刊，没有发现这篇“压缩后再刊出”的稿子。只发现一篇介绍“意象派”的短文，是丰子恺的长子丰

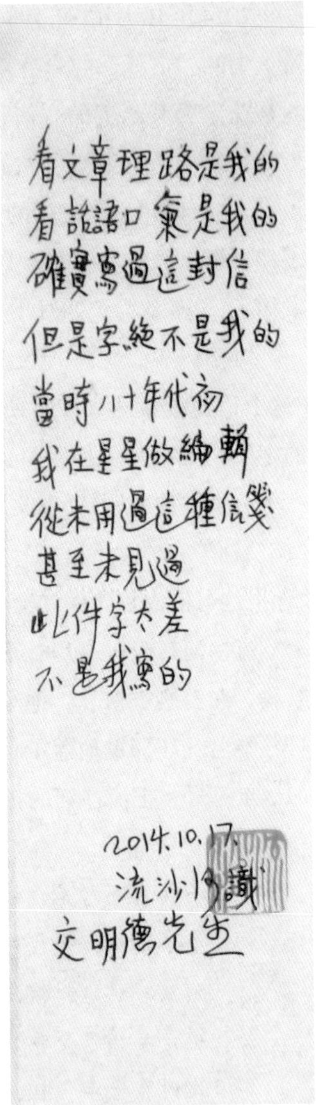
看文章理路是我的
看說話口氣是我的
確實寫過這封信
但是字絕不是我的
當時八十年代初
我在星星做編輯
從未用過這種信箋
甚至未見過
此件字太差
不是我寫的
2014.10.17
流沙河識
交明德先生

流沙河的批语

华瞻写的。可以肯定：《星星》没有发表过李井屏“介绍意象派”的译稿。

截至2017年8月，上海东方出版中心以《流淌的人文情怀》为题，陆续出版了五册，这无疑是对中国近现代名人手迹作系列研究引人注目的成果。故而也希望倘若有更新出版的机会，本文提到的这封流沙河致李井屏手札，能予以必要的修正与说明。

尺牍论学

笺谈古籍

沈 津

题 记

我在中国、美国的图书馆里工作了五十年之久，始终在一线和古籍图书、珍稀文献打交道。在哈佛退休后，又在广州中山大学、上海复旦大学授课，共十二年。如今离开教职，顿感轻松，之后当专心撰写新著，了却夙愿而已。

去年岁末，春锦先生嘱我将在哈佛工作期间致友朋书札选择部分交《书信》发表。然而这么简单的事情却有一定难度，盖因数次搬迁，又由于电脑不断升级，致使许多信件难觅踪影。再者，每年返沪，也带去不少资料及重要信件（如杨振宁、柳无忌、钱存训、顾廷龙等的），所以只能在现存的书信中顺手取出数通应景，致信的对象多为中、美学者。津以为这些信件或可窥见我在哈佛工作、学习的点滴，也或许能对某些事情的缘由提供点线索。

如今，津已届杖朝之年，翻看旧札，也回忆起了一些已忘却的杂事，所以往事并不如烟般地逝去。

2000年9月18日致严佐之[1]

佐之兄：

9月6日手示今天收到，谢谢。前些时给郑、胡的信我都看了。返回波士顿后我有一短柬及照片寄您，想已达览。

潘美月现在布拉格，因为台大和捷克斯洛伐克有文化交流计划，而台大的中文系教授挨个去，沛荣已去过，蔡瑜又刚回来。在台时，昌先生请吃饭，还有罗琳也去了。饭局后十时半才到招待所。林庆彰先生正好刚到，谈了近一个小时，才送出大门，要走出七八分钟。柳立言已辞去馆长职，他要请我吃饭。但我实在抽不出时间，他说以后要请我去写书志。（这虽不可能，但我只是客气几句而已。）宽重可能近日会真除所长职，他也忙，不能深谈，不过两天的会都从头到底。和林玫仪在一起的时间最久，总之三个小时不算少了。

陈智超寄来关于杨继盛稿，但写得不深，我已复他信，表示没有时间修改，只好先发算了。

我总是觉得，在燕京实在是方便，只要熟悉馆藏，真是如鱼得水，不怕查不到东西，如改在别处，则困难之极。如你我就会一筹莫展。我一位朋友准备编一本书，引用材料二十九种，他将书单寄给我，我抽空又补了一倍，还会补个二十来种，但我没时间专门去做。

---

① 严佐之（1949—　），华东师范大学古籍研究所所长，博士生导师，曾在哈佛燕京图书馆作访问学者一年。

新的访问学者约有四十人，韩国的有七八位，今天下午四时要去杜先生家派对，上星期在燕京馆已有过一次介绍情况的派对。和杜见了一次，但没谈及您说的事，看机会吧。

我又要新找一位助手，两年的计划。可能是黄镜明，协助书库里的工作。祝

好

津上

2000.9.18.

辉之9月11日拿到护照，9月12日顺利得到签证，9月13日订机票，9月20日深夜（凌晨21日）到波士顿，我和嘉阳会去接。昨天我已将床垫等物送去了，那间房空无一物，不像您那时还有一小床、一小桌、一小椅、一书架。所以我又要想法从家里搬点东西过去了。明天再去买点面包、牛奶送过去。

真是返回后忙得不可开交，找的人太多，事情又杂，只好面对。

2000年9月29日致陈仕华[1]

《书目季刊》陈仕华先生：

日昨奉到Email，领悉一是，厚承不弃，欲刊出韩文，谢谢谢谢。

承询拙作《谈〈历代三十四家文集〉》，此文已交北京中华书局副总经理沈锡麟先生，他们或会在《书品》上发表。

① 陈仕华（1953— ），台湾淡江大学教授，《书目季刊》主编。

7、8月间在上海、台北两地抽暇看了十几部善本书，作了些札记，返美后经整理，已写就一万五千余字，希望在10月份定稿后寄呈先生审酌。

耑此，即颂

编安

弟 沈津上

2000年9月29日

2000年9月29日致韩锡铎[1]

锡铎兄：

前去一信，谅已达览。

昨接台北《书目季刊》总编辑发来的电子邮件，知晓您的大作，他们准备近期发表，并已另外去信给您，不知联络上了吗？

谷辉之已于9月21日凌晨飞抵波士顿，最近几天比较适应了，我给她找的房子离哈佛徒步25分钟，下周一（10月2日）就开始工作，撰写书志。总之，一年240天左右。须写30万字的书志，也够她受的了。不过她离开浙图，有许多工作他们要麻烦些。看来人的因素是很重要的。

我又有了一个新助手，原来的台大博士要写博士论文，已离开，新来的是原广东戏曲所的主任、研究员，著作有300万字。他会在我处两年，帮我做一些事务性的工作。

您身体怎样？不要太累了，现在我们都是上了年纪的人（我56

① 韩锡铎（1940— ），曾任辽宁省图书馆副馆长。

岁了)，身体不似过去，稍动一下就疲劳，我们都互相保重吧。

祝

健康

津上

9/29/00

2001年2月16日致牟复礼[①]

牟公：

您好。

谢谢您1月21日的信。希望新的一年中，工作和身体都好。

多谢先生在百忙之中，尤其是用心为我翻译《圣迹图》，Nancy女士后来又和我联系，嘱我将文章加注，以便读者了解出处。这篇文章，我又选了近十幅图配在里面，并加了小标题等。希望能够符合要求。我去年在北京大学图书馆又看了几种《圣迹图》，另外还找了一些资料，过些时候，抽暇重写一篇交中文杂志去发表。我查了一下，大陆的《孔子研究》以及台北等杂志都没有关于这个题目的文章。

3月21日，我要去芝加哥，是亚洲学会图书馆年会，很想再去探望钱存训先生，去年见到他时，他正好90岁，出门还自己开车，据老先生说，每天晚上都会工作、写作。有时想想，前辈都仍这样用功，我们这些人不努力怎么行呢？4月16日至27日，我会去台

① 牟复礼（Frederick W. Mote，1922—2005），汉学家，美国普林斯顿大学历史学讲座教授，曾任美国历史学会主席。

北，主要是关于中文资源共建共享及古籍联合目录资料库著录项目事，大陆有十余人去。古籍联合目录主要是大陆和台北二地联合做，但联合目录最难编，因为上手的人多，水平不一，虽有体例，但不易掌握，故条目的统一和质量都有许多问题。

1961年，顾师嘱我做一个题目，即收集翁方纲的资料，做一些研究。这个题目做了近四十年，前年我将辑录的翁方纲题跋、手札，约120万字，交给广西师范大学出版社，这也是我的第三本书。第四本是《翁方纲年谱》，约50万字，是台北“中央研究院”文哲所的计划，他们已经将“修改后出版”的意见告我，并要我5月30日以前寄给他们以“方便出版作业”。所以我有时晚上不得不工作，连周六、周日也会扑进去。如二书能在今年或明年年初出版，当也可告慰顾师在天之灵。

波士顿的气候还好，今年并不算冷，雪也不太多，丹佛一定会比这里好吧。无论如何，都是要请先生多加保重的。耑此，顺颂
春祺

沈津

2001年2月16日

2001年8月22日致林庆彰[1]

庆彰先生：

暌违两地，驰念时深，即维近况增佳，至以为颂。在台北，每次和先生见面，都是匆匆而去，又匆匆而别，真想多待些时候，好

---

① 林庆彰（1948— ），中国台湾“中研院”文哲所资深研究员，博士生导师。

好聊聊，向先生讨教些事，或许以后还有机会。

返美后不久，我又去上海探亲，待了40天，其间又去南京，专门探视了南京图书馆的潘天祯先生（82岁，原副馆长，昌彼得先生同学）及沈燮元先生（78岁，原古籍部主任）。先生现正进行“扬州计画”，如需南京馆或他们帮忙，可以去南京馆找官爱东（女）副馆长。

《翁方纲年谱》，已遵照二位评审的意见作了修改，并将序、顾廷龙先生题签、凡例、翁氏图像、手稿、书法、题记、引用书目、附录等附上，请刘春银主任带至邱昭瑜小姐处，想他们会将书稿呈送先生审阅的。此书若能出版，均是先生之大力，我这里先谢谢了。

我10月中旬会去北京，参加一个由北图举办的有关古籍的国际研讨会，其他地方则不能去了。先生何时会来美讲学？希望先生能来多住些日子。

呈上小参一枝，敬请察收。顺颂

安祺

2001.8.22

2001年10月10日致陈智超[1]

智超先生：

10月8日传真收悉，谢谢。

此地情形有所变化，故郑馆长和我都已决定取消此次北京之行。

大著完稿，可喜可贺。惟不知安大出版社今年可以推出否，合

① 陈智超（1934—　），曾任中国社会科学院历史研究所研究员、博士生导师。

同上有无出版之年月？本馆《书目丛刊》第十为《哈佛燕京图书馆韩文部纪念文集》，尹忠男编，已于上月出版。《丛刊》第九为《20世纪华文作家笔名录》，朱宝樑编，今年12月将由广西师大出版社出版。先生大著为《丛刊》之八，不知可否请先生拨冗催问安大出版社，如有消息，也请赐告为感。郑馆长问好不另。

并问陈太太好。顺颂

秋安

沈津

2001.10.10

2001年10月11日致宫爱东①

爱东馆长：

在宁虽仅半日，但蒙热情招待，虽未言谢，但希望有机会在美能够接待您这位大妹子。我7月初即返美，但回来后即俗务纷纭，来找的人也多，我心静不下来。

伊芙拉的会在波士顿开，潘寅生来了，十多年未见，人虽有些老，但精神还好。

近来美阿开战，我们虽不受影响，但心中却总有这么回事，原定星期日（10月14日）要飞北京参加北图举办的古籍善本保存保护国际研讨会的，但前二天我和郑炯文馆长临时决定取消，机票刚退，我的发言也只好请北图的人代为宣读了。

兹有一事相托，贵馆藏有李开先的《改定元贤传奇》（索书号

① 宫爱东（1949—2005），曾任南京图书馆副馆长。

为115015)，本校东亚系教授委托郑炯文馆长，想从贵馆摄一胶卷，郑和我只好找您了，能否拨冗尽快告知此书拍成胶卷需费多少，包括邮费（可不能狮子大开口噢，一笑)？便中可否传真给我（617-496-6008）

谷辉之已回杭州，是9月30日离开的，她一年中写了35万字，也够她受的了，所以她每天都有压力。

天祯先生、燮元先生并问好。顺颂

秋安

沈津

2001.10.11

2001年10月15日致李直方[1]

直方兄：

传真收悉。

“藏板”一词，释解较为不易。数年前，普林斯顿的Edgren（艾思仁）曾和我讨论此意，但一直没有结论。而别人也对此没有文字上的见解。

我的想法是：“藏板”不等于刊板，故过去版本项之著录，有的馆以“××阁藏板”作为“××阁刻本”，这是不对的。因为书板可以流通，若干年后又转往他人手中，或再由他人刷印，所以这里面要理清头绪，必须花一些工夫。如果确为某家之阁，又题某阁

① 李直方（1938—2016），曾任香港中文大学图书馆主任、香港大学冯平山图书馆主任。

藏板，则可作为某阁刻本，否则就欠妥。这一点，在编辑《中国古籍善本书目》时，大家多已同意。

原定昨日飞北京参加北图举办的古籍善本保存保护国际研讨会的，但现在我已取消行程。马泰来兄已抵达北京了。盼多联络。顺颂

秋祺

弟沈津

10/15/01

2001年11月8日致骆伟[①]

骆伟兄：

程先生转来大札及大作，拜悉一一。

原本十月中旬和郑馆长同去北京开会（北图善本特藏部举办的古籍保存保护国际研讨会），但因美阿开战，故紧急退票放弃了。不少朋友来电、来信“骂”我，所以我也很遗憾。因为原香厂路的一些同仁去了好几位。

美国国会图书馆，当年（1986—1987）我曾在那儿访问过两次，共一个月，看了不少王重民先生未见到的书。我当时曾为之编目200种，确有数十种难得之本，但是我从来都未说过有2000种善本书是大陆或台湾所未收藏的话，前两年即有人写文章说是我说的，其实都有误。我写过一篇文章专门讲美国藏古籍事，约2万余字，发在1993年北京出的《中国文化》上，兄若有兴趣可以参考。

① 骆伟（1935—2018），曾任山东省图书馆特藏部主任、中山大学信息管理系副主任（代主任）。

我很想再干个几年，然后退休，可是美国规定要67岁才可拿退休金，所以也没有办法。明年或后年出一本自己的文集，选个20来篇，50万字左右，其他百余篇小东西都不要。也很想以后再出一本《书城挹翠录》的续编，现仅发表了5万字（手上已写就4万字，待发），或许到35万字即停。我的计划是出版500万字即洗手不再写了，封笔了事。现仅出版、发表了200多万，还差一截。

刚接到广西方面的传真，我辑录标点的《翁方纲题跋手札集录》（150万字）明年三月可以出版。而翁的年谱（45万字）已交台北"中研院"文哲所了。

《哈佛燕京书志》的清代部分现在我没时间去写，集部我写了60万字，严佐之经部是30万，谷辉之史部也是30万，史部还没完，所以今后如何写，我写还是请人写都未定。前不久，南开某博士（1983年级）想来做我助手，帮忙写书志，但他无图书馆的背景，所以我不会要。目前，大陆研目录版本的人才鲜之又鲜，我很难物色到中意的人。北图张志清想编《北图善本书志》，今年4月我在台北和他也谈了此事，我答应帮他忙的。

说来也妙，近一个月突发奇想，竟写了5篇小文章，都是2千字左右的，寄给几个刊物，前不久，《收藏》杂志就说要发一篇3千字的稿。今年已发了6万字了。辉之已于9月底回浙图，她的历史文献部主任已免去，给了丁红，据说她分到该馆图书馆杂志作编辑了，不知何故。

老兄身体要多保重，盼多联系。顺颂

安康

2001.11.8

2002年1月3日致周晶①

周晶先生：

您好。久仰先生大名，然素未谋面。顷得山东馆李勇慧主任信，方知《藏书家》乃为先生主持之刊。《藏书家》办得不错。我虽看了第一、二期，但觉有的文章读后获益匪浅，只是觉得每年两期太少了，如能改为季刊则好多了。

很想为贵刊写点稿子，找时间吧，大致上的内容已有了。如：①“得书记”，记韩南教授退休后将他部分图书赠我之事。韩南为西方研究《金瓶梅》《肉蒲团》的权威人物。他的明代小说研究影响了西方世界学生也不少。②韩南捐赠的清末民国初年宝卷、小说给燕京之介绍。③写一点国内罕见的近代出版物。

因为已在给台北《书目季刊》写连载，每期发一万五千字《云烟过眼新录》，所以宋元明清的善本都给了台北。听说先生常去天津馆，那李国庆、白莉蓉一定也熟了。寄上支票50元，麻烦代购《藏书家》第一、二、四、五期（第二期我已有），如方便请用海运寄下，因航空太贵了。

谢谢。顺颂

撰安

沈津上

2002年元月3日

---

① 周晶（1942—　），编审，曾任《藏书家》主编。

2002年1月20日致王菡[1]

王菡：

您好，谢谢您的卡及信。

今年我只寄了一张卡出去，是给杨振宁教授的，别的全不寄。因为到时只要打电话即可，谁知到了圣诞和元旦，线路不通，大塞车，打不进，只得作罢。

关于您在日本所见永乐初年朝鲜制造的铜活字的记载，当然很有意思。我的韩国朋友曹炯镇先生他曾有一本《中韩两国古活字印刷技术之比较研究》，那是他的毕业论文，已由1986年台北学海出版社出版。我有一本，论文是昌彼得先生指导的。写得还不错，内容很充实，我复印两张永乐年的材料给您，供您参考，不知对你有用否？

刚收到钱存训先生的卡和关于“北京图书馆善本古籍流浪六十年”的大作（发表在《传记文学》上），不知他有无寄你，我只是想《文献》倒是可以转载的。

台北应该去看看，去年4月我在那儿泡了两个星期，最长的一次是待了18天，大看其书，你去“央馆”，可去找特藏组主任卢锦堂先生，他和我很熟，他一定可以帮到您的。

希望今年有机会到北京，好好聊聊。祝好！

沈津

2002年元月20日

祝台北之行一切顺利。

---

① 王菡（1951—2017），曾任《文献》主编。

2005年2月18日致永芸法师①

《人间福报》永芸法师：

您好。刚刚看到您的电子邮件。书稿我并未收到，或许这两天内可以收到。恭喜您，又有新书要出版了。为您的书写序，实在是荣幸，或许也是缘分吧。如见到书稿，我想月底可以交卷。

我21日飞华盛顿D.C.，当日返回，事情很多，不过都没问题。

匆祝

春祺

沈津

2005.2.18

2010年1月15日致王贵忱②

贵公大鉴：

多时不通音问，罕亲教益，歉念交深。日昨通话，蒙宏奖逾恒，私衷滋愧。特将近况禀报如下：

晚仍在"哈佛燕京图书馆"工作，目前《善本书志》已写竣，计3100种，（宋元明清抄校稿）都500万字，国内有四人为之协助（每人一年，写200种，30万字），现在上海审稿中，明年6月前可出版，估计八大册，16开线装。

① 永芸法师，佛光山星云大师弟子，系台湾《人间福报》社长兼总编辑，信中提到的新书指《你不用读书了——哈佛燕京的沉思》。

② 王贵忱（1928—2022），文史学者，广东省社会科学院客座研究员。

顾师年谱及顾师书题留影，均已由上海古籍出版社出版，也算是对顾师的一个纪念。至于《中国珍稀古籍善本书志》《书韵悠悠一脉香》《书城风弦录》《老蠹鱼读书随笔》都是这些年的写作小品，今年3月还有中华书局要出版《书丛老蠹鱼》，总之，在图书馆里混了五十年，写了约500万字的著作，无非是想为文献学、版本学领域的研究加块小瓦片而已。（这些书以后抵沪时当另寄先生以求教正。）

晚很想在明年8月间退休返沪，其时变作自由身，也不想再写了，因为毕竟写了800万字，不想动了，届时当到处走走，探望师友，陪伴老母。

先生老当益壮，成果累累，俨然岭南一大家，但只盼先生随时珍重。便希惠我数行，俾慰相思。晚身体粗适，可告远注，临风布意，不尽欲言，即颂

冬安

晚 沈津拜上

2010年元月15日

又，潘景老的日记、题跋等，我已嘱出版社的朋友在整理中，尤其是题跋，较之已出版者多出一半。

2010年3月19日致马泰来[1]

泰来兄：

小书一册，算是“秀才人情纸一张”，让兄笑一笑而已。

---

① 马泰来（1945—2020），曾任美国普林斯顿大学东亚图书馆馆长。

前几日，郑告我，马说“我真羡慕沈津”，意思是说，我的条件这么好，有时间写作。连马都如此说，可是，谁又知我心中之五味呢。那些文字都是晚上、周六、周日做的，甘苦自知。而我在“燕京”的工作，恐怕兄是无法承担的，您或许只会做一二年，然后就离开。因为您是学者型的领导，又想做学问，又要管馆务杂事，也真难为您了。而我呢，什么活都干，兄根本想不到（包括用拖把去拖书库）。兄可见到的或许是我们写的《善本书志》而已。

实际上，我可以早早退休，享受学校之福利、优惠，但是我不能。如我一退，书志就不可能出版，我也就对不起吴、郑和帮我写书志的四位访问学者了，更对不起“燕京”了。所以，我只能用我的生命、身体去作最后的拼搏，只是希望2011年6月之前将书志出版完事。

5月24日我要去港，办理签证，并回沪陪86岁老母看病，已请得九天假期（原本想请三星期，但不允）。真想对老母尽点孝心，但无法成全，这是使我最为难过的了。今年11月台北的会及讲课，都不被允许，所以台北相见又成泡影。

兄之大作数份，均已收到，为兄而高兴，将来书可结集成册，我是翘首以盼的。顺颂

安祺

弟 沈津书

3/19/2010

海关密函

外籍税务司笔下的浙江（二）

赵伐 译

中国近代海关的组织机构和管理体制存在着一种很奇特的现象：在一个口岸设有两个行使海关主权、负责海关事务的长官——海关监督与外籍税务司。比如在清朝末期，海关监督原本是清政府在某一地区行使海关主权的名义首长，由清政府任命，而外籍税务司则是负责在开放口岸设立的新关（亦称洋关）征收夷税的外国人，由总理各国事务衙门委任的外籍总税务司选拔任命。至于两者之间的关系，清末两江总督兼各口通商大臣何桂清曾言："至各口税务司……系帮同各监督办事，应由各口监督发给谕单（任命书）"，各口海关经费也"向来由各口海关监督妥办"。直至民国时期，各地仍设有海关监督衙门或海关监督署（处），有独立的员司，外籍税务司制度推行各口之后，海关监督还委派人员充当外籍税务司主持下的新关之书办，以便掌握新关税收情况，并管理常关对华商民船贸易征税事宜，有的地方海关监督还担任交涉使，负责当地政府的外交事务。

但是，为了架空海关监督，夺取其权力，控制征税实权，实现关政统一，“把关税行政完全从地方当局手中取出”（赫德和威妥玛密商语），总税务司赫德（Robert Hart）[①]一方面声称：“就事实而言，在适当处理每一个口岸的海关职务方面，正式负责的是一个口岸的海关监督，所以税务司的职位必须是次于海关监督”，税务司不得“招摇揽权，有碍公事，以致监督难专其责”。但另一方面，他又有意混淆海关监督与税务司的职责界限，称“在税务司和监督之间设置一条固定的分界线是不可能的”，税务司和监督“是同僚的关系，并非上下属的关系”，认为外籍税务司“具有外国人与中国人进行贸易所遵照的那些章程方面的正确知识”，“连带熟悉那些外国人的习惯、意愿、思想情况以及对于事情的看法，并且要比别的外国人更加熟悉中国人的性格、情况和权利”，“完全明了中国人与外国人之间的相互义务、权利和行动方法”，指示各口税务司利用这些优势，争取成为海关监督“可靠的顾问”，采取巧妙手法，窃夺海关监督权力，形成“税务司为事实上之监督官。海关监督仅为名义上之监督官而已”的现状。海关监督与税务司的这种畸形关系导致其在实际工作中龃龉不断，这一点在各口税务司与总税务司的往来密函中可略见一斑。从现存的浙海关密函中不难发现，海关监督是外籍税务司向总税务司汇报工作的常谈话题。

本文选择了一组浙海关税务司与总税务司的往来密函，从中摘译税务司对海关监督评头论足、贬低损毁的段落以及总税务司的授意，可窥见其架空海关监督、削弱其作用、剥夺其权力的心机。

---

① 罗伯特·赫德（1835—1911），英国人，于1863—1911年间担任清政府海关总税务司。

浙海关署理税务司克雷摩致代理总税务司包罗第262号密函

尊敬的包罗先生：

常关委员

事由：您1918年11月19日第1121号公函指示本人向海关监督说明，除非（常关）委员定期来海关上班，等等，否则从1918年底起停发其薪俸。

本人依照指示告知海关监督，并通知他本关打算从12月底开始停发委员的薪俸。我向他指出，这种职位是没必要的，要求他重新考虑是否决定还要继续设立这些闲职。

海关监督回复说，在常关设立委员职位是经赫德认可的，委员的薪俸必须由我们发放，他不能接受我的要求。他声称，委员是代表海关监督的，其目的就是掌控员司。录事是他们的下属，不可能成为委员。他还抱怨说，自从常关改由洋关管理之后，委员就渐渐地管不了员司了，但他们从没放弃这个权力，等等。他回复的倒没错。他给这两位委员应当履行的职责订了几个条条框框，我抄录如下，供您阅览：

1. 委员由海关监督委任，由税务司从应提税款一成中支付薪俸。

2. 委员应协助税务司从事某项工作，代表海关监督掌控员司所做之工作。

3. 委员全权统管录事。

4. 镇海、江东两常关签发给商人的所有收税单或其他单证须由委员查验、盖章。因此，委员对错误或遗漏也承担部分责任。

5. 每隔10日，委员将向海关监督报告税收情况，每季度末还将向海关监督呈送一份完整报告，说明税收增减缘由。

6. 委员如对改进海关管理有何建议，可以提出，海关监督将与税务司就其建议进行磋商。

7. 委员须在考勤簿上签到，并在工作时间内留守岗位。如不能很好履行职责，税务司可知会海关监督申请更换委员。

8. 以上各款在通知委员后即生效。

这些条款本身足以说明问题之所在。由于我根本不想就这个问题跟海关监督陷入冗长且无果的信函纠缠当中，我非常有礼貌地向他声明，对工作程序或海关惯例做这样的改变，在未向您汇报并得到您的同意之前，我不能为之，因此需要您的批准方可采取进一步的行动。

目前，管理两个常关的资深同文供事封、李二位都非常优秀，我完全有理由相信他们是诚实、忠实的供事。洋关是掌控者，而非被控者，但显而易见，海关监督对此尚不明白。顺带一句，他是孙宝琦①的兄弟……

一月底，委员的薪俸将根据您的指示停发。您在这件事上如有任何建议，在下将欣然接受，并提前致谢。

…………

您的忠实的

P. P. P. M. 克雷摩敬上

1919年1月7日于宁波

---

① 孙宝琦（1867—1931），晚晴至民国时期重臣、北洋政府第四任代理国务总理、外交家。其弟孙宝宣于1913—1921年间任浙海关监督。

总税务司安格联回复浙海关署理税务司克雷摩密函

尊敬的克雷摩先生：

您1919年1月7日第262号密函已收悉。

常关委员

署理税务司告知海关监督，根据指示，委员如未定期到海关上班将停发其薪俸；另要求海关监督重新考虑是否决定仍继续设立此闲职；海关监督提出反对意见并拒绝接受税务司之要求。

关于这件事必将有一番争斗，我们也许可以退让一步，商约一个最后解决问题的日期，但同时绝不松口。

您的

F. A. 安格联

1919年1月13日于北京

浙海关税务司甘福履致总税务司安格联第346号密函

尊敬的安格联先生：

…………

海关监督访问北京

我（休假）返回时，海关监督（袁思永）不在宁波，我很吃惊地听说是为了卢督军①的私事去了北京。但后来得知，卢根本就没差遣他去。我手下文案讲述的故事特别有趣。浙江省省长沈金鉴退位的事已经谈论好长一段时间了。据说他与督军相处得不咋样，但

① 卢永祥（1867—1933），曾任浙江督军，中国近代皖系军阀代表人物之一。

尽管如此，卢的千金前不久许配给了沈的小儿子，卢也公开表态不赞成任何（人事上的）改变。不过，据说前浙江都督屈映光也在千方百计利用自己的影响力想得到沈的位置，恰巧他还是北京中美协会的主要发起人，而另一个觊觎这个位置的是杭州第二师师长张载扬，此人很讨督军喜欢，也是海关监督（袁思永）的好友。袁觉得应与督军站在一边，于是自作主张跑去北京，代表张载扬面见代行大总统，担心他的军人身份会影响其获得省长职位的机会。袁声称他是受卢督军亲自委派，设法减少了黎元洪的顾虑，于是，委任张为省长的一纸任命终于下达。袁急忙赶回杭州，期待着卢会对他的斡旋大加赞赏。可据说督军对他擅自利用其名义非常恼火，当着袁的面破口大骂。事情就是这么传的，这里面的名堂可能会更复杂，也许卢的愤怒只是装出来给即将退位的省长看的，骗他下台而已！

海关监督觉得他目前的这个职位油水不大，向往着去更加有财可敛的官位任职，比如盐运使，或者设在杭州的烟酒公卖局督办。如果他得到这两个职位其中之一，海关监督的接任者很有可能是周自齐①的胞弟周自元。我个人不想看到袁调走。他为人随和，我们相处很好。

…………

您的忠实的

F. W. 甘福履敬上

1922年11月10日于宁波

---

① 周自齐（1869—1923），字子廙，曾任北洋政府国务总理，中国近代政治家、外交家、教育家、实业家及清华大学前身清华学堂创始人。

浙海关税务司贝德乐致总税务司安格联第382号密函

尊敬的安格联先生：

关于新任海关监督

如本人的电报和公函所报，新任海关监督李厚祺已经就位。此人年岁已高，半瘫，半聋，两边得有人架着才能行走，说话都很吃力。北京政府委任此人时，为何不考虑考虑我们（海关）的利益？他来与我会面的时候，其下属费了好大劲儿才把他从轿子上挪出来，抬上我公馆门口的那四步台阶。

…………

您的忠实的

A. G. 贝德乐敬上

1925年1月6日于宁波

浙海关署税务司威立师致代理总税务司泽礼第396号密函

尊敬的泽礼先生：

海关监督工作消极

海关监督好像失去了掌控局面的能力，躲回到甬江口的镇海老家，缓慢地从震惊中得以恢复，我对他就税务官宿舍被洗劫一事所做的不公正和恶意的指控做了明确的回应，这令他震惊不已。他说等天气凉快一点后希望与我面谈一次。他还有别的烦心事呢。据我所知，好多人正在抨击诋毁他，想把他弄下台，换上办事更得力的人。不过，那些诋毁主要是出于嫉妒，因为宁波的海关监督一职据

S/O No. 382.

INDEXED.

Ningpo, 6th January, 25.

89

Dear Sir Francis,

New Superintendent. Li Hou-chi (李厚祺), the new incumbent, has assumed office, as I reported both by telegram and despatch. He is an old man, who is half paralysed, partially deaf, cannot walk without a man supporting him on each side, and who speaks with difficulty. The Government at Peking could not have had much consideration for our interests when they appointed him. When he called on me his attendants had some difficulty to get him out of his chair and up the four steps of my house.

Mr M.F. Hubert, 1st Assistant, B, legally separated from his wife. This Assistant has obtained at the French Consulate at Shanghai a legal separation from his wife, and she left for home in the s.s. Paul Lecat on 1st January. As regards mobility Mr Hubert may in future be considered the same as an unmarried

man

Sir Francis Aglen, K. B. E.,

P E K I N G .

浙海关税务司贝德乐致总税务司安格联的第382号密函首页

说是个肥缺，每年的额外收入就有4万之多，这些收入是从有利于中饱私囊的50里外常关①包税制和逃税商人那里压榨出来的。此外，他还是个常年病号，老朽得没法工作。最近，我写信告诉他，垣花惠常先生②和萨泽畿先生说他们递交给警察局的财产损失索赔清单被人做了手脚，我要求看看他们最初的清单，可他干脆就不回信！

老朽海关监督的解决之策

随意委任无用、完全没有经验、人生之唯一目的就是侵占公家经费的海关监督，这非常有损于中国和海关。不久前，我执掌瓯海关的时候，在遭遇了一个接一个的追逐私利、工作无能、方方面面掣肘我工作的海关监督后，我曾以密函形式建议海关监督应当从海关的华员帮办队伍中招募，因为我知道最好的海关监督正是那些以前在海关工作过的人。（总税务司）安格联先生回复说他不能干涉海关监督的任命，就如同政府也没有干涉他委任外籍税务司一样，否则政府会对他的建议感到厌恶。不过，经过进一步的考虑，我觉得中国政府实际上是在委派华员帮办从事海关工作的——通过海关学堂的培训之后。因此，我们只需要求政府从它原来委派的人员当中选任海关监督。这样的话，委任海关监督的权力依然完全掌握在政府手中。我确信，这样的安排对中国、对海关都是有利的，而且这样安排也可以给华员供事一个晋升帮办的机会，就目前海关的人员结构而言，华员帮办挤在一起，许多人实际上是在从事供事的工

① 光绪二十七年（1901）七月十六日，庆亲王、李鸿章札行赫德：“常关税局在口岸50里以内的归税务司监管，50里以外者仍由监督专管。”

② 此人为浙海关日籍帮办，1925年6月因殴打人力车夫引发学生骚乱，海关税务司宿舍遭到打砸，个人财物受损。

作。此外，海关监督不应当兼任交涉使，因为这两者的利益是不一致的，而且道尹与领事是同级别的，因此道尹更适合出面处理涉外事务，而海关监督的级别是在道尹之下。

…………

您的忠实的

C. A. S. 威立师敬上

1925年8月15日于宁波

浙海关署税务司威立师致代理总税务司泽礼第397号密函

尊敬的泽礼先生：

海关监督擅离职守

海关监督即便在最佳状态的时候也做不了什么监督的事，此时竟突然消失，不知去向，而且根本不知会我一声，这令人非常尴尬。按照规定，税务司如果打算离开岗位，应当始终向海关监督报告，因此我认为哪怕仅仅是出于礼尚往来，海关监督也理该如此。事实上，为工作起见也必须如此。我偶然听说，海关监督在镇海住了一段时间后，不久前去了上海，目前仍呆在那儿，于是询问他走后谁在代行他的职责。（海关监督）衙门的回复是他的助手科长段平原（Tuan Ping-yuan）先生在负责，可我收到的信函依旧是由海关监督签的名、盖的章。

您的忠实的

C. A. S. 威立师敬上

1925年9月1日于宁波

万金家书

五封战地家书

——山西晋城英烈陈振华生前身后事

骆淑景

寻找陈振华

2015年9月，我在“新浪微博”看到一个叫魏云霞的人向河南卢氏县的网友求助，帮忙她寻找大舅陈振华牺牲的地点，随后又看到她上传的陈振华所写五封家书的复印件。

我是卢氏人，熟悉卢氏解放战争时期的那段历史，因此读过这五封家书后让我十分震撼。我的感慨有三：

其一，当年参加八路军的农家子弟，大多是没有文化的，能写下这些带着古礼的信札，一定是出身于书香之家。

其二，即便是在“烽火连三月，家书抵万金”的年月，这些写给父母十分简略的信，也透露出很多信息。如战士是如何接受理想信念的，宏大的革命理想是如何与个人情感、家庭苦难激烈碰撞的。一个活生生的个体对这些过程的描述，是从教科书以及小说、电影里看不到的。

其三，陈振华在信中，几乎每次都劝解、安慰母亲：快了，打了这次仗就能回家了，母子很快就会见面了……其实是在希望与无望的交织之间挣扎。

陈振华留下的唯一一张照片

陈振华，山西晋城人，1922年出生，十五岁参加了山西青年抗敌决死纵队，后划归八路军太岳纵队，陈赓任纵队司令。抗战中，陈振华参加过百团大战、沁源围困战等。在战斗中腿负重伤，留下残疾。

日本投降后，太岳纵队划归晋冀鲁豫军区，陈振华隶属于晋冀鲁豫四纵十二旅，参加过上党、同蒲、汾孝等战役。1947年8月，陈赓、谢富治兵团强渡黄河，挺进豫西，抵达卢氏县。于9月10日攻占了卢氏县城，随后又挺进陕南。陈振华作为旅部卫生收容处的指导员全程参加了战斗。

在部队上，陈振华一共给家里写了五封信，而他的最后一封信终止于卢氏县五里川镇。一天晚上，卫生队被当地土匪包围在一座大庙里，为掩护战友，陈振华英勇牺牲。关于他牺牲的情况，是同村一个叫“海海”的民夫提供的。

陈振华最终没有回到母亲身边，而长眠于异乡的土地，并且连坟茔都找不到。几十年来，他的母亲、兄弟姊妹是如何寻找他的，这些珍贵的书信又是如何保存下来的？这一切都让人耿耿于怀。

正在此时，卢氏县政协文史委原主任张卫东因为要编写一本卢氏革命史，便找到我，嘱我写两篇稿子。我就把这件事向张主任做了汇报。搞了三十多年文史的张主任听后立刻说："这是一个好题材，比那些炒剩饭的回忆文章有价值得多。你赶快和她联系，让她写一篇回忆文章，同时把她大舅的信扫描后发过来，咱们在书中给她留页码，把这个故事编进去。"

于是我就和魏云霞取得联系，得知她是河南省焦作市新华书店退休职工。十多年前，她的大姨把这些信交给她保存，她就一直想寻找大舅，然而山高路远，踪迹全无。

我和张主任还到卢氏县民政局询问，看有没有关于陈振华的信息。年轻的民政局局长搬出一大堆册子，我们在字缝里找了半天也没有找到任何有用的信息。局长告诉我们，革命烈士是属地管理，若当年牺牲在卢氏，由卢氏县政府去函告知当地政府，当地政府再登记造册进行抚恤。

战争年代，情况混乱，没顾上登记去函也是常有的。唏嘘感叹之余，我们又要求五里川民政所帮忙，届时给我们的寻访提供方便。局长难为情地说："所里人手少，怕顾不上。"我忽然觉得我和张主任都有点迂。

随后，张主任又托五里川几位老人打听，让他们回忆当年五里川有几座大庙？听说过一个叫陈振华的指导员没有？而魏云霞托晋城亲戚到当地民政局的查访也多遭波折。唯一能够确定的是，陈振华解放后曾被作为失踪人员对待，陈母在世时领过少量的抚恤金。

而让魏云霞写回忆文章就费了很大劲，一开始她写的都是标语口号，没有细节，缺乏感人力量。逼紧了，她就说，大舅就留下这几封信，别的啥也没有。意思是没有什么可写的。

我就启发她，大舅小时候是干什么的？上过学没有？你说姥姥活了九十岁，那么在漫长的岁月里，她是如何怀念她的大儿子的？十多年前大姨把信交给你时，都说了些什么？你们家人几十年来是怎样寻找大舅的？都经过了哪些过程？

在追问中，她一点点透露出更多的细节。结合这些细节，我才能更好地解读陈振华的五封信。

七十多年了，信的纸页早已发黄，字迹模糊，且当时有些字的写法和如今大不相同，还有当年八路军政权临时设立的陵高县、冀氏县，现在都很少有人知道了。经反复引申、猜测，以及不厌其烦地搜索，才终于把这些信大致“翻译”了出来。“翻译”的过程，也是让我心潮澎湃、浮想联翩的过程。

解读五封家书

第一封信：

父母亲二位大人膝下敬禀者，二位大人福体康泰！

儿离家八载之久，尽忠于国家，谋全中国人民之解放，而流血流汗，誓为驱寇而奋斗，故不能亲临堂前，行孝于二位大人。俗话说，尽忠不能尽孝。但儿脱离故乡，亲舍了二位高堂，来舍身为仁，为国家民族服务，亦是间接的尽了孝顺高堂的使命。儿在外一切都很好，我觉得这数年来在社会上工作获得了不少智识，对自己的民族、自己的国家均有相当的认识。这就是八年多，儿的进步吧。

儿虽然身体残废了，但仍可给国家服务的，至于从前说的退伍回家之事，则已成了泡影，已不成事实了。我觉得日本鬼子死亡之时期已是不远了，明年就要全面反攻日寇了，我们下山之日子亦很快到来，儿与二位见面时候就在眼前。希不必关怀与挂念。

家庭的困难儿最清楚，就是儿这里亦不能求到解决，甚至可能增加家中负担，儿想目前则有依抗日政府，按优抗条令对抗日干部家属作物质与劳力帮助。现儿又要求上级给陵高县政府寄去一封公函，和这封信同去的。想政府定给以帮助的，望你们去找他们才好。如家中十分无办法，难以度日，儿父与小银可来这里找个工作，剩下儿可想办法，帮助过活。

儿现在工作已决定在太岳三分区供给处工作。来后，来人可至冀氏县王村（离冀氏廿里）核桃庄找即行，并问候儿姥姥与舅父居家平安。

儿 陈振华叩

阳历十月二十六日

这封信写于日本投降之前一年的1944年10月26日。据魏云霞讲，她姥爷、姥姥当年都是基督教会学校的学生，随后又当教会学校老师。姥爷后来当晋绥军副营长，受伤后回到家乡。陈振华是家中的长子，十五岁前跟着母亲上学、干家务，是个懂事的孩子。

抗战爆发后，十五岁的陈振华被送去薄一波的部队当兵抗日。

抗战中，陈振华没有回过家。这时他的父亲还在世，所以他写信开头是“父母大人”。这封信后不久，他的父亲就积劳成疾去世了。

此后他的信就写给母亲一人。母亲带着两个妹妹和一个小弟生活，日子愈加艰难，他对家庭的牵挂愈深。小银是魏云霞的母亲，陈振华的二妹。陵高县、冀氏县都是当时八路军抗日民主政权。陵高包括山西陵川和高平接壤地区。1943年日寇占领陵川后，八路军在山西陵川和高平接壤地区成立陵高县，属太行区八专署管辖，1945年10月撤销。冀氏县是1941年以安泽县南部冀氏镇为中心设置的，属太岳区四分区管辖，至1946年12月废。

第二封信：

母亲：

儿在五月初旬曾寄去信，不知收到否，请来信吧。

现我们正式番号是晋冀鲁豫第四纵第十二旅，我仍在旅卫生处收容所工作，身体很好，请勿念。

我部现正积极整训，所有干部、战士都在努力学时事，以求认清目前时局，认清反攻的到来，为保卫毛主席及解放全国人民，以战斗姿态随时投入反攻的浪花里，显示人民解放军的雄姿，请听我们的捷报吧！

大军区有明确指示“战争期间不准任何人请假回家，任何人亦无准假之权力，否则受到同样处分”，这样我回家希望暂时亦为无望了。但请不必挂念，儿总有甚至不会是太长的要与你的慈颜会见了。还希你保重贵体，听儿胜利消息。这次战役中由于儿的努力，被记了大功。当然缺点很多，有待今后工作中不断改进了。有何指示，来信说明。

祝

全家平安

男 陈振华亲手

六月十九日

抗战烽火刚息，内战硝烟又起。这封信写于1947年6月19日，陈谢大军强渡黄河的前两个月。陈振华在第一封信中许下的和父母双亲不久见面的愿望又破灭了。现在父亲已去世，母亲一个人带着弟妹艰难生活，希望他回家看看。但马上要投入一场大战役中，他回不了家。他还是满怀希望，并用美好的前景鼓舞母亲。

第三封信：

母亲大人：

阴五月廿九之来信，于阳八月一日接到，内情知悉，勿念。“喜报回门”这本是值得庆幸的，但仔细研究起来，我还是很不够的，有待今后继续努力。

现我们整训已快告结束，不久即将进入大反攻中。既然要解放全国人民，那就是那里有吃人虫，就要到那里去，把它们彻底摧毁，永不能翻身。我是刘伯承部下的“常胜军”，一定要用全力保持这个光荣称号。请母亲再耐心等几天吧。现在看的情楚，天下将再不属于蒋介石了，而完全成为由人民自主，就是人民将要做主人，来□□少数人。这样的自由幸福的日子想你是愿意过的。不过胜利属于我们这是没问题，肯定的。但绝不是一帆风顺，没有困难的。我们有足够勇气与信心走向光明。假如这次打出去，我走的远了，半载回不来的话，甚至有时连信都没可能通时，希大人不必挂念。自保身体，用心哺养小弟华旦好了。如有一日，喜出望外咱母子俩能团圆的话，我定会将多年的离母之情痛痛快快述说出来。

另外，我的私生活问题请母亲不必惦念，目前情况不允许，环境限制，当然难以适当解决，也把他放到胜利后再谈好了。

我告你个好消息，我们四纵队整个说来，几乎全是美械装备，人也有好几万，真是做到了兵强马壮、士气旺盛，每个人的情绪都高的很。那一个人敢说个“回家”，马上会受到大家讽刺，说你的怪话。你想我又是本单位行政负责者，这样做行不通。事实也没法提。

咱家是穷苦的抗属，请政府多帮助，尤其现无劳力更属困难，不过这仅是暂时的，建文和华民怎样？久未听他们的消息。

关于各舅舅及姥姥过去对我之照管哺育，我怎能忘掉？有些地方还请帮忙解决。曲沃老区现都闹报仇翻身分田地运动，我们也参加土地革命。

余事后述。祝全家平安。

男 陈振华

八月五日午夜

据说部队在八月十五号前即要行动，究竟往那打，现没一个知道。不过总有捷报传来，你记住我们是陈赓（纵队司令）部下的“常胜军”。

这封信写于1947年8月5日，陈谢大军渡河的前半个月。地点是山西曲沃。这是陈振华即将随部队行动之前给母亲写的一封信。部队行动的目标、时间地点，一概不知道。只知道要远离家乡山西，也不知道要离开多久。因此，昂扬中不免带着悲伤，嘱母亲抚养好小弟，也有预言家庭靠不上自己之意。但他依然试图用部队的光荣和宏大目标鼓励母亲。

此时，陈振华已二十五岁，在当时属于大龄青年了，母亲念念于心的是儿子的婚事，她顾不上全中国人民，她要的是儿子回家，结婚娶媳妇。但儿子做不到，身不由己，一是革命理想，二是部队纪律。据魏云霞讲，她的姥爷是上门女婿，又去世得早，家里缺少劳力，全靠姥姥的一家人帮助。故而陈振华信中多次提到自己的姥姥和舅舅们，也就不足为怪。

陈谢大军渡河后，谢富治、裴孟飞等人在河南灵宝、卢氏等地搞“急性土改”，就是学习山西经验，陈振华信中一句“曲沃老区现都闹报仇翻身分田地运动，我们也参加土地革命”，可为佐证。

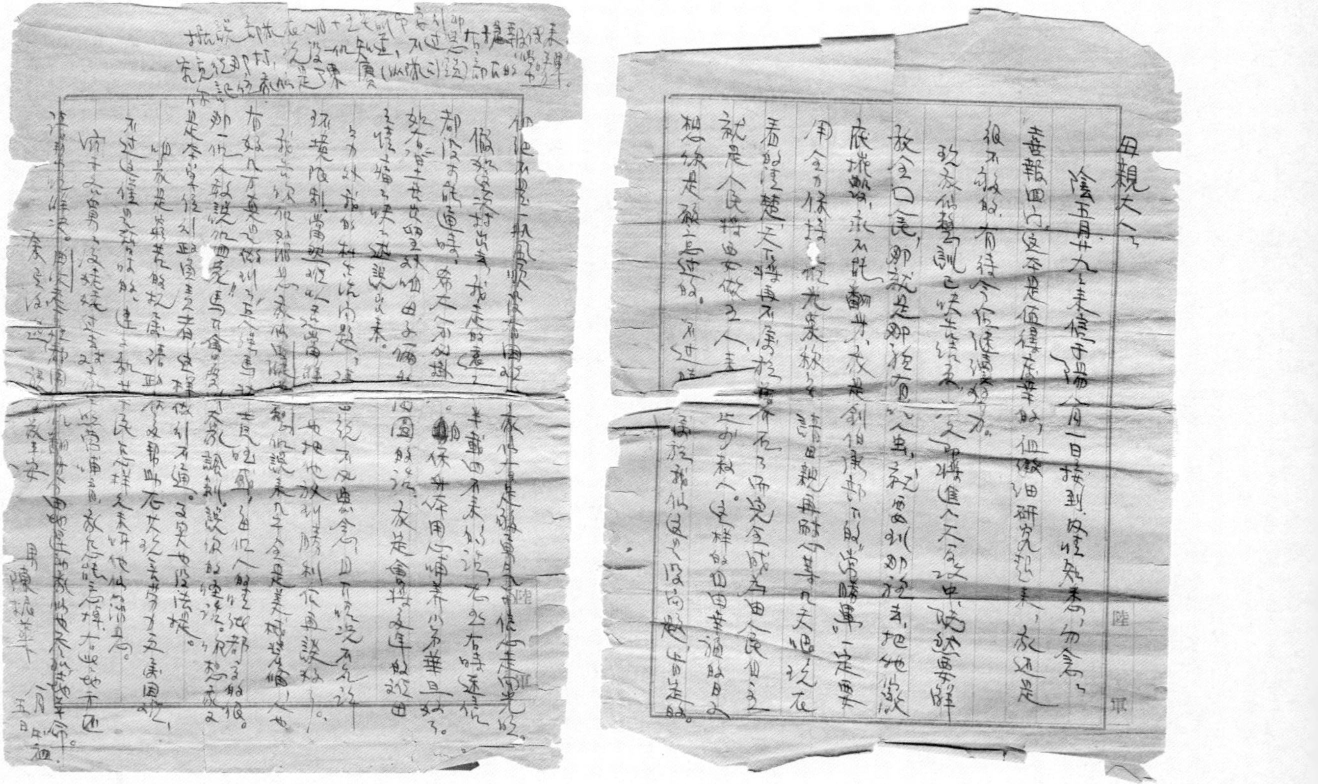

1947年8月5日陈振华致母亲的家书

第四封信：

亲爱的母亲：

曾于八月间在山西曲沃，临出发时给你寄过一信，可能收到了吧？我自八月十二日从山西出发，到目前总共是一个整月，已胜利的打出来啦，渡过黄河天险，跨越了陇海路，解放了许多城镇，如新安、渑池、洛宁、宜阳、垣曲、灵宝、陕州、卢氏，快到达陕西省的长安啦，潼关现已围陇，不久即将解放，消灭了蒋伪军万余人。刻下我住在豫西的卢氏县，一切均好，希勿念。

庆幸的很，出乎意料之外的事，是在这里偶而碰到了咱村民夫海海啦，还有南尹寨的李士骏（现改为忠诚），这是老同事啦，还有南焦庄张建文亲戚张某某及附近各村之老乡多人。详细知道了家中情形，并问及你老人家的近情及各妹妹的情形。村中之事亦问到一二，实同回家一次，咱家虽无劳力，但有人照营即可，我是放心的，又有十几亩地，吃饭的事解决了。希抚养小弟华旦好了，其他不必挂念。待这个战役结束后，可回家看望你。

现海海给捎去小包袱一个，内有白宽面洋布壹丈陆尺五寸，英丹丝林布（宽面）陆尺多，丝光线袜子壹双，驼毛背心壹个，冀钞壹万伍仟元，□□□□□□。请收。

因路途遥远，寄物件不便。希给我姥姥及舅父们买些东西赠送。其他不谈。

祝母亲身体健康！

男 陈振华

阳九月十四日晨

这封信写于1947年9月14日。这时，陈振华已随部队强渡黄河，挺进豫西，来到卢氏县，并于9月10日攻下卢氏县城，士气高昂。他在这里幸运地遇到了本村民夫海海等人，并让海海给家里捎去小包袱，内有钱和布匹等，这在当时都是十分稀缺的东西。可见他是一个关心家庭很有孝心的人，并且很细心，每件物品上都盖了自己的章。部队从山西出发时，带了许多民夫，仗打到哪里，民夫就带到哪里。那时，卢氏一带呈“拉锯”状态，部队流动频繁，卢氏文史资料称解放军曾“七进六出”卢氏城。

第五封信：

母亲：

本来在卢氏时碰到咱村乡邻海海、王孩后就已写过信，东西亦一并交给海海啦，因现又半月多，才把这批民夫决定放回。

这半月来，我们由卢氏西进到达陕南之秦岭、丹江一带转了个大圈，解放西（安）南（阳）公路之重镇多处，及陕南通湖北的门户商南县城，这里大部出产稻米，但山很大，河特别多，现又转回卢氏之南的百十里的五里川驻扎。棉衣已来啦，可能在这“伏牛山区”建设根据地，待明年打过长江以南，全中国之解放不久啦。至于咱家情形据了解已如指掌。

母亲：请把心放宽，对儿不要过多想念，因儿实质上继承了“父志”，为中国人民服务是最光荣的事情。另儿现在一切都好，在本军历史这样久，且对革命负过伤，若是残废实际并不影响工作。

个人的事暂且放下，待后有机会解决。希母亲把小弟抚养成人，在家除家繁忙琐事外，其他以保养身体为重，并问候舅父母及姥姥、邻居们均好，余之不述。

祝合家安好。

男 陈振华

阳十月十日

这是陈振华写给母亲的最后一封信，时间是1947年10月10日，地点是卢氏五里川。写完这封信后，陈振华的踪迹就无法知晓了。

据海海说，第二天一早他又来和陈振华告别，陈振华的通讯员告诉他，昨晚卫生队被土匪包围在一个大庙里，陈当时正掌灯查看伤员，为掩护战友牺牲了。海海还说，他见到牺牲了的陈振华，但后来埋在哪里，他也不知道。回到家乡后，海海没有敢把这消息告诉陈振华的母亲。

从这封信和海海提供的消息看，这批民夫当时就放回了，陈振华也应该是牺牲在卢氏五里川。但后来陈振华外甥女查访的事实，与这些有很大出入。

思念绵绵无绝期

解放后，陈振华的母亲一直在等待大儿子的归来，然而从此没有了儿子的消息，也没有了那懂事、孝顺、贴心的信。

有一天，一个穿军装的人来到陈振华家中，看到陈母一个瘦弱的女子带着几个未成年的孩子，什么也没敢说就走了。

陈母去问同村的海海，海海欲言又止，最后才把陈振华牺牲的消息告诉了村干部。

陈母想去儿子牺牲的地方看看。然而山西到河南，两地遥遥，卢氏五里川，又是个什么地方？她如何才能到达？

陈振华母亲（前排右二）和儿女及外孙的合影

魏云霞说，为了妥善保存，姥姥把信缝在被子棉絮的夹层里，以免纸页折叠、鼠虫噬咬。花开花落，一年又一年。姥姥老了，眼睛花了，但她还是经常捧出儿子的信看了一遍又一遍。

“有一天中午，姥姥恍惚感觉到儿子进了大门，她正要和他说话，忽然人就看不见了。停了一会儿，隐隐约约又看见他了，她赶忙说‘儿子你回来啦，你让娘好想啊’，正要伸手去摸儿子的脸颊时，突然听到咔嚓响了一声，什么东西折断了，她一下子惊心了，她知道大儿子再也回不来了。”魏云霞说。

陈母临终时，把信交给她的大女儿陈英保管。姊妹们把大哥的信牢牢保存，走到哪里带到哪里。

1973年，陈振华的弟弟陈兴华去卢氏县寻访，但没有打听到大哥牺牲的地方。大姐陈英为了寻找陈振华的踪迹，也是费尽了心思。她不知在哪里听说，云南有个部队首长，过去和陈振华曾在一个部队待过，就去信向这位首长打听。这位首长来信说，他和陈振华不是一个单位的，不认识。但他又介绍了其他战友，让陈振华亲属和他们联系。但最终也没有打听到任何消息。

时间又过去了二十多年，姊妹辈这一代人也老了，就把这些家信转交给了魏云霞姊妹。大姨、母亲、小舅这些亲人们都不在了，魏云霞也嫁到外地。她想代表姥姥、大姨、母亲以及小舅，到大舅的坟茔上祭奠一下，表达亲人们的思念。

我安慰魏云霞说，把大舅的事迹写出来，发到网上，编在书里，告诉世人：有这么一个人，他来过，他有理想有信念，有奋斗的足迹，留下了让人咀嚼不尽的家书。这是我们能做到的，也是对大舅最好的纪念啊。

尾 声

2015年10月，魏云霞终于在山西晋城烈士陵园英烈碑上找到了大舅："陈镇华（1922—1947），北尹寨人，共产党员，指导员，在湖北桑享战斗牺牲。"陈镇华即陈振华，而"桑享"又在哪里呢？

后来魏云霞的妹妹魏朝霞多方了解到，1947年11月初，大舅所在的部队又渡过丹江，进军陕南，解放了湖北省郧西县，旅卫生处设在香口乡上香村柯氏祠堂。所谓的"桑享"应该是"上香"。

2017年10月，魏朝霞和爱人驱车六七百里来到上香村，找到柯氏祠堂。祠堂外墙上挂着"陕南军区医院"牌子。村里一位八十多岁的老人，说他见过那个高高个子、走路不方便、待人随和亲切的"陈排长"。但"陈排长"后来怎样他就不知道了。

2018年5月，魏朝霞夫妇又一次来到了上香村，那位大爷已经去世了，大爷的儿子带他们去山上看了无名烈士墓。这样推断，陈振华把最后一封信交给海海后，海海并没有立即返乡，而是又跟随部队转战湖北郧西。他说的大庙，就是这湖北省郧西县的柯氏祠堂，而不是河南卢氏五里川，时间也不是1947年10月，而是1947年11月初。

纸短情长

未寄出的情书

庞君伟　赵红娟　整理

题　记

该系列情书的作者为陈载璋（1924—2018），后改名新宇，浙江新昌人，新中国成立后，在萧山从事农村工作，后因支援“新昌合作化”而调回家乡。1960年，新昌农村出现农民自发包产到户现象，陈载璋挨家挨户调查后，给《人民日报》写信，认为包产到户是集体生产终将出现的必然现象。他因此受到批判，被遣送到农场监督劳动，“文化大革命”中被打成“右派”，直到1979年才被撤销“审查”，分配到新昌县日用品公司工作。1982年正式平反后，陈载璋成为新昌第一届政协委员。退休后，他积极参与县里文史编撰工作，研究新昌佛教文化、六朝剡东时期文化和唐诗文化，主编《包产到户文存》《新昌唐诗三百首》《新昌佛教文化》等书，以及关于大佛寺、穿岩十九峰、沃洲湖的三本专题文史资料。

2022年初，庞君伟老师送来他从古董商手里收来的陈载璋周记、信件等资料。粗略翻阅后，便觉得陈老才气横溢，善于思考，留下的这些资料非常有时代意义和价值。

这几封情书创作于陈老青少年时期。大概是家里给他订了娃娃亲，故信中说自己是有未婚妻的人，字里行间也充满对旧礼教的愤懑。也因此，他对“贞”只是一种纯洁的暗恋，信中也明确说是一种精神恋爱。这些情书当未寄出，只是对他的精神安慰，陪伴他“过这枯寂孤独的生活”。

他的情愫萌动是那么纯洁又多愁善感。从信中所引杜甫、元稹、李商隐等人诗句以及提到《三国演义》来看，有大量文学阅读的他已从书籍中体悟到成人的精神世界。也正因为此，他对爱情的理解远超同龄人，甚至超过一般成人。尤其是第五封信中对于选择伴侣的见解，出自一个少年之笔，令人感慨回味不已。这些充满理性的思考在当今社会仍有参考价值。

一

贞[①]：

我就这样爽直的称呼了，我寄这封信的动机是为了情感的冲动，我也不希望你爱我，这样的称呼在也算是朋友、同学的我俩中也不至于为太过分的吧！

现在是清静的早晨，周围一切都很沉静，我浸在这新鲜的空气中，非常的舒服。不觉又想起你来了，你现在也该起来了，或许已洗过了面，不，该在操早操了吧！平静的脑海中生起了波浪，我又在回忆我俩过去的一切了。

① 此称呼被撕掉，据后面信所加。

去年阴历六月初一那一天，是我们第一次见面的日子，你还记得吗？是下午六点钟光景，我在看着河清兄缫丝，室内似乎已不大明亮了，天色倒好像是晴朗的，在现在回忆起来，仿佛那天太阳也比平时柔和，而且还时常有微微的风在吹着，一切景物似乎比平日都温柔美丽。

你们进来之后就在堂前歇下了，当我眼光向你们人群中扫射时，你就被我注意了。你穿着一件白色的短衫，一条短裤子，大概是走得太热了，兜起衣角向面上扇着。夜色已笼罩下来了，你没坐在外面，而且我也不好意思尽向着一个陌生少女瞧，我就走开了，所以没看清楚你的面庞，我的心中只不过是“这人倒还可爱”的平凡印象。随后我就要预备你们的床铺了，我把本来铺在你们后来所睡的那间房门口的床移到了楼下，再后就是吃饭睡觉，这是第一天的事。

在第一个星期内我们还是陌生的，没谈过一句话。

后来渐渐地熟识起来了，有时在大家谈笑着的时光，也会插进去交谈一二句。

一天（大概离你到柿树湾已有十多天了），我睡在床上看了一会《三国演义》，想到父母房中去拿一些花生来吃，当我走过堂前的时候，无意中抬起头来一看，你正坐在堂前椅中对着我嫣然一笑，这笑容是多么可爱啊！我到现在闭起眼来仿佛还在眼前似的。老实说，你这含情的笑容怎么会不感动我的心弦呢？书是看不成了，睡在床上边吃着花生边想着：她爱你吗？

这一笑在你是偶然的，无意的，或许为了我动作有可笑的地方而笑的，可是我却为这一笑起了一缕情丝。我曾对你说起，露着牙齿在笑的照片，我是不欢喜的。我的意思是以为：照照片时的笑容往往是做作出来的，很不自然。在这一笑里，我仿佛领略到了笑的可爱。

二

贞：

这称呼或许不会过分吧！虽然这比虚伪的称一声“姊”要亲密得多，可是却也比不上那些“亲爱的，我的”，那些恋人的称呼。好吧，让我就这样直爽的叫你吧！

琴贞，这是我给你的第一封信，也就是我给女朋友的第一封信，不过，或许这也就是最末的一封信，只要你是不愿的话。

自从认识了你，贞，我就失却了自主的能力。我为你喜，我为你悲，你使我惊怕，你使我担忧，你还能使我怨恨……你简直支配了我整个的灵魂。我不信上帝，你就是我的上帝。

接到这信，你或许会这样想吧：“你这种人也配得上同我谈‘爱’吗?”真的，我是不配同你谈这“爱”字，不过，请你相信我，我这封信的本意原也不是向你求爱啊！求爱这种心理，在以前我确曾有过，不过现在我是早已灭绝了。我对你只有感激，你对我是实在太好了啊！我还能再想些什么呢?

我初次留心到你的坐在堂前时的嫣然一笑，空闲时的天真无邪的笑谈，带着你的弟妹在竹林中散步、牧羊，还有那一幕变盐糖的把戏，一切不是足够我的回忆、慰藉了吗？虽然你是毫不着意的，可是我可不得不这样想啊！你那如花的笑容啊！我现在想到了还会使心房怦怦的跳动呢？这些，在现在的中国，对现在中国的已有未婚妻的青年，不已是一种过分的赐与了吗？虽然我没有奢望你爱我，可是却不能消除我爱你的心。我这封信的动机也就是：明白地告诉你，我是爱你的，希望你永远记着有我这样一个人，那就是我的幸福了。

在清晨，在黄昏，在无聊的当儿，你的倩影便会占住我整个的心灵，我们十多天聚首时的情形，没有见到你时的空虚、烦闷、怅惘、寂寞、彷徨——怕这就是初恋的味儿罢！——就会在我脑中重现，这时我的心仿佛有点失望，也仿佛得到了安慰。

我还为你做了二首诗，现在就抄给你看吧！

一首是一夜梦醒了以后做的：

昨夜里，我又梦见了她，
见她的一封信儿塞在我的衣袋里。
醒来，慌忙向袋里揣，
却是：空空如也——没有什么！

一首是你去年下半年到学校里去之先到天台去的时候做的：

死别已吞声，生别常恻恻——杜甫
她告诉我——她将走了。
这一次别后至少也得过三个月才得再见，
我目送她的背影走得看不见了，才回过头来。
☆☆☆　☆☆☆
提起笔来，我想写。

可是：手软了，脚软了，
放下了笔，沉思、沉思，再沉思。
☆☆☆　☆☆☆
脑子里的波涛在奔腾，汹涌，澎湃着。
往事一幕幕在眼前展开。
母亲的呼喊声惊醒了我的迷梦，
我茫然地站了起来，
——仿佛丧失了什么贵重的东西似的。

这能表得出我的心情吗？不，我又要怨恨我写作的笨拙了。

有时我也幻想和你拥抱，接吻，可是这不过是我自己的安慰吧了，我是没有占有你的欲念的。我也不配这样想。是吗，贞。

我已在旧礼教下牺牲了，我愿把世上的灰色的悲哀全都带走，撒布些金色的幸福的种子，我希望你得到一个美满的前途，而且我还愿竭诚地帮助你得到一切。你信任我吗？

我要学大诗人的精神恋爱，把我精神上的爱贡献给你，你能接受吗？贞，告诉我呀！

好几次写好信又撕了，不知这次有勇气给你否？贞，你坦白豪爽的性情总不会怪我无知、狂妄吧！

此后会面的时候恐怕要少些了，留着这个就算作我俩的纪念吧！

喜璋知道我是你的朋友，常常要我向你问一声，你对他的感情到底怎样。我希望你当我是你的真诚的朋友，老老实实的回答我。

再谈吧！

祝你

前途幸福

爱你的朋友

载璋 书于农历十二月初二夜

昨夜又做了一个梦，看见你到我家来，责备我为什么不到你家来玩。醒了来，又是无限惆怅。

我又念起元微之与李商隐的诗来了：

“同穴杳冥何所望，他生缘会更难期。”

“来是空言去绝踪，月斜楼上五更钟。梦为远别啼难唤，书被催成墨未浓。……刘郎已恨蓬山远，更隔蓬山千万重。”

十二月初四日晨

夜晚说话时常感到愤怒，为了提到玉玲（我小叔的女儿）的婚事，我激烈地谈讲着，想救她脱离家庭的束缚，祖父母、父母亲静静地听着我讲，不说什么。可是有谁知道，除了为她之外，我还在发泄我自己的愤懑呢？贞，除了你，我又能告诉谁呢？

与你一席谈话，就又打消了给你这封信的念头，我不愿做你不愿意的事情。

让我这封信永远继续地写下去吧！我就把这当作精神上的安慰者，让它永远伴着我过这枯寂孤独的生活吧！

十二月初六日夜

你的年龄已经不小了，我忠告你，贞，得留意你的终身了。不要再像我这样陷入不幸，要主宰你自己。

可是，不要盲从，不要太热情，要冷眼观察你的对象。一般不负责任的青年实在是太多了！

你得留意：爱你的人在你的面前是会隐藏起他的真相来的。你得想想你对你所爱的人怎样，你不是时常会勉强地去凑合他的性情、思想吗？

贞，更得注意的是选择对象的方式。你不要以为有金钱就能舒服，而忽略了与你性情真真相近否（相同是没有的，假使有，那我相信就是假话），与合于你的理想否？假使忽略了后二点，那就是一种可怕的结合，任他怎样甜言蜜语也没有用。再总说一句：双方的语言、举动，要绝对的坦白，真诚，不要有一丝欺瞒，而且双方还要能互相了解。

还要告诉你的是：即使你觉得很妥当、合意的人，也不能太理想，就是不要把他看的太好，假使你有这思想的话，那你就埋下日后失恋的种子了。因为相聚的时候一久，你一定会发觉他的缺陷的。一件你最心爱的东西，初得到时，你一定会把它握在手里，放在眼前，藏在身边，可是日久之后你就会找出不满意的地方来，或者是厌倦了，而把它随便一丢。这个譬喻对爱情是很恰当的，至少我是这样想。那么你怎能对他不生厌恶之心，而始终爱他呢？当然就只有减淡当时爱他的心。同时当找出缺陷的时候，要想想他的好处来自己劝解。因为这样你才会始终觉得他的可爱。这句话请你记着，因为世界上绝对没有十足合于你的理想的人。而精神恋爱之所以不会失恋，也就是为了这个缘故。

倘使缺陷发现在爱情正在进行的时候，假使他还是纯洁的孩子，那你可以用爱情的火去溶化他。凭着你的意志再搏再选。不过

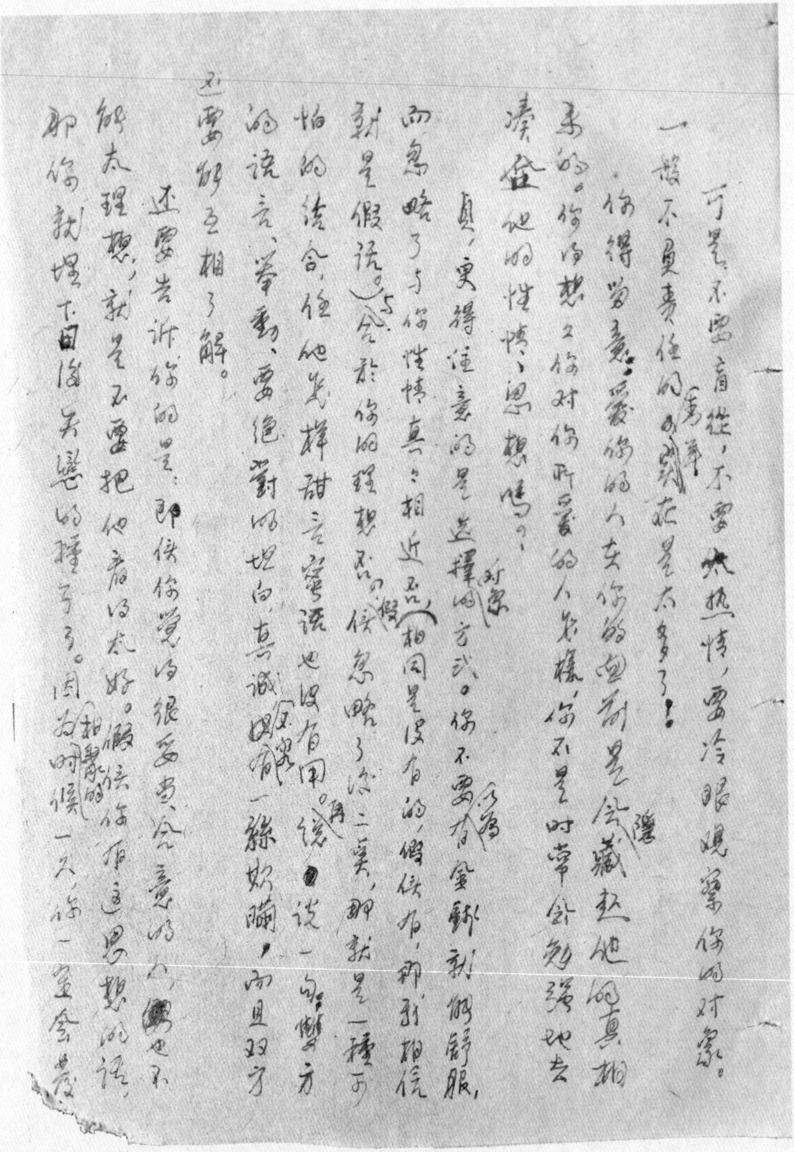
可是不要盲從，不要太熱情，要冷眼觀察你的对象。一般不負責任的男子就是太多了！

你得留意，愛你的人與你所愛的是否隱藏起他的真相來的。你得想想你对你所愛的人怎樣，你不是时常会勉強地去湊合他的性情、思想嗎？

真，更得注意的是選擇对象的方式。你不要只看金錢，新、衣服，而忽略了與你性情真正相近的，相同是没有的，假使有，那就相信就是假話。会於你的理想的，假使忽略了这二点，那就是一種可怕的結合，任他怎樣甜言蜜語也沒有用，說一說一句双方的謊言，舉動，要絕對的坦白，真誠，一絲欺瞞，而且双方还要彼此相了解。

还要告訴你的是：即使你覺得很要意的人，也不能太理想，就是不要把他看得太好。假使你有这思想的話，那你就堪不住失戀的種子了。因為相處的时候一久，你一定会發

陈载璋“未寄出的情书”（部分）

这需要很长的时间。要使他将你不满意的地方改掉了，而且成了习惯，成了自然。

夜深了，不写了，以后再谈，不过我希望你不以为我没有恋爱经验，而不相信我的话。虽然这里一部分纯是我主观的想象，而另一部分却是我从爱你中得到的经验。我还预备把它写成一篇“如何谈恋爱”的论文呢。

下午料你会到我家来，在花园中踱了许多时候，太空闲了，想到了你的前途，我就写了一点。可是今天你又没有来，白白的害我在家里坐了半天。

现在写好，已是夜深。母亲说：“夜里载璋倒做不少工作了。”他又怎会知道我给你在写信呢？

睡吧！贞，明天见。

十二月初八夜 临睡时

报告书发来了，我是第四名。哈哈，可笑吗？贞。

三

前天给你写了封信，是为了张莲琴而写的。这两天还写了点“谈谈恋爱”，虽然是为了你而写，可不知能否给你看到。想不到前次去校就是分别的一天，我常想你早点去天台，可以免了我的思念。一会儿又希望你动身在我走之后，终于你是去在我之后！槐娟回来了，你为什么不同他一同回来？难道事情太忙吗？

做事情去是应该的。可是要在现时代这黑暗社会中不要被人家作花瓶，也不要受人家的骗。随便堕落了自己。

优美而羞涩令人心跳的情景呀！你将于何时再见？

雁去鱼来

来函选登（一）

浙江外国语学院党委书记宣勇来函

红娟教授：

托办公室转交《书信》辛丑卷已收到。在不写信的年代，被此书所感染，特以书信方式道贺，并祝愿以此书出版为开端，推动书信的发掘与研究，成为我校浙江文化走出去协同创新中心的一张学术名片。

宣勇

壬寅春

收藏家朱绍平来函

《书信》编辑部：

《书信》拜读，不胜快慰。尤喜叶瑜荪先生之“与郑逸老”文，读来颇具掌故之风，以上海老话言之，“有腔调”是也。

此次杭州年会，未得好好聚聊，期待来年天津之行能够一同前

往矣。纸短话长，匆匆不一，顺颂

冬祺

绍平顿首

壬寅冬月初七

四川师范大学教授龚明德来函

春锦仁棣：

大编《书信》辛丑卷已拜读，是一种很适用的书信专题研究年刊。印装也宜于细阅，内容突出了地方特点，又照顾了广泛的读者群。待改进者在我看来还得多刊载些书信手迹，尤其是具有细究考察的。谨此祝福一年一卷地出刊。

龚明德

壬寅冬于杭州

读者张冲波来函

尊敬的主编：

您好！

整个五月，我黎明即起，利用上班前这段宝贵时间，从头到尾通读了《书信（辛丑卷）》全书。

《书信》栏目设置精巧，文章搭配合理，版式考究，内容丰厚，印刷精美，特别是影印的信件非常清晰，折射出年代感及浓浓的书卷气，给这喧嚣的时代留下一份宁静的天地，可见编者的眼界、水准之高，也预示着一个美好的前程。

掩卷而思，本卷《书信》有三大特色：

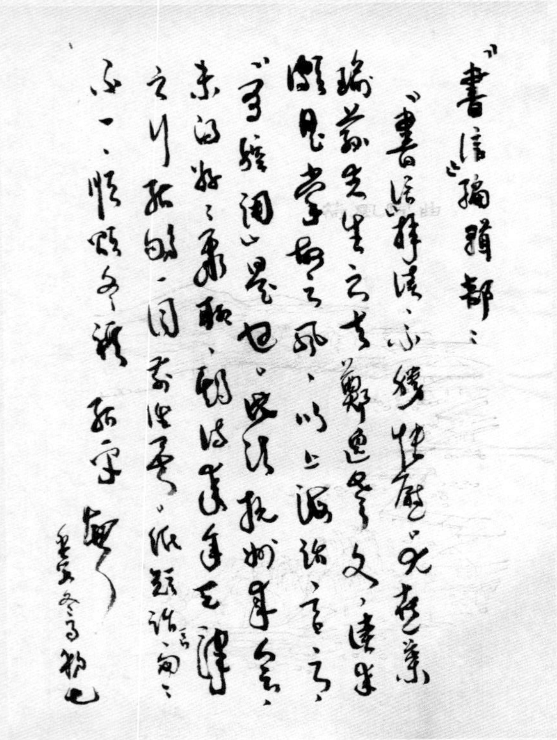

朱绍平来函

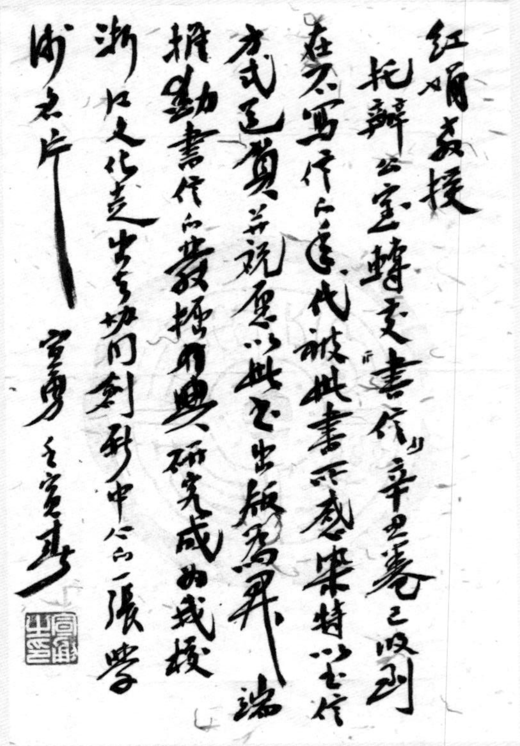

宣勇来函

一、栏目设置明确，文章归类明晰。有一人书写的数封信札，多呈现，少解读，如“见字如面”栏目下汪静之、木心的相关文章；也有单人单封信札的背景介绍及解读，如“片简零鸿”栏目下对弘一法师的一枚明信片前因后果的考证、对贺敬之的一封信来龙去脉的探究；有两人之间的书信来往，如“简事书缘”栏目下的柯灵与裘士雄、郑逸梅与叶瑜荪、沈昌文与雷群明等；也有站在第三方视角解读两位当事人的信件，如“雁素鱼笺”栏下陈三立和陈寅恪的两封信，朱复戡与戴季陶、刘海粟、梅舒适的三通手札，钱君匋致庄月江的三封信以及“故纸陈香”栏目下曾国藩晚年几封家书的解读，等等。

二、篇篇堪称精品，字字可谓珠玑。我拣印象最深刻的几篇文章做一点评，表达我阅读的快感:《木心致陈英德、张弥弥》洋洋洒洒数千言，字里行间充满灵动、机智，还有一丝少年般的俏皮口吻。谈艺术，谈人生，谈创作，坦露心迹，毫不遮掩，在完全放松的状态下写信。看罢木心这些信，我下决心把几年前买的《文学回忆录》潜心通读。《与郑逸梅老先生的十年鸿缘》一文，占用十六个页码的篇幅，采用连环套的写法展示其中的人物交集、信件来往，先从作者本人跟逸老打交道，到作者的朋友跟逸老打交道，再到通过作者牵线逸老的早年学生跟逸老打交道，还有穿针引线解决两位老人心慕而无缘通问的问题；从作者研究南社史料缘起，又到作者个人爱好竹刻讨教终止，环环相套，娓娓道来。《王仰晨致巴金及其家人书简释读》，展示上一代老编辑的敬业、认真及谦逊，甘愿坐冷板凳，一辈子只做成一件事足也！《王元化关于韦卓民遗著致周扬函跋》，反映出老一代学者的执着，受责任感和使命感的驱使，完成一个学者对另一个学者的推崇，尽管好事多磨，但最终结果不错——十一卷《韦卓民全集》出版发行，王元化功莫大焉！

三、内容丰富多彩，篇幅适中讲究。《书信》既有名人信札，又有百姓家书，阳春白雪的书卷气与下里巴人的烟火味，并行不悖，各有千秋。《书信》文章非常讲究，宜长则长，宜短则短。有时惜字如金，有时大方铺陈，篇幅大小全因内容而定。没有拖泥带水的冗长，也没有画蛇添足的过分解读，跟引述的书信一样——节制、内敛、严谨，可谓“添一字见多，少一字不行”。《弘一大师的一张明信片》一文，从一张明信片牵出三封信件，以此考证弘一法师这张明信片寄出的时间和地点，又意外收获到大师的日常及动迁，窥见那个时代佛教徒的游历和游学，语言简练，推理严谨。而《家书万金》栏下的《与子书》前面的小序，作为后面五封信的背景介绍，层次分明，简明扼要，父子情深，跃然纸上。这也是《书信》整部书的基调和文风，一脉相承，贯彻始终。而《外籍税务司笔下的浙江》通过两组旧海关密函反映当时税务及社会各方情状——西方人行事的狡黠和敬业，对时事判断的敏感和精到，对形势分析的入木三分，以及他们处理危机的得体、务实与从容。虽然函件内容冗长，陈述繁琐，但要把一件史实廓清，必须给以一定的篇幅，洋洋洒洒十四个页码，这是《书信》的另一个特色——史料尽显，阐述有度，舍得篇幅，气势恢宏。

《书信》今后要在品牌的知名度、美誉度和读者忠诚度、黏合度上下功夫。在此，我提三点建议：

一、《书信》一年出版一卷周期太长，不妨半年一卷，最终定型为春、夏、秋、冬四卷。这样的话，使作者有更多的发表机会，使读者有更多的了解机会，使书信挖掘、研究、呈现进入快车道，也符合读者的阅读心理期待需求。

二、《书信》偏重名人信札、偏重浙江方面，应该走“五湖四海”的办刊（连续出版物）道路。广泛赢得读者，最大可能团结更多作者，从而使《书信》品牌形象大幅提升。从《书信（辛丑卷）》不难看出，发名人信札、发浙江本土信札的篇幅比重过高，发民间普通百姓信札、省外的比重较低，这样不利于《书信》读者、作者面的扩大，不利于《书信》吸引力、影响力的提高，不利于《书信》的品牌在全国范围的营销和推广。能把名人信札与百姓家书比重各占一半，同理把浙江内容和省外内容比重各占一半，甚至百姓家书、省外内容占比提高到六成也未必过分。当然，《书信》刚出版一卷，尝试、品评也刚刚开始，可以理解。

三、多多挖掘刊发民间书信。民间家书资源丰富、题材广泛，父子间、母女间、

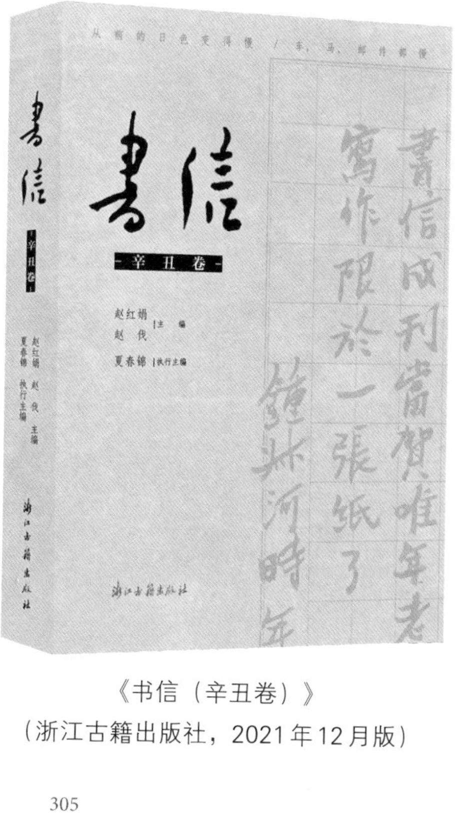

《书信（辛丑卷）》
（浙江古籍出版社，2021年12月版）

兄弟姐妹间，夫妻、恋人、同学、师生、师徒，当然也包括海内外通信，等等，私密放松状态下的写作语境，可谓千姿百态气象万千，柴米油盐酱醋茶的烟火气，有待挖掘，舍得篇幅，一定会在出版界读书界学界独树一帜，异军突起。

本卷《书信》是我近年来读得最认真最仔细的一本书。读书人得到一本好书的由衷喜悦和赞叹，那份激动和享受，妙不可言。

本书上市，我第一时间下单两本，一本自留，一本送最亲密朋友，先睹为快。看罢此书，我再下单两本，再送朋友，“赠人玫瑰，手留余香”，好书分享，人间快事。我愿做《书信》的传播者，广而告之。

在互联网日益发达的今天，书信这稀罕物将会更加弥足珍贵。我相信《书信》事业方兴未艾、前程似锦！

祝好！

读者 张冲波

2021年6月6日于河南三门峡

编后记

一种新的读物面世后，其反响如何，可从作者和读者两方面得到验证。自《书信（辛丑卷）》（即第一辑）出版后，作者和读者的反响均颇为热烈，这就给了我们编者继续前行的动力。

作为第二辑，再次来稿的作者就有马国平、叶瑜荪、韦泱、子张、金传胜诸君。他们原是第一辑的作者，所作文章文质俱佳，正是《书信》各栏目所寻求者。

这次，马国平所撷取的是其岳父徐开垒先生所珍藏的老作家、新文学史家唐弢的十六通来信，这批信件作于1972年至1987年之间，既被打上鲜明的时代烙印，又牵连着个体命运，是读者触摸那个时代最鲜活的文本。

叶瑜荪继追述与郑逸梅十年鸿缘之后，又深情回顾了与林海音的竹缘与书缘。因为是依托于往来信件的讲述，细节处尤见华彩。

韦泱与老作家们来往甚密，这次他从一次淘书经历出发，致书文学理论家钱谷融，请教有关“文学是人学”这个著名论断的相关问题。钱先生知无不言，在回信中详细回顾了此一观点的形成过程，其学术价值不言而喻。

子张早年在探讨“新现代派”诗歌时，有意识地向还健在的老诗人们致函讨教，其中就包括女诗人郑敏。郑氏对年轻的研究者积极回应，“以一封比较长的信为我提供了不少具体背景，也为我指点了修改、调整的路径”。这样的文学研究，因为有研究对象的直接参与，事实的表述就要更加接近于本真。

金传胜是中国现代文学方向的博士，常年埋头故纸堆，披沙拣金，意外“发现”了被《杨贤江全集》误收的一通茅盾佚简。物归原主，为考察茅盾与《学生杂志》的关系提供了新的史料。

《书信》第二辑发布征稿后，也吸引了一批新作者的加盟，为这个降生不久的人文读物注入了更多的活力。

“见字如面”中，大家云集，除了唐弢，读者还可以与叶恭绰、钱堃新、夏承焘、钱锺书相继晤面。从叶恭绰致靳志函札中，可见旧时文人酬唱的风雅。钱堃新致蒋礼鸿、盛静霞的手札则绘声绘色地记载了钱锺书笔下三闾大学的主要原型国立蓝田师院的种种人事。另外，还有夏承焘与赵景瑜通信时的“如面接欢笑”，钱锺书、杨绛夫妇与马成生之间的“惊喜交集”，内容所及，除了文事，还有师生间的家长里短，以及老人们的残年衰颓之叹。如1992年4月，钱锺书因病入院手术，在给马成生的信中不禁慨叹道：“衰朽之躯，康复不易，生老病死，事理之常，安心任运而已。”无奈有之，达观亦有之，正是其晚境生命状态之写照。

这一辑的“简事书缘”中，几位新作者也拿出了各自的“硬菜”。供职于吴昌硕研究会的梅松回忆与海上名宿周退密的翰墨之谊，周氏信中对故家旧事的回顾，特别是有不少内容涉及吴昌硕与其从伯父周湘云的交游，可补艺林掌故之不足。孙郁对邵燕祥来信的重读，因为有过开诚布公的交心，据此再来体味其人其作，就要更加深入一层。已经从高校退休的李平则讲述了他在从业之初与诗人舒婷间的一段文字交，那时的作者和编辑，对文字均表现出了一种久违的尊重。

“雁素鱼笺”和“片简零鸿”两个栏目一直是最不缺稿的，这一次共选了十二篇文章，披露了二十余通珍贵的佚简。

最早的是16世纪西班牙国王菲利普二世和该国驻菲律宾总督多·德·拉贝萨瑞斯写给明朝皇帝万历的两封国书，由作者李晨光发现于西班牙港口城市塞维利亚的西印度总档案馆里。作者不仅对信文作了翻译，还对史事作了必要的考索，可补正史之缺。

陈子善《通过书信触摸更真实的历史》一文是为《绍兴近现代名人手札拾遗》一书所作的序言。陈教授借此对书信文献的学术价值做了很有启发性的阐发，他指出：“在我看来，触摸历史可以通过多种方式，通过作者创作的作品当然是一种方式，通过作者人生各个阶段被摄的照片又是一种方式，而通过作者写下的书信同样是一种方式，而且是不可或缺、别有价值的一种。因为撰信人往往在书信中坦露心迹，直陈己见，今天的读者可能从中有新的发现，新的领悟，而书信中常有的‘隐秘的角落’更等待着有心人的发掘。”

此外，中国现代文学馆研究员北塔为学界贡献了新见的茅盾致萧三书简，从中可见民国知识分子对当时严苛的书刊检查制度的反感；已故的上海图书馆研究馆员张伟以丰子恺、傅抱石致张院西的信札，考察画家与画商的交往细节，是过去不被注意的视角；桑农对阿英集外佚简的辑考，王孙荣对袁可嘉信札的释读，刘磊对顾随信札的赏析，朱绍平对谭建丞手札的诠释，宋一石对周祖谟致程千帆函札的趣解，以及董运生和龚明德对假托臧克家、流沙河之作的甄别与辨伪，都为相关研究领域提供了新的话题与思考。

除了原有的"海关密函"专栏继续选译近代浙江海关税务司与总税务司之间的往来密函，这一辑我们还推出三组专题书信特别值得注意。

其一是在"尺牍论学"栏目下新开辟哈佛燕京图书馆善本室原主任沈津的书信专栏《笺谈古籍》。作者从事图书馆工作达半个世纪，其间与各地的同行及学人颇多书信来往。此次披露的是其供职哈佛期间写给牟复礼、王贵忱、王菡、林庆彰、周晶、马泰来、陈智超等学者的书信十四通。正如作者所言："这些信件或可窥见我在'哈佛'工作、学习的点滴，也或许能对某些事情的缘由提供点线索。"

其二是三门峡退休公务员骆淑景意外邂逅于网络的五封战地家书。经她走访调查，得以揭开山西晋城革命英烈陈振华可歌可泣又充满曲折的生前身后事。读者借此可以更直观地感受到革命者的忠贞与信念。

其三是本书主编之一赵红娟及其学生庞君伟整理的已故浙江新昌文化人陈载璋老先生年少时写就，最终却并未寄出的三通情书。其中一封这样写道："自从认识了你，贞，我就失却了自主的能力。我为你喜，我为你悲，你使我惊怕，你使我担忧，你还能使我怨恨……你简直支配了我整个的灵魂。我不信上帝，你就是我的上帝。"其才情与文笔，令人惊绝！

名人名家的书信，因为牵连着文化史上重要的人物和事件，也因为能够透露出与名流相关的掌故或八卦，向为世人所珍视。但散落在民间的书信，也不应被忽视，因为是从百姓中来，更容易在读者中产生天然的共鸣，亦是社会史不可或缺的组成部分。关于这一点，《书信（辛丑卷）》面世后，本书顾问之一、老一辈出版家锺叔河先生就曾专门来电探讨。随后又有读者张冲波写来热情洋溢的信，极力呼吁要“多多挖掘刊发民间书信”。这与我们编者的初衷可谓不谋而合。

张君在信中还坦陈道：“本卷《书信》是我近年来读得最认真最仔细的一本书。读书人得到一本好书的由衷喜悦和赞叹，那份激动和享受，妙不可言。”作为编者，我们感到异常庆幸，《书信》在草创之初即能得到作者和读者两方面的认可，有了这双份的支持，相信未来的路可以越走越宽。

编者

2023年7月7日

电子邮箱：xiachjin@163.com　18721936035@163.com

地　　址：（310023）浙江省杭州市西湖区留和路299号浙江外国语学院融院C201